KB077797

사이케델리아 Second Act

MAGIC CREATOR 매직
크리에이터

매직 크리에이터 5

이상규 판타지 장편 소설

초판 1쇄 찍은 날 § 2007년 2월 2일
초판 1쇄 펴낸 날 § 2007년 2월 12일

지은이 § 이상규
펴낸이 § 서경석

편집장 § 문혜영
편집책임 § 최하나
편집 § 문정흠

펴낸곳 § 도서출판 청어람
등록번호 § 제1081-1-89호
등록일자 § 1999. 5. 31
어람번호 § 제1-0795호

주소 § 경기도 부천시 원미구 심곡1동 350-1 남성B/D 3F (우) 420-011
전화 § 032-656-4452 팩스 § 032-656-4453
http://www.chungeoram.com
E-mail § eoram99@chollian.net

ISBN 978-89-251-0532-1 04810
ISBN 89-251-0199-8 (세트)

사이케델리아 Second Act

MAGIC CREATOR

매직 크리에이터

5 The Climax of a Hero

이상규 판타지 장편 소설

도서출판 청어람

CONTENTS

제29장

커널

에이티아이 제국의 버지까지 가는 길은 별로 힘들지 않았다. 문제는 총 인원 수가 9명이라 숙박 방법을 찾는 게 어렵다는 점이었다. 아무리 조를 짜도 홀수인 이상 한 명이 남기 때문에 세 명이서 같이 자거나 한 명이 방을 혼자 써야 했던 것이다. 그런데 유리시아드가 그 문제를 너무나 깔끔하게 해결해 버렸다.

"욕망덩어리 씨는 백작이니 그 펜던트를 써서 무료로 방을 얻어 쓰면 돼요."

"……!"

오호, 그런 방법이 있었군. 특히 내가 백작임을 증명해 줄

유명인 유리시아드가 옆에 있으니 여관 주인과 진짜네, 가짜네 하고 옥신각신할 일도 없고. 드디어 백작의 이점을 이용해 먹을 때가 온 것인가! 흐음, 근데 유리시아드는 왜 공작 지위를 이용하지 않지? 전에도 그렇고, 지금도 돈을 내고 있잖아?

"유리시아드는 왜 공짜로 여관이나 식당을 이용하지 않는 거야?"

내 물음에 유리시아드는 매우 간결한 대답을 했다.

"난 지금 자유기사 신분으로 여행하는 거니까요."

"……."

흐으…… 뭐, 그 기분은 이해 간다만 돈이 들잖아. 나 같으면 나 편할 대로 귀족 지위를 이용해 먹을 텐데. 유리시아드는 너무 원칙주의야. 나처럼 변칙주의자가 돼보라구.

아무튼 그렇게 해서 난 공짜로 혼자 방 얻어서 자고 모두와 함께 식당에서 밥을 먹었다. 본래 내가 백작이면 내 일행들도 같이 공짜권을 행사할 수 있지만 레이뮤 일행은 그 권리를 행사하지 않았다. 아마도 레이뮤는 대마법사로 추앙받는 사람이 그 유명세를 이용해 어떤 이득을 취하는 걸 바라지 않는 듯했다.

덜컹덜컹―

마차 2대와 유리시아드가 모는 적토마 한 마리는 거침없이 달려 약 8일 후, 버지 마을에 도착했다. 1년 전에 페르키암의 공습을 받아 초토화되었던 버지 마을은 이제 어느 정도 복구가 끝나 집도 꽤 지어지고, 밭에서 일하는 사람들도 눈에 띄었다. 하지만 공사 중인 많은 수의 집과 파괴된 상태 그대로인 밭과 산은 버지가 완전 복구될 때까지 시간이 많이 걸릴 것임을 암시해 주고 있었다.

히이잉—

일단 우리들은 버지 마을의 광장에서 멈추었다. 제룬버드가 버지로만 오라고 했지 버지의 어디로 오라는 말을 하지 않았기 때문에 딱히 갈 곳이 없었던 것이다. 그래서 일단 버지에서 지내면서 제룬버드가 나타나기를 기다리기로 했다.

"……."

"……."

마을 광장에서 서로 말없이 서 있자니 상당히 거시기했다. 가끔씩 마을 광장을 지나가는 사람들은 우리들 9명이 옹기종기 모여 있는 것을 보고 자기들끼리 웅성거렸다.

"저기……."

그때 누군가가 우리들에게로 다가왔다. 아니, 정확히는 레이뮤에게로 다가왔다. 그 사람은 나이를 많이 먹은 할아버지였는데 작년에 여기서 본 촌장 할아버지였다. 촌장 할아버지는 레이뮤를 보더니 원래 작은 눈을 크게 뜨며 말했다.

"역시 대마법사님이셨군요! 작년에는 큰 신세를 졌습니다!"

"오랜만입니다. 잘 지내셨는지요."

레이뮤도 촌장 할아버지에게 가벼운 인사를 했다. 그러자 촌장 할아버지는 기뻐하면서 한동안 페르키암 사건 이후의 일을 떠벌렸고, 우리들은 그 얘기를 다 들어주어야 했다. 물론 제룬버드를 기다리는 겸 그냥 들어준 것이라고 볼 수 있다.

"근데 언제까지 이렇게 무작정 기다려야 할까요?"

촌장 할아버지의 얘기를 듣는 것도 지겨워질 때 즈음 슈아로에가 약간 불만 섞인 목소리로 입을 열었다. 그도 그럴 것이, 만약 버지에 오지 않았으면 지금쯤 매지스트로에 도착해서 편하게 목욕이라도 하고 있을 시간이기 때문이었다. 하지만 레이뮤는 제룬버드를 만나기 전까지는 매지스트로로 돌아갈 생각이 없어 보였다.

"촌장님, 당분간 이곳에서 머무를 예정인데 여관 같은 것이 있는지요?"

"여관 말씀이십니까? 이곳은 여행자들이 별로 없기 때문에 여관이 딱 한 군데밖에 없습니다. 저를 따라오시지요."

촌장 할아버지는 우리에게 여관을 안내해 주었다. 복구된 지 얼마 안 된 듯한 여관은 시설이 별로였지만 딱히 지낼 만한 곳이 없었기에 우리들은 그 여관에서 지내기로 했다. 버지로 올 때와 마찬가지로 나 혼자 방 하나를 무료로 쓰고, 나머지 사람들은 돈을 내고 2인용 방을 사용했다. 일단 그렇게 방을 잡고 나서 우리들은 여관의 1층에서 간단히 식사를 시작했다.

"레이뮤님, 그런데 언제까지 여기에 계실 거예요?"

식사를 하는 도중에 슈아로에가 레이뮤에게 물음을 던졌다. 역시나 슈아로에는 하루라도 빨리 매지스트로로 돌아가고 싶어 하는 것 같았다. 그리고 레이뮤는 그런 슈아로에의 생각과는 정반대였다.

"드래곤은 거짓말을 하지 않는단다. 그러니 제룬버드가 이리로 오라고 했으면 뭔가가 있는 게 틀림없어. 난 그게 뭔지 알고 싶단다."

"하지만 그 노인이 드래곤이라는 증거는 없잖아요?"

"그래, 없단다. 하지만 슈아로에는 제룬버드의 정체가 뭐라고 생각하니?"

"그건……."

레이뮤의 질문에 슈아로에는 아무런 대답도 하지 못했다. 슈아로에 역시 나나 레이뮤처럼 제룬버드를 드래곤 급의 존재로 보고 있었기 때문에 반론을 펼치지 못한 것이다. 매지스트로로 돌아가고자 하는 슈아로에와 제룬버드를 기다리자는 레이뮤의 의견 충돌을 막기 위해 난 나름대로의 제안을 했다.

"버지에는 나만 있으면 돼요. 제룬버드가 부른 사람은 나이니까요. 뭐, 유리시아드가 같이 남아서 내가 백작이라는 것만 증명해 준다면 나 혼자 매지스트로로 돌아가는 게 어려운 일은 아니고요."

"나보고 그쪽하고 같이 다니자는 말인가요, 지금?"

내 말을 듣고 유리시아드가 발끈했다. 사실 유리시아드를 언급할 때부터 그녀가 발끈할 것이라고 예상했기에 난 급히 그냥 한번 해본 소리라는 말을 하려고 했다. 그런데 그 순간 세 여성이 동시에 소리쳤다.

"그건 안 돼요, 레지님!"

"안 돼요, 레지 군!"

"그건 안 됩니다, 레지스트리 군."

세 명의 여성이 동시에 입을 열어 난 순간적으로 그녀들이 무슨 말을 했는지 알아듣지 못했다. 그렇게 내가 멀뚱멀뚱 가만히 있자 리아로스부터 차례대로 말을 하기 시작했다.

"제 남편 되실 분이 외간 여자와 단둘이 여행이라니요!"

리아로스가 황당한 이유를 말한 직후 슈아로에가 입을 열었다.

"유리시아드 씨에게 민폐를 끼치지 말아요!"

슈아로에가 나에게 경고를 날린 이후에는 레이뮤가 말을 이었다.

"난 제룬버드의 의도를 내 눈으로 직접 확인하고 싶어요."

"······."

흐으, 난 그냥 장난삼아 해본 말인데 이 인간들이 농담으로 받아들이지를 않네. 내 하이 레벨의 조크를 이해하지 못하다니 인생이 너무 진지한 거 아니야? 나처럼 건성건성 살아봐.

인생이 편해진다니까.

"근데, 레이뮤 씨."

모두들 남는다는 분위기인 가운데 난 레이뮤를 지목하여 물음을 던졌다.

"여기에 오래 머물면 그만큼 쓰지 않아도 될 돈이 나가는 거잖아요? 그건 괜찮아요?"

"그 문제는 걱정 말아요."

내 물음에 레이뮤는 전혀 신경 쓰지 않는다는 표정을 지어 보였다. 그리고 잠시 후, 나에게 결코 유리할 것이 없는 말을 덧붙였다.

"써버린 돈만큼 레지스트리 군이 나중에 벌어오면 되니까요."

"……."

흐으, 나보고 용병 일 뛰면서 돈을 벌어서 갖다 바치라는 뜻이군. 아아…… 갑자기 아내한테 월급을 모두 뜯기는 남편 같다, 라고 생각하고 싶지만 실질적으로는 엄마에게 세뱃돈 빼앗기는 아들이지.

버지에 도착하고 나서 이틀이 더 지났다. 그동안 버지에서 무슨 일이 일어날까 싶어 마을을 한번 쭉 돌아보거나 산을 한 번 타보거나 했다. 하지만 특별한 일은 전혀 일어나지 않았다.

"내일 하루만 더 있어보고 아무 일도 일어나지 않으면 그만 가죠?"

난 모두에게 그런 제안을 했다. 말로는 기다리기 지쳐서라는 점을 이유로 내세우고 있었지만 실제로는 버지에 있기 심심해서라는 이유가 더 컸다. 복구 중인 마을에 유흥업소가 있을 리 없기 때문에 매일매일이 너무 심심했던 것이다.

"참아요. 드래곤은 오래 사는 만큼 시간 개념이 약해요. 드래곤이 말하는 금방은 인간에게 하루, 한 달, 혹은 1년일 수도 있어요. 그러니 기다려야만 해요."

레이뮤는 무조건 기다리는 쪽을 지지했다. 그건 별로 좋은 방법이 아니라는 생각이 들었지만 이상하게도 내일 즈음에 뭔가 일이 벌어질 것만 같은 느낌이 들었다. 그래서 난 레이뮤의 주장을 반박하지 않았다.

그리고 그 다음날.

난 어제와 마찬가지로 일행들을 데리고 마을 순찰을 돌았다. 마을 사람들은 여전히 집을 짓거나 밭일을 하고 있었다. 어제와 다를 것 없는 모습에 하품이 나올 지경이었으나 운동하는 셈 치고 마을을 돌아다녔다. 그런데 그렇게 마을을 두 바퀴 정도 돌았을 때, 갑자기 사우스브릿지 산맥 쪽으로부터 기이한 마나 파장이 느껴지기 시작했다. 그건 내가 평소에 느껴왔던 마법에 의한 마나 파장과는 미묘하게 달랐고, 또한 마계 종족들이 내뿜는 마나 파장과도 달랐다. 생전 처음 느껴보는 마나 파장이었던 것이다.

"아……!"

"이건……!"

마법학교 학생답게 일행 모두 기이한 마나 파장을 느꼈다. 평소에 느껴보지 못한 마나 파장이라 모두들 이번 마나 파장이 제룬버드와 관계가 있을 것이라고 생각했다. 그리고 그건 나도 마찬가지였다.

"모두 가봐요!"

난 그렇게 소리치고 나서 기이한 마나 파장의 근원지를 향해 달려갔다. 나머지 사람들 역시 곧바로 내 뒤를 따라왔다. 방금 전까지 마을 두 바퀴를 돌아 몸이 풀렸기 때문인지 난 별 어려움 없이 산을 올라갈 수 있었다. 하지만 나이 어린 리아로스 5인방과 슈아로에, 운동 부족인 레이뮤는 내 스피드를 따라잡지 못하고 뒤로 처졌다. 내 스피드를 따라잡은, 아니, 뛰어넘을 수 있으나 일부러 나와 속도를 맞추고 있는 사람은 유리시아드뿐이었다.

우우웅—

사우스브릿지 산맥의 어떤 한 지점에 이르자 마나 파장의 강도가 귀를 심하게 울릴 정도가 되었다. 목적지에 도착했다고 생각한 나는 뒤를 돌아보았으나 레이뮤 등의 모습은 전혀 보이지 않았다. 오직 유리시아드만이 차분한 호흡을 하며 내 옆에 서 있었다.

"여기로군요."

기이한 마나 파장이 강하게 뿜어져 나오고 있는 한 동굴 앞에서 유리시아드가 발걸음을 멈추고 입을 열었다. 그건 나보고 먼저 동굴에 들어가라는 무언의 지시였다. 어차피 여기까지 온 이상 들어가지 말라고 해도 들어갈 생각이었기 때문에 난 망설이지 않고 동굴 안으로 발걸음을 옮겼다.

저벅저벅—

또각또각—

나와 유리시아드는 빠른 속도로 동굴 깊숙이 전진했다. 생전 처음으로 동굴이라는 장소에 들어가는 것이었지만 기묘하게도 떨리거나 하는 느낌은 없었다. 내 모든 정신이 동굴 어딘가에서 나오는 기이한 마나 파장에 쏠려 있었기 때문이다.

"여기다!"

기이한 마나 파장의 근원지라 여겨지는 곳에 도착하자 난 발걸음을 멈추고 그렇게 소리쳤다. 주변에 부비트랩이라도 설치되어 있을 경우를 대비해서였다. 일단 그렇게 목적지 바로 앞에서 멈춘 나는 주변을 돌아보았다.

흐음, 여긴 동굴의 막다른 곳 같군. 잘 찾아보면 개구멍이라도 있을지 모르겠지만 지금은 안 보인다. 그리고…… 아니, 그보다 동굴 막다른 곳 한복판에 둥실둥실 떠 있는 저 사람 크기만 한 빛나는 구체 덩어리가 무지막지하게 신경 쓰이는 걸? 저 빛덩어리로부터 기이한 마나 파장이 뿜어져 나오고 있는 건 확실해. 대체 저것의 정체는 뭐지?

"저게…… 뭐죠?"

유리시아드는 어리석게도 나에게 빛덩어리의 정체를 물었다. 그래서 난 매우 간단하게 대답해 주었다.

"몰라."

"……아는 게 뭐예요?"

"없어."

"……."

순간 나와 유리시아드 사이에 썰렁한 침묵이 흘렀다. 그러다가 잠시 후 유리시아드가 다그치는 듯한 어조로 입을 열었다.

"제룬버드가 그쪽보고 이리로 오라고 했는데 그쪽이 뭔가 느끼는 게 없으면 어떡하라는 거죠? 뭔가를 좀 느껴봐요."

"글쎄…… 저게 뭔가 특이한 것 같기는 한데, 그렇다고 무슨 느낌이 팍 오는 건 아니거든."

난 유리시아드에게 내 솔직한 감상을 말했다. 그로 인해 나와 유리시아드 사이에 또다시 냉기가 감돌았다. 그렇게 나와 유리시아드가 구체의 빛덩어리를 보고도 특별한 행동을 취하지 않는 사이, 뒤처져 있던 나머지 사람들이 동굴 안으로 속속 모여들었다.

"너무해요! 두 사람만 냉큼 가버리다니!"

슈아로에는 날 보자마자 버럭 소리를 질렀다. 보통 동굴 안에서 소리를 지르면 동굴 안에 서식하는 박쥐가 날아들거나 동굴이 무너지거나 해야 할 텐데 이 동굴은 전혀 달라진 점이 없었다. 심지어 슈아로에의 목소리조차 메아리치지 않았다. 느낌상 저 구체 빛덩어리가 소리를 흡수하고 있는 듯했다.

"동굴은 무너질 것 같지 않지만, 동굴 안에서는 조용히 하는 게 예의범절이야."

난 슈아로에에게 어른으로서 충고했으나 슈아로에는 불만에 가득 찬 표정을 지었다.

"대체 동굴 안 예의범절이 어디 있어요?"

"내가 방금 만들었으니 있는 거야."

"누가 레지 군이 만든 예의범절 따위……!"

여전히 티격태격하는 나와 슈아로에를 보며 잠시 고개를 가로젓던 레이뮤가 뭔가를 떠올린 듯이 탄성을 내질렀다.

"아! 혹시 저건……!"

"뭔가 생각나셨어요?"

레이뮤의 반응에 슈아로에가 기대감 어린 표정으로 물음을 던졌다. 그러자 레이뮤는 마치 기억을 더듬듯이 눈을 살짝 감았다가 다시 뜨며 말을 이었다.

"어떤 문헌에서 커널 소유자가 커널을 동굴 속에서 획득했다는 기록이 있어요. 그리고 학자들 사이에서 커널의 초기 모습이 구체 빛덩어리라고 알려져 있지요."

"……!"

헉! 그 말은……!

"지금 저게 그 커널이라는 소리인가요?!"

난 놀라서 나도 모르게 큰 소리를 내었다. 하지만 내 목소리 역시 대부분 구체 빛덩어리에 흡수되어 울리지 않았다. 레이뮤는 내 얼굴을 보며 고개를 끄덕였다.

"문헌상의 기록이 맞다면, 저건 커널일 확률이 커요."

"……!"

허어…… 마법학회에서 커널 얘기를 할 때만 해도 나하고는 상관없는 얘기인 줄 알았는데 이렇게 직접 눈앞에서 보게 될 줄이야. 잉? 잠깐! 난 지금 제룬버드가 이리로 오라고 해서 왔고, 기이한 마나 파장에 이끌려 여기까지 왔어. 그리고 커널을 발견했고. 그걸 종합해 보면……!

"설마 제룬버드가 나한테 커널을 주려는 건가요?"

난 의견을 묻는 듯한 어조로 내 생각을 표현했다. 그러자 레이뮤는 자신의 의견을 들려주었다.

"제룬버드가 레지스트리 군에게 커널을 주려는 뜻으로밖에 해석할 수 없어요."

"……!"

흐으, 역시나 그렇군. 하지만 의문은 계속되는데.

"제룬버드와 커널은 어떤 관계일까요? 제룬버드가 여기 있는 커널을 우연히 발견한 것인가요? 아니면…… 제룬버드가 커널을 만들어낸 것일까요?"

난 또다시 질문식의 발언을 했다. 그리고 이번에도 레이뮤가 대답해 주었다.

"커널의 탄생에 대해서는 거의 알려진 바가 없어요. 하지만 제룬버드가 드래곤 혹은 그에 준하는 존재라면…… 커널을 만들어냈다고 해도 이상하진 않지요."

레이뮤의 생각은 나와 비슷했다. 단지 다른 점이 있다면, 난 제룬버드가 커널을 만들어냈을 확률을 100%로 보고 있다는 것이었다. 물론 물증 없는 심증뿐이었지만.

"저게…… 커널?"

슈아로에를 비롯한 다른 사람들은 놀란 눈으로 구체의 빛덩어리를 쳐다보았다. 워낙 밝은 빛에 둘러싸여 있어서 속을 볼 수는 없었고, 사실 애초에 속이라는 게 존재하는지도 확신할 수 없었다. 또한 제룬버드가 나에게 커널을 주려 한다고 하지만 밝게 빛나는 구덩어리를 어떻게 해야 소유할 수 있는지 나로서는 알 방법이 없었다.

"레지스트리 군, 저 커널을 만져 봐요."

"……!"

모두들 구체 빛덩어리를 쳐다보고만 있을 때 레이뮤가 나에게 청천벽력과도 같은 제안을 했다. 그래서 난 레이뮤를 노려보며 험악한 분위기를 연출하고자 했다.

"저거 함부로 만졌다가 죽으면 어떡하라고요?"

"그럼 레지스트리 군의 운도 여기서 끝이구나, 하면서 장례를 치러야죠."

"내가 죽길 바라세요?"

"죽고 살고는 레지스트리 군의 운이에요."

"……."

흐윽, 레이뮤 씨, 너무 매정해. 무려 잠자리를 같이한 사이
인데!

펵!

내가 지나친 생각을 하자마자 유리시아드의 주먹이 내 배
를 가격했다. 그 때문에 난 주춤거렸고, 그 기회를 틈타 유리
시아드가 날 구체 빛덩어리를 향해 밀어버렸다. 아무 힘없는
나는 쓰러지듯 앞으로 떠밀려 본의 아니게 구체 빛덩어리에
손을 대고 말았다.

번쩍―

구체 빛덩어리에 손을 대자마자 새하얀 빛줄기가 사방으
로 퍼져 나갔다. 그 때문에 모두들 눈을 감았지만 이상하게도
난 눈이 부시지 않았다. 대신 내 머릿속으로 이상한 말이 떠
오르기 시작했다.

〈그대의 이름을 밝히시오.〉

잉? 내 이름?

"레지스트리……."

〈그대가 가장 자신있는 것은 무엇이오?〉

잉? 자신있는 것? 그건 왜 물어보지?

"새로운 걸 만들어내는 것."

〈5자 이하로 줄이시오.〉

헉! 웬 5자 이하?

"……창조."

〈원하는 커널의 이미지를 떠올리시오.〉

이잉? 원하는 커널 이미지? 그건 또 뭔데?

"……."

난 의문의 목소리가 지시하는 대로 이미지를 떠올리려고
했다. 하지만 딱히 무슨 이미지가 떠오르는 건 아니라서 머리
가 복잡했다.

흐으, 그나저나 레이뮤 씨나 슈아는 괜찮을라나? 유리시아
드야 알아서 잘할 테지만, 지금 상황이 어떻게 된 건지 알 수
가 없어. 난 왜 지금 의문의 목소리하고 대화를 하는 거지? 분
명 빛의 구덩어리를 만지긴 했는데.

〈이미지 입력 완료.〉

잉? 완료? 뭐가 완료라는 거야? 난 이미지를 떠올리지도 않
았다고!

〈커널 실행.〉

우우웅―

그 말을 끝으로 의문의 목소리는 더 이상 들려오지 않았
다. 그리고 기이한 울림 소리가 커지는가 싶더니 이내 잠잠
해졌고, 그와 동시에 내 시야를 가리고 있던 빛줄기들도 사

라졌다.

잉? 지금…… 난 여전히 동굴 속에 있는 것 같긴 한데…… 뭔가 하얀 게 내 앞에 있는 거 같다? 으음, 시력이 아직 제대로 돌아오지 않아서 확실히 보이지 않는데…… 얼핏 보면 사람 같군. 으잉? 사람?!

"……!"

시력이 돌아오고 눈앞에 있는 무언가에 초점을 맞추자 난 경악의 표정을 지어야만 했다. 그도 그럴 것이 17~18세 정도로 추정되는 소녀가 내 눈앞에, 그것도 알몸으로 서 있었기 때문이다.

"넌……!"

"주인님의 시종입니다."

검은 눈동자와 검은 머리카락을 가진 소녀는 날 보더니 자신을 그렇게 소개했다. 소녀답지 않게 들어갈 데는 들어가고 나올 데는 나온 완벽한 S라인에 내가 시선을 빼앗겼을 때 뒤에서 뭔가가 내 목에 닿았다. 자세히 보니 그건 유리시아드의 검이었다.

"눈 감아요."

"……!"

으윽! 갑자기 목에다 검을 겨누면 어떡해! 무섭잖아!

"알았어! 눈 감을게!"

잘못하면 유리시아드의 검이 내 목을 찌를지도 모른다는

생각에 난 황급히 소리치며 눈을 감았다. 그러자 갑자기 내 앞의 흑발소녀가 입을 열었다.

"주인님, 명령을 내려주십시오."

잉? 명령? 지금 목에 칼이 들어온 상황에서 무슨 명령? 이렇게 된 게 누구 때문인데!

"옷이나 입어!"

"옷? 그런 건 가지고 있지 않습니다."

내 명령에 소녀는 그렇게 말했다. 눈을 감고 있어서 모르겠지만 그녀의 목소리에 억양이 없는 것으로 보아 얼굴도 무표정할 것 같았다. 그러는 사이 내 목을 겨누고 있던 유리시아드의 검이 사라졌고, 동시에 뭔가 펄럭이는 소리가 들렸다. 그래서 난 조심스럽게 눈을 떠서 상황 파악에 나섰다.

"……!"

눈을 뜨니 흑발의 소녀가 유리시아드의 검은 망토를 몸에 걸친 모습이 보였다. 문제는 망토를 정말 망토처럼 어깨 뒤쪽에 걸쳐서 앞은 여전히 드러나 보인다는 점이었다. 유리시아드 딴에는 기지를 발휘해서 흑발소녀에게 몸을 가리라는 의도로 망토를 준 것이었는데, 흑발소녀는 몸을 가릴 생각이 전혀 없어 보였다.

"에잇!"

움직이려 하지 않는 흑발소녀의 태도에 화가 났는지 유리시아드는 망토를 회수한 뒤 다시 흑발소녀의 몸을 망토로 휘

감았다. 쇄골 아랫부분부터 허벅지 바로 위까지 똬리 틀듯이 흑발소녀의 몸을 가린 모습이었다. 그렇게 하고 나서 유리시아드는 흑발소녀에게 명령하듯이 외쳤다.

"내가 잡고 있는 부분을 잡아요!"

"……."

조금이라도 센스가 있는 사람이라면 알아서 망토를 붙잡고 있겠지만 흑발소녀는 요지부동인 상태에서 내 얼굴만 쳐다보았다. 내 명령을 기다리는 듯한 소녀의 모습에 난 할 수 없이 입을 열어야만 했다.

"유리시아드가 잡고 있는 부분을 잡아."

"알겠습니다, 주인님."

내 말이 끝나자마자 흑발소녀는 망토 끝부분을 양손으로 붙잡았다. 하지만 애초에 몸을 가릴 생각이 없던 흑발소녀는 망토가 조금씩 흘러내려 가는 걸 그냥 방치했다. 망토 하나만으로는 알몸 가리기가 불가능하다고 판단한 나는 내 블랙 케이프를 벗어서 흑발소녀의 몸을 덮어씌웠다. 그러자 유리시아드가 즉시 망토로 흑발소녀의 하반신을 둘러싸고 매듭까지 묶었다.

"이러니 좀 낫군요."

내 블랙 케이프를 어깨에서부터 걸치고, 유리시아드의 망토를 미니스커트처럼 입으니 굳이 손으로 옷을 잡고 있을 필요가 없어졌다. 물론 내 블랙 케이프가 남방처럼 완전한 겉옷이 아니기 때문에 흑발소녀의 명치부터 배꼽까지는 그대로 드러나 있었다.

흐으, 내 케이프가 조금만 더 작았다면 저 소녀의 가슴 아랫부분이 보였을 텐데 참 안타깝……!

스릉—

야릇한 생각을 하자마자 유리시아드의 검이 내 목을 겨누었다. 그 모습을 보고 흑발소녀가 눈에서 살기를 뿜어내며 유리시아드를 노려보았다. 날 위협하는 유리시아드와 유리시아드를 위협하는 흑발소녀 때문에 동굴 안의 분위기가 매우 험악해졌다.

"잠깐! 둘 다 그만 해!"

난 분위기 진정을 위해 두 사람에게 행동 중지 요청을 날렸다. 그러자 유리시아드는 조용히 검을 거두었고, 흑발소녀 역시 살기를 누그러뜨렸다. 그 모습을 보니 날 주인님이라고 부르는 흑발소녀는 내가 위험할 때나 명령을 내릴 때에만 반응을 하고 그 외에는 무반응으로 일관하는 것 같았다.

"당신은 누구인가요?"

"……"

분위기가 진정되자 레이뮤가 흑발소녀에게 질문을 던졌다. 하지만 흑발소녀는 질문을 받아도 무표정으로 일관한 채 내 얼굴만 쳐다보았다. 그래서 할 수 없이 레이뮤 대신 내가 질문을 던져야만 했다.

"네 이름이 뭐지?"

초면에 실례라는 걸 알면서도 난 흑발소녀에게 반말을 했다. 그리고 흑발소녀는 매우 정중한 자세로 내 질문에 대한 대답을 했다.

"제10대 커널입니다. 이름은 가지고 있지 않습니다."

"……!"

흑발소녀가 자신을 커널이라고 소개하자 모두들 놀란 표정을 지었다. 여기 있는 사람들 모두 마법을 할 줄 알다 보니 커널에 대해서도 어느 정도 알고 있었던 것이다. 물론 나는 커널에 대한 지식이 전무한 수준이었지만.

"아아, 결국 이번에도 커널이 출현했군요……!"

평상시 침착한 레이뮤답지 않게 그녀는 격앙된 어조로 말했다. 그만큼 커널이라는 존재가 크다는 뜻이었는데, 내 눈에는 커널이 그저 무표정한 소녀로밖에 보이지 않았다. 그래서 난 레이뮤에게 질문을 던졌다.

"레이뮤 씨, 커널이라는 거…… 사람인가요?"

"커널은 고정된 형태를 가지고 있지 않아요. 커널 소유자의 의지에 따라 다른 모습을 가지죠. 동물이나 사람, 정령, 드래곤 등등이 커널의 구현 모습이었으니까요."

잉? 그랬어? 그럼 내가 소녀의 이미지를 떠올렸기 때문에 커널이 저렇게 변한 거야? 근데 난 특별한 이미지를 떠올리지 않은 것 같은데? 아니, 떠올렸나? 으윽, 애매해.

"욕망덩어리 씨다운 일이군요. 평소에 지저분한 생각을 하니 커널도 그렇게 변한 거겠죠."

유리시아드는 날 비난했다. 다행히 흑발소녀는 내가 욕을 먹어도 화를 내진 않았다. 아마도 그녀가 반응하는 쪽은 내가 직접적으로 생명의 위협을 받을 때뿐인 듯했다. 어쨌든 커널이 알몸의 미소녀로 변한 것은 사실이라서 난 유리시아드의 비난을 그대로 감수해야만 했다.

"근데 이제 어떡해야 되죠? 커널이 나타났으니……."

내가 유리시아드에게 욕을 들어먹든 말든 슈아로에는 커널 출현에 관심을 가졌다. 그 말에 난 불현듯 커널이 나타나면 커널을 제거하자는 마법학회의 결의안을 떠올렸다. 지금까지의 커널 소유자들이 커널의 힘을 이용하여 사악한 욕망을 드러냈기 때문에 마법학회 사람들이 날 가만두지 않을 게 분명했다.

"커널은 제거해야 한다고 하지 않았나요?"

난 약간 떨리는 목소리로 레이뮤에게 물음을 던졌다. 레이뮤는 입을 다문 채 가만히 있었지만 유리시아드는 검을 자신의 가슴 쪽으로 끌어올리며 입을 열었다.

"커널은 이 세상에 재앙을 가져오는 존재. 그 힘이 이용되기 전에 커널을 지금 처리해야 합니다."

"……!"

헉! 지금 이 자리에서 커널을 죽이자고? 저 예쁘고 귀엽고 사랑스러운 소녀를?

"유리시아드! 아무리 그래도 상대는 어린애인데……!"

"겉모습은 그렇지만 그 속에는 악마의 힘을 가지고 있어요. 여태까지는 커널을 조기에 발견하지 못해 100년마다 재앙을 되풀이해 왔지만 지금은 달라요! 이 자리에서 커널을 처리하면 사람들이 더 이상 피를 흘리지 않아도 된다구요!"

유리시아드의 뜻은 완강했다. 눈앞의 소녀를 죽이자는 유리시아드와 죽이지 말자는 나는 첨예하게 대립하면서 서로 말싸움만 했다. 슈아로에는 어느 쪽 편도 들기 어려웠는지 복잡한 표정만 지은 채 아무 말도 하지 않았고, 리아로스 5인방도 쉽사리 의사 결정을 하지 못했다. 결국 모든 권한은 레이뮤에게 넘어가게 되었다.

"매지스트로 마법학교 총대표 레이뮤 스트라우드는 선언합니다."

마침내 레이뮤가 최종 결정을 내렸다.

"레지스트리 군은 정당한 방법으로 커널을 획득했기 때문에 커널 소유권을 인정합니다. 그리고 우리 매지스트로는 앞으로도 레지스트리 군을 블랙 케이프로 인정할 것이며, 레지스트리 군의 커널에게도 레지스트리 군 같은 대우를 할 것입니다."

"……!"

레이뮤의 선언은 정말 뜻밖이었다. 난 레이뮤가 커널을 죽이지 않되, 다른 나라로 추방하거나 작은 산골 마을 같은 데에 가둬둘 것으로 생각했기 때문이다. 지금처럼 커널을 인정하고 같이 학교에 데리고 가자는 생각은 전혀 하지 못했다.

"레이뮤님! 그것은 마법학회의 결정에 반하는 행동을 하시는 겁니다!"

유리시아드는 놀란 얼굴로 레이뮤의 의견 철회를 요청했다. 하지만 레이뮤는 자신의 생각을 그대로 밀고 나갔다.

"지금 매지스트로는 마법학회를 탈퇴한 상태입니다. 그러니 마법학회의 결정에 따를 필요가 없어요."

"그, 그렇긴 하지만 지금 이건 마법학회를 적으로 돌리는 짓이에요! 잘 알고 계시잖아요!"

"물론 그렇습니다. 그러나 그건 마법학회에 레지스트리 군의 커널 습득 사실이 알려졌을 때의 일이지요."

"……!"

레이뮤의 말은 묘한 뜻을 담고 있었다. 분명 마법학회에서는 내가 커널을 얻었다는 사실을 모르고 있다. 약 열흘 전까지 마법학회의 소속이었던 우리들은 이미 마법학회를 탈퇴한 상태였고, 마법학회 회원이라고는 유리시아드뿐이었다. 즉, 이 자리에서 유리시아드만 제거한다면 내 커널 습득 사실이 마법학회에 알려지지 않는 것이다.

"레이뮤님……!"

유리시아드는 불안한 표정으로 레이뮤를 쳐다보았다. 그

래도 레이뮤가 증거 인멸을 하지는 않을 거라 생각하는지 경계 자세를 취하지는 않았다. 커널 미소녀를 제외한 모든 이들이 긴장하고 있을 때, 마침내 레이뮤의 입이 열렸다.

"유리시아드는 동료입니다. 동료란 자고로 자신의 동료를 위해 침묵을 지켜야 할 때가 있지요."

"……."

레이뮤의 말은 결국 유리시아드보고 입 다물고 조용히 있으라는 뜻이었다. 유리시아드는 동료의 신뢰와 진실의 폭로 사이에서 잠시 갈등했지만 이내 마음의 결정을 내렸다.

"레이뮤님의 말씀에 따르겠습니다."

"고마워요, 유리시아드."

그렇게 나의 커널 습득 사실은 암묵적인 동의 속에 묻어졌다. 이제 남은 건 명령을 기다리듯이 내 얼굴만 쳐다보고 있는 커널 미소녀였다.

"레이뮤님, 이 애는 어떻게 하실 거예요? 정말 학교에 데려가실 건가요?"

슈아로에가 커널 미소녀를 가리키며 레이뮤의 의중을 캐물었다. 이미 생각이 굳었는지 레이뮤는 망설이지 않고 대답했다.

"매지스트로로 데려가야지. 우리가 아니면 누가 커널을 관리하겠니?"

"그렇긴 하지만 커널이 얼마나 위험한 존재인지 잘 아시잖아요? 직접 겪어보셨으니까요."

"그래. 하지만 그건 인간의 그릇된 욕망이 커널을 통해서 표출된 것뿐이란다. 커널 소유자가 바른 심성만 가지고 있으면 문제없어."

"커널 자체가 소유자에게 나쁜 영향을 끼칠 수도 있잖아요?"

"레지스트리 군이라면 알아서 잘 처신할 거야."

레이뮤는 말도 안 되는 신뢰를 표시하며 커널을 옹호했다. 500년 동안 살아오면서 커널과 몇 번 대면한 적이 있을 텐데도 커널을 적대시하지 않으니 문헌상으로만 커널을 접한 다른 사람들은 가만히 있을 수밖에 없었다.

"레이뮤님의 뜻이 그렇다면 할 수 없지만…… 커널 소유자가 레지 군이라서 더 불안해요."

레이뮤의 말에 따르기로 했지만 슈아로에는 여전히 나에 대한 불신감을 표시했다. 사실 나조차도 내가 강대한 힘을 얻으면 어떻게 될지 모르기에 불안감이 모락모락 피어올랐다. 어쨌든 동굴 속에 계속 있기엔 기분이 찜찜해서 우리들은 동굴 밖으로 나왔다. 물론 커널 미소녀는 내가 같이 가자는 말을 하고 나서야 몸을 움직였다. 동굴을 나온 직후 레이뮤가 나에게 한 가지 주문을 했다.

"커널은 모든 면에서 뛰어난 존재예요. 가르치는 대로 모든 걸 습득하죠. 그러니 그 커널에게 이름을 지어주고 잘 교육시켜요. 레지스트리 군의 교육 방식에 따라 커널이 대재앙을 가져올 수도, 아니면 그 반대일 수도 있으니까요."

"……."

흐으, 나보고 이 커널 미소녀를 교육시키라고? 실프도 교육시키기 벅찬데 커널까지? 이러다 나 과로사로 죽겠다.

"자, 매지스트로로 돌아가요."

그렇게 말하며 레이뮤는 우리 모두를 데리고 천천히 산을 내려갔다. 커널을 얻은 이후에는 특별한 일이 일어나지 않았다. 제룬버드조차 모습을 드러내지 않은 것으로 보아 제룬버드의 목적은 커널 양도에 있음을 추측해 낼 수 있었다. 제룬버드와 커널의 관계는 앞으로 내가 알아내야 할 숙제였다.

*　　　　*　　　　*

매지스트로로 출발하기 전에 난 커널 미소녀에게 이름을 지어주었다. 이름이 복잡하면 내가 외우기 어렵기 때문에 간단히 '릴리'로 정했다. 그 많고 많은 이름 중에 릴리로 정한 이유는 매우 간단했다. 내가 여러 가지 의미로 '백합'을 좋아하기 때문이었다.

그리고 릴리에게 흰색의 드레스를 입혔다. 원래는 눈에 잘 안 띄는 평범한 옷을 입히려고 했는데 리아로스가 여벌이라며 흰색 드레스를 입혀 버렸다. 덕분에 릴리는 검은 머리카락을 제외하면 순백의 천사처럼 보였다.

덜컹덜컹―

올 때와 마찬가지로 리아로스 외 4인방이 한 마차에 타고
나, 리아로스, 레이뮤, 슈아로에, 릴리가 같은 마차에 탔다.
비록 5명이 한 마차에 타긴 했지만 모두들 몸이 호리호리해
서 앉는 데에는 별 무리가 없었다. 물론 유리시아드는 자신의
말을 타고 직접 이동하고 있었다.

"문제는 숙박인데……."

난 조심스럽게 말문을 열었다. 현재 우리 인원은 10명으로,
2명씩 짝을 지으면 2인용 일반 방을 얻을 수 있었다. 하지만
남자 셋, 여자 일곱이라 짝이 맞지 않았고, 내 시종이라 할 수
있는 릴리가 어떤 반응을 보일지 알 수 없어 일이 복잡했던
것이다. 그러나 레이뮤는 그 문제를 쉽게 해결했다.

"레지스트리 군과 릴리가 각자 방 하나씩 쓰면 되지요. 레
지스트리 군은 백작이니 소녀 한 명 정도는 공짜로 방을 사용
하게 할 수 있어요."

호오, 그러면 되겠군. 릴리는 어차피 내 명령만 들으니까
'혼자 자라'고 하면 혼자 자겠지. 역시 권력이란 건 있는 쪽
이 편하다니까.

숙박 문제를 해결한 우리들은 8일 후 무난하게 매지스트로
에 도착했다. 매지스트로까지 가는 동안 난 릴리에게 기본적

인 예절을 가르쳤다. 일단 인격을 갖추어야 마법이든 뭐든 가르칠 수 있기 때문이었다. 다행히 릴리는 정말 빠른 속도로 이곳 세계의 예절을 습득했다. 특히 한 번 가르쳐 준 건 절대 잊어먹지 않는 기억력에 놀랐다. 응용력은 없으나 뛰어난 기억력으로 인해 실수하는 일이 전혀 없었던 것이다.

"……."
"……."

아침 식사를 마치고 나서 난 도서실에서 릴리와 마주 앉았다. 아직 내가 커널을 얻은 사실은 알려지지 않았고, 학교 측에는 릴리를 내 시종이라고 통보했다. 현재 매지스트로는 여름 방학 상태라서 학생들이 거의 없었고, 때문에 레이뮤의 권한으로 선생들만 설득시켜서 릴리에게 방을 따로 마련해 줄 수 있었다. 사실 릴리가 날 주인님이라고 부르니 시종이라고 거짓말을 해도 의심하는 사람이 없었다.

흐으, 선생들은 내가 여자에 눈이 멀어 릴리를 돈 주고 산 것이라 생각하고 있지만, 차라리 그 편이 더 편하니까 상관없다 이거야. 근데 슈아와 리아로스는 그런 말을 들을 때마다 매번 아니라고 부정을 하니 상황이 더 이상해진다니까. 이 세계에도 영웅호색과 비슷한 뜻의 말이 있으니 그냥 그렇게 말하면 될 걸 가지고. 뭐, 아무튼 릴리한테 말이나 시켜볼까.

"릴리, 말 좀 해봐."

"무슨 말을 원하십니까?"

"그냥."

"면목없으나 주인님의 기대에 부응할 방법을 모르겠습니다."

나와 릴리는 썰렁한 대화를 주고받았다. 릴리는 언제나 내가 시킨 말만 하기 때문에 자신의 말을 가지고 있지 않았다. 그 점이 나로서는 마음에 들지 않았다. 자아가 없는 실프도 이제 슬슬 자아를 형성해 가고 있는 시점인데, 완전한 사람으로 보이는 릴리가 자신의 생각을 가지고 있지 않으니 답답했던 것이다.

흐으, 겉보기에는 귀여운 소녀인데 말투나 어조가 너무 딱딱해서 안타깝다. 뭐, 내가 릴리에게 군대식 어조를 쓰지 말고 민간인식 어조로 말하라고 하면 시키는 대로 잘 하겠지만 그러기는 싫다. 어떻게든 릴리 스스로 말하고 행동했으면 하는데 과연 그게 되려나? 잘못해서 릴리의 인격이 사악하게 되면 전부 내 탓이니까 무섭기도 하고. 아…… 어렵다.

"뭐, 아무튼 할 일도 없으니까 마법이나 배우자."

난 결국 릴리에게 마법을 가르치기로 했다. 릴리의 인격을 형성시키는 것보다 마법을 가르치는 게 마음 편하기 때문이었다. 그리고 커널인 릴리가 얼마나 능력을 발휘할 것인지도 궁금했다.

"일단 마법을 쓰기 위해서는 매직포스를 느낄 수 있어야 돼. 눈을 감고 정신을 집중하면 평소와는 다른 이질적인 파장이 느껴질 거야. 한번 해봐."

"알겠습니다."

내 명령에 릴리는 눈을 감고 정신을 집중했다. 그리고 잠시후 릴리가 눈을 감은 채로 입을 열었다.

"서로 다른 세 가지 파장을 느끼고 있습니다."

"세 가지?"

호오, 세 가지 파장이라. 그럼 릴리는 검은 머리이면서도 매직포스, 스피릿포스, 디바인포스를 전부 느낄 수 있다는 말인가? 난 셋 중에 하나도 느끼지 못했는데 무지하게 부럽군.

"그럼 지금 내 몸에서 나오는 파장과 비슷한 파장에만 집중해. 그게 매직포스니까."

"알겠습니다."

"이제 그 매직포스를 자신의 머릿속에 새긴다는 이미지를 떠올려. 그럼 마나 파장이 일어나면서 머리에 무언가가 새겨지는 느낌이 있을 거야. 그걸 계속 반복해 봐."

"알겠습니다."

릴리는 내 말대로 하는 듯한 움직임을 보였다. 보통 마나하나를 새기는 데 20분 가까이 걸리기 때문에 그동안 난 할일을 찾아 도서실을 부유했다. 그런데 그렇게 20분 정도가 지났을 때 갑자기 릴리에게서 어마어마한 마나 파장이 쏟아져 나오기 시작했다.

"……!"

헉! 뭐야, 이 굉장한 마나 파장은?! 이건 그린 드래곤인 페르키암만큼이나, 아니, 어쩌면 그보다 더 강력한 마나 파장일 수도 있어! 원래 릴리는 미완의 포스를 대량으로 가지고 있었는데 마나를 새김과 동시에 그 포스가 전부 매직포스로 전환된 것인가?!

"됐어! 그만 내보내!"

릴리의 마나 파장이 워낙 강해 난 릴리에게 그런 말도 안 되는 명령을 내렸다. 하지만 마나 파장을 내보내지 않는 방법은 잠을 자거나 기절하는 수밖에 없어서 릴리로서는 내 명령 수행에 애로 사항이 있었다.

"어떻게 해야 마나 파장을 내보내지 않을 수 있습니까?"

"잠 자!"

"……알겠습니다."

내가 구체적인 방법을 언급하자 릴리는 마나 모으기를 중단하고 앉은 자세로 잠을 청했다. 그리고 잠시 후, 릴리의 몸에서 쏟아져 나오던 마나 파장이 일순간에 사라졌다.

잉? 잠을 청한 지 1초 만에 잠든 건가? 정말 가공할 능력이군. 뭐, 어쨌거나 강력한 마나 파장을 느끼지 않아도 되어 다행이긴 하지만 릴리가 또 깨어나면 다시 마나 파장이 나올 텐데 이를 어쩐다?

"무슨 일이에요?!"

그때 도서실 밖에서부터 다급한 발소리와 함께 슈아로에가 뛰어 들어왔다. 아마도 릴리의 강력한 마나 파장을 느끼고 무슨 일이 터졌나 하여 급하게 달려온 모양이었다. 그리고 슈아로에의 옆에는 레이뮤도 있었다. 레이뮤는 얌전히 앉아 있는 날 보더니 이내 물음을 던졌다.

"방금 전에 굉장한 마나 파장을 이곳에서 느꼈어요. 무슨 일이 있었나요?"

"에…… 그게 릴리한테 마나 모으는 법을 가르쳐 줬더니 그렇게 됐어요."

"릴리에게 마법을?"

내 말을 듣자마자 레이뮤의 시선이 릴리에게로 꽂혔다. 하지만 릴리가 앉은 상태에서 눈을 감은 채 자고 있자 다시 나에게로 시선을 돌렸다.

"릴리는…… 자고 있는 건가요?"

"예. 그래야 마나 파장이 나오지 않으니까요."

"앉은 채로 자고 있군요."

"예, 앉은 채로."

나와 레이뮤는 당연한 사실을 이야기하면서 현 상황의 타개책을 모색했다. 릴리의 마나 파장 방출을 방치했다가는 학교 선생들이 릴리의 정체에 대해 커다란 의혹을 제기할 수밖에 없기 때문이었다. 그렇다고 릴리를 무한정 재울 수만도 없는 일. 결국 릴리의 마나 파장 방출을 어떻게 해서든 막아야만 했다.

"레이뮤 씨, 슈아, 둘 다 나 좀 도와주세요."

난 두 여성에게 헬프를 요청했다. 그 헬프라는 건 매우 단순했다. 마나 파장을 제어할 수 있는 마법 코드를 만들어내는 것이었으니까.

……

마나 파장 제어 코드를 만드는 데에 무려 3일이나 걸렸다. 그동안 릴리는 거의 잠을 자는 상태로 지냈다. 보통 마법사는 일어나서 메모라이즈라는 걸 해야만 마법을 사용할 수 있는 것과는 달리 릴리는 일어나서 조금만 있으면 바로 마나 파장이 흘러나와서 계속 재워야만 했다. 릴리가 일어나는 때는 식사를 할 때뿐이고 나머지는 잠만 잤다. 커널이라서 그런지 식사량이 매우 적었고, 심지어 화장실을 갈 필요도 없어서 계속 재우는 게 가능했다.

처음에는 마나 파장 제어 코드가 거창할 것이라고 생각해서 코드 개발하는 데 별 진척이 없었다. 그렇게 이틀을 아무 진척 없이 보내고 나서 3일째 되던 날 아무 생각 없이 Break 코드를 썼다. 그랬더니 마나 파장 제어 코드가 완성됐다. 아니, 제어 코드라기보다는 종료 코드라고 해야 옳았다. 마치 컴퓨터 시스템을 종료시키는 것처럼 종료 코드를 통해 매직 포스를 비활성 상태로 전환시키는 것이다.

"릴리, 일어나서 이 코드를 읽어."

난 의자에 앉아서 자고 있는 릴리에게 조용한 어조로 말을 건넸다. 그러자 릴리는 눈을 스르륵 뜨더니 냉큼 내가 건네준 종이 쪼가리를 읽기 시작했다.

"Repeat access string until connect string, repeat access string until execute string, break code."

메모라이즈를 하진 않았지만 릴리가 읽은 코드는 제대로 실행되어 릴리의 마나 파장 방출을 사전에 차단시켰다. 말하자면, 현재 릴리는 시스템 종료 상태가 되어서 마법을 사용할 수 없게 된 것이다. 따로 메모라이즈를 하지 않는 한 이 상태는 계속 유지된다고 볼 수 있다.

"이제는 잠을 잘 필요가 없어. 그냥 다른 사람들처럼 밤에만 자면 돼."

"알겠습니다, 주인님."

릴리는 내 명령에 충실히 따르려는 듯 눈을 또랑또랑하게 뜨며 날 쳐다보았다. 일단 난 그 상태에서 릴리에게 내가 알고 있는 마법 코드를 모조리, 하나도 빠짐없이 전부 싸그리 알려주었다. 보통 사람이라면 그 방대한 양에 기가 질려서 포기할 테지만, 인간이 아닌 릴리는 너무나도 쉽게 마법 코드를 완벽하게 암기해 냈다. 그래서 도리어 내가 질려 버렸다.

후우, 확실히 커널이라는 존재가 엄청난 포스량과 천재적인 머리를 가지고 있다는 건 알겠는데…… 그런 존재가 내 말만 듣는다는 게 왠지 답답해. 단순히 성능 좋은 기계를 사용하고 있다는 느낌이랄까. 릴리도 실프처럼 자아를 가지기 시작하면 좋을 텐데. 내 명령 때문이 아니라 자신의 의지로 움직이는 걸 보고 싶어.

제30장

레드 드래곤

매지스트로에서 릴리와 함께 지낸 지 한 달 가까이 흘렀다. 그동안 릴리의 예절 교육은 슈아로에가 맡았고, 난 주로 마법 개발에 힘썼다. 기본적인 마법이야 슈아로에만큼 사용할 수 있기 때문에 한 방에 적을 보내 버릴 수 있는 마법을 개발하고자 했다. 의문의 청년 로이스와 바이오스뿐만 아니라 경우에 따라서는 제룬버드와도 싸울 가능성이 있어 그들을 무너뜨릴 수 있는 강력한 마법이 필요했던 것이다.

"끄으아~"

하나의 코드 개발을 마치고 난 기지개를 켰다. 오랜 시간 도서실 테이블에 앉아 있었던 것은 아니지만 나이가 나이인지라 몸이 뻑적지근했다. 그렇게 나 혼자 결린 어깨를 주무르자 내 곁에 조용히 앉아 있던 릴리가 자리에서 일어나 나 대신 내 어깨를 주무르기 시작했다. 아마도 슈아로에가 레이뮤의 어깨를 주물러 주는 장면을 몇 번 보고서 그대로 따라 하는 것 같았다.

"기분 좋으십니까, 주인님?"

"아, 기분 좋아."

릴리는 내 어깨를 주무르며 속삭이듯 물었고, 나도 편안한 어조로 대답했다. 그걸 보고 내 코드 개발을 도와주던 슈아로에가 심기 불편한 표정을 지으며 냉랭하게 쏘아붙였다.

"툭하면 릴리에게 시키는군요."

잉? 나, 릴리한테 어깨 주무르라고 시킨 적 없는데?

"그럼 슈아가 주물러 줄래?"

"싫! 어! 요!"

내 농담 섞인 부탁을 듣자마자 슈아로에는 일언지하에 거절했다. 대신 보란 듯이 레이뮤의 어깨를 주물러 주기 시작했다.

"레지 군의 피로 따위는 레이뮤님에 비하면 아무것도 아니라구요."

"고맙구나, 슈아."

레이뮤는 자신의 어깨를 주무르는 슈아로에에게 감사의 표현을 했다. 얼마 전까지는 레이뮤가 슈아로에를 '슈아로에'라고 불렀으나 최근에 와서는 '슈아'라는 애칭으로 부르고 있었다. 그것은 그만큼 슈아로에를 단순한 제자가 아니라 친동생 같은 존재로 여긴다는 뜻이었다. 하지만 날 부를 때에는 여전히 '레지스트리 군'이라 하고 있어서 나로서는 섭섭함을 금할 길이 없었다.

"레이뮤 씨, 난 릴리하고 산 정상에 올라갔다 올게요."

난 릴리의 손을 덥석 잡아 제자리에서 일어났다. 그러자 슈아로에가 버럭 소리를 질렀다.

"릴리를 끌고 가서 뭐 하려구요?!"

"그야 마법 실험. 근데 왜 소리를 질러?"

"……."

내 말을 듣고 슈아로에의 얼굴이 조금 빨개졌다. 그러나 그대로 물러서지 않고 나를 몰아붙였다.

"릴리도 숙녀인데 그렇게 손을 덥석 잡으면 안 되죠!"

"아……."

흐으, 생각해 보니 그렇군. 내가 뭔 짓을 해도 릴리가 가만히 있으니 거리낌이 없다고 해야 하나? 이대로 가다 보면 릴리에게 이상한 짓을 해도 된다는 생각이 들지도 몰라. 조심해야겠다.

"뭐, 아무튼 대출 마법이 제대로 실행되는지 알아야 하니까 난 간다."

난 그렇게 말하고 다시 릴리를 끌고 가려 했다. 하지만 슈아로에는 여전히 나에게 태클을 걸었다.

"대출 마법은 또 뭐예요? 이번에 만든 마법의 명칭인가요?"

"응. 방금 만든 마법 이름."

"대출이 무슨 뜻인데요?"

이 세계에서는 사채라는 말은 있어도 대출이라는 말은 없었기에 슈아로에가 그 뜻을 물어왔다. 그래서 난 매우 간단하게 대답해 주었다.

"남의 마나를 빌려 쓰는 거니까, 대출."

"빌려 쓰는 거면 차용이지 대출은 뭐예요? 이상한 말 만들어내지 말아요."

"그럼 공식 명칭은 차용 마법으로 하고, 비공식 명칭은 대출 마법으로 하지 뭐."

"……"

내 말에 슈아로에가 어이없다는 표정을 지었다. 하지만 마법 명칭을 가지고 싸우고 싶지는 않은지 더 이상의 말은 하지 않았다. 대신 내 옆으로 오며 자신의 의사를 피력했다.

"나도 같이 만들었으니까 확인하러 갈 거예요."

"그래? 그렇게 하든가."

슈아로에가 따라와서 문제될 건 없었기에 난 흔쾌히 승낙했다. 그러자 레이뮤도 날 따라가고자 했다.

"나도 가겠어요."

"에…… 학교장이 학교를 마음대로 떠나면 안 되지 않을까요?"

"괜찮아요. 내가 잠깐 없다고 해서 학교가 망하지는 않으니까요."

"……예, 그럼 같이 가죠."

결국 난 레이뮤와 슈아로에를 대동한 채 릴리와 함께 산 정상으로 올라갔다. 마법을 실행하는데 왜 굳이 힘들게 산 정상까지 올라가느냐고 누군가가 묻는다면 이렇게 대답할 것이다. 학교 내에서 릴리의 매직포스를 실행시켰다가는 학교가 발칵 뒤집혀진다고.

사박사박— 찌릉찌릉—

수풀 밟는 소리와 정체 모를 새소리만이 산속에 울려 퍼졌다. 우리들은 거의 한 시간여를 걸어서 산 정상에 도착했다. 하도 걸어서인지 매지스트로 학교의 모습조차 보이지 않았다. 산 정상에서 보이는 것이라고는 저 멀리 외로이 서 있는 성 한 채와 비교적 넓은 밭뿐, 나머지는 전부 산투성이였다.

"하아, 하아……."

체력 약한 슈아로에는 땀을 뻘뻘 흘리며 거칠게 숨을 몰아쉬었고, 레이뮤도 힘든 기색을 보였다. 나 역시 오랜만에 하는 운동이라 땀이 비 오듯 쏟아졌으나 그럭저럭 버틸 만했고, 릴리는 털끝만큼도 지쳐 보이지 않았다.

휘잉—

우리들이 땀을 삐질삐질 흘리자 실프가 갑자기 나타나서 시원한 바람을 일으켰다. 내가 소환하거나 명령을 내린 것도 아닌데 자기 멋대로 나타나 자기 멋대로 행동하는 실프를 보니 내 통제를 완전히 벗어난 듯한 느낌이었다. 하지만 실프가 여태껏 내 명령을 어긴 적이 없다는 것을 그나마 위안으로 삼고 있었다.

"이 더운 날에 괜히 따라왔네."

슈아로에는 실프의 바람을 쐬며 불평을 늘어놓았다. 하지만 난 슈아로에의 불평을 무시하고 릴리를 내 앞에 세웠다. 여기서 시간을 너무 끌면 매지스트로에 돌아가기도 전에 해가 질지도 모르기 때문이었다.

"릴리, 난 이제 너한테 링크를 걸어서 네 매직포스를 사용한 거야. 그러니 매직포스를 기동시켜."

"알겠습니다, 주인님."

내 명령을 받자 릴리는 곧바로 메모라이즈를 통해 매직포스를 실행시켰다. 순간 릴리로부터 어마어마한 양의 마나 파장이 흘러나오기 시작했다. 그린 드래곤 페르키암을 뛰어넘을 듯한 마나 파장을 눈앞에서 느끼고 있으니 숨이 막혀 죽을 것만 같았다.

크으, 단순히 매직포스를 사용 가능하게 만들었을 뿐인데 이 정도의 마나 파장이 흘러나오다니 무섭다. 이거, 잘못하면 산 정상에 있어도 매지스트로의 인간들이 릴리의 마나 파장을 느낄지도 모르겠는걸? 어쨌든 간에 빨리 실험을 끝내고 내려가야겠다. 안 그러면 내가 릴리의 마나 파장에 압살당할지도…….

"Repeat access string until connect string, repeat access string until execute string, link Lily, create protocol."

난 릴리의 강대한 마나 파장을 정면으로 맞서며 차용 마법을 코딩했다. 차용 마법이란 말 그대로 남의 마나를 빌려 쓰는 것인데, 그렇게 하기 위해서는 Link 명령어로 대상자와 내 의식을 연결시켜야 한다. 보통 인간은 자아를 지키려고 하므로 의식 링크가 쉽지 않은 일이지만 지금 실험 대상자는 자아가 없다고 볼 수 있는 릴리라서 의식 연결에 별 무리가 없었다.

후우, 일단 예상대로 의식 연결은 무난하게 됐군. 릴리의 마나 파장이 내 정신 집중을 방해하고 있긴 하지만 그 정도의 방해 공작에 무너질 내가 아니지!

"Create space meteor A, mapping fire, create space meteor B, mapping fire, ……, create space meteor J, mapping fire, create snap space road A, create snap space road B, ……create space road J."

난 최대한 정신을 집중해서 메테오 스트라이크를 코딩했다. 차용 마법에서 의식 연결만큼이나 중요한 것은 마법 코딩을 할 때 내 마나를 쓰지 않고 대상자의 마나를 쓰도록 정신 집중을 해야 한다는 점이다. 정신을 조금이라도 흩뜨리면 대상자의 마나를 쓰는 게 아니라 시전자의 마나를 사용하게 되기 때문이다.

"Animate snap!"

정신을 최대한 집중한 상태에서 릴리의 마나를 느끼며 코딩을 했기에 난 내 마나를 쓰지 않고 릴리의 마나를 이용해 메테오 스트라이크를 실행시켰다. 메테오 스트라이크는 5서클 마법이라 3서클인 나나 4서클인 실프조차 온전히 실행시키기 어려웠지만, 몇 서클인지 가늠조차 힘든 릴리의 마나를 이용하여 메테오 스트라이크를 실행시킬 수 있었다. 내가 릴리의 마나를 사용하여 만든 불덩어리의 개수는 총 10개.

······.

메테오 스트라이크를 실행시켰으나 정작 주변은 고요했다. 그도 그럴 것이 메테오 스트라이크의 이동 경로를 공중에서 공중으로, 즉 지평선과 평행하게 잡았기 때문이다. 그래서 방해물을 만나지 않은 메테오 스트라이크가 공중에서 소멸한 것이다. 그것을 의도한 이유는 매우 간단했다. 메테오 스트라이크를 지상에 떨어뜨리면 산불이 나버리니까.

"좋아, 릴리. 종료 코드를 실행시켜."

메테오 스트라이크의 실행을 확인하자마자 난 릴리에게 포스 종료 코드를 실행시키도록 지시했다. 릴리는 내 말대로 종료 코드로 매직포스 실행을 끝냈고, 그에 따라 릴리의 마나 파장도 깨끗하게 사라졌다. 릴리의 마나 파장이 사라지니 나도 숨통이 확 트이는 느낌을 받았다.

후후, 이걸로 실험도 끝났으니 빨리 돌아가야겠다. 1시간 동안 힘들게 정상까지 올라와서 10분도 머물지 않고 바로 내려가는 게 허탈하기도 하지만 난 매지스트로에 돌아가 늘어지게 자고 싶어.

"자, 성공했으니까 돌아가죠."

빨리 내려가고 싶은 마음에 난 슈아로에와 레이뮤를 재촉했다. 그러나 몇 분 쉬지도 못한 슈아로에는 전혀 움직일 기미를 보이지 않았다.

"벌써 끝난 거예요? 레지 군답지 않게 너무 빨리 끝났잖아요."

"뭘? 난 원래 속전속결이야."

"좀만 있다가 내려가요. 힘들다구요."

"……알았어."

슈아로에의 강력한 요청에 결국 우리들은 한 시간가량을 산 정상에서 보냈다. 만약 도시락이라도 가져왔으면 소풍 분위기를 낼 수도 있었겠지만, 우리는 먹을 게 없어서 산열매를 따서 먹어야만 했다. 그런데 의외로 그런 것들이 재미있어 1시간씩이나 있었는 데도 전혀 지겹지가 않았다.

*   *   *

차용 마법을 개발한 뒤로 일주일 동안 난 릴리뿐만 아니라 실프, 슈아로에, 레이뮤를 대상으로 차용 마법을 썼다. 릴리와 실프의 경우에는 차용 마법을 아무 어려움 없이 쓸 수 있었지만 슈아로에와 레이뮤는 실패할 때도 있었다. 그래도 자주 하다 보니 10번 중에 일곱, 여덟 번 정도는 성공 가능하게 되었다.

"레지스트리 군, 드디어 첫 번째 업무예요."

차용 마법 성공에 들떠 도서실에서 아무것도 안 하고 늘어져 있을 때 레이뮤가 나에게 그런 말을 했다. 하지만 난 업무라는 게 뭔지 몰라서 레이뮤의 얼굴만 멀뚱히 쳐다보았다. 그래서 레이뮤는 날 위해 친절하게 부연 설명을 해주었다.

"드디어 검은 천사 용병단에게 의뢰가 들어왔어요. 기념할 만한 첫 번째 업무죠."

"……!"

헉! 그러고 보니 내가 용병단의 단장이라는 사실을 완전히 잊어먹고 있었어! 검은 천사 용병단을 결성한 뒤로 한 2달 동안 소식이 없어서 잠정적으로 해체된 줄 알았는데 말이지. 아니, 그건 그렇고, 대체 어떤 정신 나간 녀석이 활동 내역이 전혀 없는 검은 천사 용병단에게 의뢰를 한 거야? 싼값에 신청한 거야? 아니, 레이뮤가 돈 때문에 창설한 용병단인데 의뢰비를 싸게 받을 리가 없어.

"의뢰는 어떤 내용인데요?"

일단 의뢰 내용이라도 알아보자는 생각에 난 레이뮤에게 질문을 날렸다. 그런데 돌아온 대답은 내 예상을 훨씬 뛰어넘는 것이었다.

"간단한 거예요. 드래곤을 잡으면 되는 것이니까요."

"……"

레이뮤가 하도 아무렇지도 않게 말해서 난 순간 내가 말을 잘못 들은 줄 알았다. 그러나 내 귀는 가까이 한 말도 제대로 듣지 못하는 청각 장애를 가지고 있지 않았다.

"드래곤을 잡는다구요?"

"그래요. 페르키암을 잡아봤으니 별로 어렵진 않을 거예요."

"……"

흐으, 아무리 내가 페르키암을 잡을 때 결정타를 날렸다고는 하지만 인간이 드래곤을 잡는다는 건 힘들다고. 레이뮤 씨도 그걸 모르지는 않을 텐데 어떻게 저리 여유로울 수가 있지? 내가 커널을 소유했기 때문인가?

"……왜 드래곤을 잡아야 하는 거죠? 드래곤은 원래 활동을 잘 안 하잖아요?"

드래곤을 처치할 수 있는지는 일단 덮어두고 난 레이뮤에게 구체적인 질문을 던졌다. 사실 질문을 던지면서 그 해답을 어느 정도 예상하긴 했는데, 역시나 레이뮤는 내 예상에서 크게 빗나가지 않은 대답을 해주었다.

"레지스트리 군이 잡을 드래곤은 가장 약한 레드 드래곤인 '보카시온'이에요. 최근까지 활동하지 않다가 며칠 전에 광포화된 것이 목격됐지요."

"……!"

헉! 역시 이번에도 광포화야? 작년에는 페르키암이 광포화되더니 올해에는 보카시온? 드래곤들 사이에서 광포화가 무슨 연례행사냐? 잉? 잠깐! 보카시온? 언젠가 얼핏 들어본 이름 같은데?

"보카시온……?"

"레드 드래곤 보카시온. 200년 전에 보카시온의 해츨링이 광포화되어 많은 사람들이 단결해서 해츨링을 제거한 적이 있어요. 전에 각국을 방문할 때 말했던 건데 기억나나요?"

"예……."

레이뮤의 설명을 들으니 어느 정도 기억이 났다. 슈아로에가 레이뮤에게 드래곤을 잡은 적이 있냐고 물어서 레이뮤가 레드 드래곤의 해츨링을 여러 사람이 모여 상대했다고 말했었다. 난 내 기억력이 그런 사소한 것을 저장하고 있음에 놀라며 레이뮤에게 더욱 자세한 설명을 요구했다.

"보카시온도 광포화되어서 날뛰고 있나요?"

"그래요. 근데 그게 좀 골치 아프게 됐어요."

"……?"

잉? 골치 아프게 됐어? 드래곤이 광포화됐으면 그냥 잡으면 되지 않나?

"무슨 일이 있어요?"

"그게, 지금 보카시온을 부리는 사람이 있어요. 광포화된 드래곤, 아니, 드래곤을 부린다는 것도 처음이지만 사람이 드래곤을 제어하면서 이곳저곳을 파괴하고 있죠. 불행 중 다행이랄까, 보카시온의 제어자도 정신에 문제가 있어서 파괴 이외의 것은 생각하지 않고 있어요. 만약 그 제어자가 보카시온의 힘을 이용해서 뭔가를 계획하려고 했다면 일이 더 복잡하게 꼬였을 거예요."

"······."

레이뮤의 말이 쉽게 이해되지 않아 난 좀 더 구체적인 설명을 요구하려고 했다. 그러나 레이뮤는 더 이상의 부연 설명을 하지 않았다.

"자세한 것은 다른 용병단 대표에게 듣도록 해요. 점심을 먹고 나서 곧바로 엔비디아 제국의 지포스로 가요. 슈아와 리아로스 양 외 4명도 모두 데려가고요."

"예······."

난 결국 레이뮤에게 더 이상 아무 말도 듣지 못한 채 점심을 먹은 뒤 7명의 인원을 데리고 엔비디아 제국의 지포스로 향해야만 했다. 그나마 내가 명예 백작의 지위를 가지고 있는데다 어느 정도 명성도 얻은 터라 좋은 마차를 2대 얻어 편안히 이동할 수 있었다.

덜컹덜컹—

좋은 마차답게 덜컹거림이 적어서 엉덩이가 아픈 일은 없었다. 디아라, 에르시아, 콜론세, 제로드를 한 마차에 몰아넣고 나와 릴리, 슈아로에, 리아로스가 같은 마차에 탔다. 그리고 나와 릴리가 같이 앉고, 슈아로에와 리아로스가 같이 앉아서 마음도 편했다.

흐음, 문제는 숙박인가. 디아라와 에르시아를 한방에, 콜론세와 제로드를 한방에, 슈아와 리아로스를 한방에 넣으면 되는데 릴리는 어떡한다? 어차피 명예 백작의 권력으로 무료 숙박하고 있으니 나와 릴리는 독방을 쓰도록 해야겠다. 생각 같아서는 릴리와 같이 자고 싶지만 그랬다가는 슈아나 리아로스가 날 죽이려들겠지?

덜컹덜컹—

엔비디아 제국의 수도 지포스에 도착할 동안 아무 일도 일어나지 않았다. 난 최소한 식당이나 여관에서 내가 명예 백작이라는 걸 인정 안 하고 증거를 대라고 말하는 주인이 한두 명 정도는 나올 것이라 생각했다. 그런데 의외로 내 블랙 케이프와 슈아로에의 화이트 케이프를 보더니 군말 없이 모든 걸 공짜로 해주었다. 나중에 들어보니 나와 슈아로에를 한데 묶어 쿠앤크 케이프라고 했다. 블랙&화이트를 쿠키&크림이라고 표현해서 그렇게 부르는 것이었다. 물론 슈아로에는 나와 엮여서 불리는 걸 싫어했지만.

"잘 왔다, 레지스트리."

우리들이 약속 장소인 지포스의 한 여관에 들어서자마자 1층 식당에서 기다리고 있던 푸른 바다 길드의 단장 바온사르가 우리를 맞이했다. 여관에는 바온 말고도 검은 그림자 길드와 붉은 망토 길드의 대표로 온 이들이 2명씩 모여 있었다. 한마디로, 여관에 있는 용병들은 이곳 지포스에서 나와 1대 6으로 싸웠던 사람들이었다. 그중에서 등에 큼지막한 도를 멘 흑발의 중년 남자가 입을 열었다.

"일단 검은 천사 용병단의 구성원들이 정식으로 처음 대면하는 자리지만, 전에 한 번 봤으니 자기소개는 생략하기로 하겠소."

"……!"

헉! 자기소개를 안 하다니, 이런 말도 안 되는! 난 아직 저 사람들 이름을 하나도 모른단 말이다! 흑흑, 한 번 이름을 가르쳐 주면 머리에 바로 입력시키는 천재적인 머리가 부러워. 아무튼 나중에라도 바온한테 저 사람들의 이름이나 가르쳐 달라고 해야겠다.

"우리는 레지스트리 백작을 검은 천사라고 부를 것이오. 검은 천사도 우리를 편하게 부르시오."

하아, 나도 그러고 싶은데 당신들 이름이 기억 안 난다니까.

"대마법사님에게 우리들이 한 말을 이미 들었을 거라 생각되오. 그 문제에 대해 여기서 자세한 설명을 해드리겠소."

흑발의 중년 남자는 진지한 표정으로 본론에 들어갔다.

"며칠 전 '데이온'이라는 자가 레드 드래곤 보카시온을 대동한 채 리바 성을 파괴시켰소. 성에 있는 사람들을 모조리 죽여 버렸기 때문에 생존자는 없다고 하오."

"……!"

헉! 리바?! 리바 성이라면 예전에 인격 테스트할 때 나한테 와서 수석 마법사를 하라고 했던 그 센도론 공작의 아들이 있는 성?

"그럼 리바 성의 영주…… 센도론 공작은?"

"모두 죽었소."

"……."

흐으, 만약 내가 센도론 공작 아들의 제안을 받아들여 리바 성의 수석 마법사로 취직했다면……. 레드 드래곤 보카시온의 습격을 받아 저승으로 갔겠군. 생각만 해도 무섭다, 무서워.

"데이온은 10대 소년 노예로, 어릴 때부터 주인에게 학대를 받아 정신이 피폐해진 자요. 그자는 어찌 된 연유인지 광포화된 보카시온을 통제하고 있소. 보통 광포화된 드래곤은 닥치는 대로 날뛰지만, 보카시온은 광포화되고도 데이온의 명령에 의해서만 움직이고 있다오."

흑발 중년 남자의 말은 생각보다 놀라웠다. 드래곤이 광포화된 상태인 데도 인간의 말을 듣고 있다는 것도 그렇지만, 무엇보다도 그 드래곤의 주인이 10대 노예 소년이라는 점이었다.

"그 소년은 왜 리바 성을 파괴했습니까?"

난 일단 다른 사항을 제쳐 두고 데이온이라는 소년의 목적을 알아보고자 했다. 다행히 흑발 중년남자는 그 문제에 대해 조사하거나 생각해 놓은 게 있었다.

"소년은 리바 성에서 학대를 받았소. 그래서 1차적으로 리바 성을 파괴시킨 걸 것이오."

"1차적으로?"

"불행히도 데이온은 정신이상자요. 그래서 보카시온의 힘을 파괴 행위에 계속 사용하고 있소. 어쩌면 데이온도 미쳤기 때문에 광포화된 드래곤을 부리게 된 것인지도 모르오."

흐으, 결국 주인이 있다고는 하지만 보카시온의 파괴 행위는 그치지 않을 것이란 소리군. 상황을 보니 데이온에게 특별한 능력이 있지는 않을 테고, 문제는 광포화된 보카시온인가? 제정신으로 싸우는 드래곤보다야 광포화된 녀석이 다루기 더 쉽지만 그래도 드래곤이라 무섭다.

"검은 천사는 예전에 그린 드래곤 페르키암을 쓰러뜨린 적이 있다고 들었소. 그러니 우리들은 모든 작전을 검은 천사, 당신에게 위임하겠소."

결국 흑발 중년 남자는 모든 권한을 나에게 떠넘겼다. 이 세계에서 레드 드래곤은 그린 드래곤보다 약하기 때문에 그린 드래곤 페르키암을 잠재운 나로서는 별로 두려운 상대가 아니었다. 하지만 뭔가 께름칙한 것이 내 가슴을 짓눌렀다.

흐으…… 불안해. 이유도 없이 불안하다. 데이온이 아무리 미쳤다고는 하지만 광포화된 드래곤을 어떻게 부리게 된 거지? 너도 미치고 나도 미쳤으니 같이 놀아보자 식으로 하는 건 아닐 테고. 분명 뭔가가 있어, 뭔가가.

"일단 오늘은 여독을 풀어야 하니 편히 쉬도록 합시다. 지금 데이온이 부두 성으로 가고 있다고 하니 내일 부두 성을 향해 출발할 것이오."

흑발의 중년 남자는 그 말을 끝으로 자리에서 일어서려고 했다. 하지만 난 아직 궁금한 것이 있어 그에게 질문을 날렸다.

"데이온은 리바 성의 사람들만 죽인 겁니까? 아니면 관계 없는 사람들까지 죽이고 있는 겁니까?"

"1차적으로 원한 관계의 사람들을 죽였지만, 지금은 부두 성 쪽으로 가면서 닥치는 대로 마을을 파괴하고 있소. 소문에 의하면 데이온이 인육까지 먹는다고 하오. 아무튼 데이온을 막지 않으면 많은 피해자가 속출할 거요."

"이번 일의 의뢰자는 누구입니까?"

"엔비디아 제국의 황제라오."

"……!"

헉! 의뢰인이 황제라고? 아니, 황제가 왜 우리한테 의뢰를 하지?

"원래 드래곤 처리는 마법학회에서 하는 걸 텐데 마법학회에다 의뢰를 하는 게 수순 아닙니까?"

"현 마법학회 내에서 드래곤을 상대해 본 자는 없소. 그래서 황제가 검은 천사 용병단에 사적으로 의뢰를 해온 것이오."

"데이온이 드래곤의 힘으로 엔비디아 제국의 성들을 파괴하려고 하니까?"

"그렇소."

흑발의 중년 남자는 차분한 어조로 대답했다. 사실 마법학회 사람들은 인정하고 싶지 않겠지만 마법학회의 중심은 대마법사 레이뮤였다. 그런데 그런 중심이 마법학회를 탈퇴해 버렸으니 마법학회는 오합지졸들의 모임이 되어버렸다고 해도 과언이 아니었다. 엔비디아 제국의 황제가 마법학회보다 검은 천사 용병단에게 드래곤 퇴치를 의뢰한 것이 그 증거였다.

흐으, 마법학회는 완전히 낙동강 오리알 신세가 되어버렸구나. 솔직히 나 같아도 허접들만 모인 마법학회보다 드래곤 퇴치에 상급 마족, 하급 마왕 퇴치 경력이 있는 검은 천사에게 의뢰를 하겠다. 문제는 그 퇴치 경력이 순전히 나 혼자만의 힘으로 이룩한 게 아니라는 점이지만……

"그럼 오늘은 푹 쉬시오. 내일 아침을 먹자마자 바로 출발 하겠소."

일단 우리들은 흑발 중년 남자의 말에 따랐다. 리더가 아무리 나라고는 해도 용병 경험이 없으니 우선 흑발 중년 남자가 우리들의 리더처럼 행동했다. 사실 누가 실질적인 리더 역할을 한다 하더라도 의뢰 수행 시에 들어오는 돈은 내 쪽이 더 많을 것이기 때문에—그렇지 않다면 레이뮤가 날 검은 천사 용병단의 단장으로 앉힐 리가 없으므로—나로서는 누가 리더를 하든지 관심이 없었다. 중요한 것은 의뢰 수행의 성공 여부뿐이었다.

*　　　*　　　*

다음날, 아침을 먹고 총 13명의 인원이 일제히 부두 성을 향해 출발했다. 후원 길드 사람들은 모두 말을 타고 이동했고, 우리 일행은 마차 2대를 타고 이동했다.

흐으, 부두라…… 예전에는 부두 카드가 한창 날렸었는데 지금은 완전히 사라졌지. 그래서인지 왠지 우리가 도착하기도 전에 부두 성이 없어져 있을 것 같은데…… 하하, 그냥 이름만 비슷한 거겠지. 설마 부두 카드처럼 부두 성도 사라지겠어?

덜컹덜컹―

따그닥따그닥―

마차 소리와 말굽 소리가 한데 뒤섞인 채 우리들은 부두 성을 향해 내달렸다. 리바 성에서 부두 성으로 가는 것보다 지포스 성에서 부두 성으로 가는 게 하루 정도 빨리 도착한다고 했기 때문에 데이온보다 부두 성에 먼저 입성해야 정상이었다. 그러나 우리들이 생각지 못한 게 하나 있었다.

"……."

"늦었군요."

마침내 6일이 걸려 부두 성에 도착한 우리들은 멀뚱히 서 있어야만 했다. 분명 웅장하게 서 있어야 할 성벽과 건물들이 완전히 무너져 땅바닥에 나뒹굴고 있었기 때문이다. 한마디로 데이온과 보카시온이 우리들보다 먼저 부두 성에 도착해 부두 성을 박살 내버린 것이다.

"한발 늦었군."

초토화된 부두 성을 보고 검은 그림자 길드 단장인 흑발 중년 남자, 로베르트가 심각한 표정으로 입을 열었다. 우리들이 부두 성에 온 것은 데이온보다 먼저 도착해서 그를 저지한다는 뜻이었는데, 데이온이 먼저 휩쓸고 지나가 버렸으니 계획이 완전히 틀어져 버린 것이었다.

"데이온은 드래곤을 타고 날아왔나 보군요."

난 머릿속의 생각을 그대로 내뱉었다. 사실 그것이 아니면 마차를 타고 달려온 우리보다 데이온이 먼저 부두 성에 도착한 이유를 설명할 길이 없었다. 로베르트 역시 내 생각에 동의했다.

"그 점을 미처 생각하지 못했소."

"데이온의 다음 목적지는 알고 있습니까?"

"모르오. 적어도 데이온이 어느 방향으로 출발했는지만 알면 다음 목적지를 대충 감 잡을 수 있는데……."

로베르트는 심각한 표정을 지으며 쉽게 결단을 내리지 못했다. 다른 사람들도 뾰족한 수가 없는 것 같아서 검은 천사 용병단의 대표인 내가 의견을 내었다.

"일단 이곳 사람들에게 데이온이 어디로 갔는지 물어보죠."

"지쪽에 파손되지 않은 집이 있으니까 저리로 가요."

내 말을 듣자마자 리아로스가 어떤 집을 가리켰다. 성에서 조금 멀리 떨어져 있는 집이라서 그런지 멀쩡해 보였다. 성에서 가까이 있는 집들은 전부 아작이 난 상태였기 때문에 일단 리아로스의 말대로 그 집으로 발걸음을 옮겼다.

똑똑―

"계십니까?"

난 일행 대표로 멀쩡한 집의 문을 두드리며 사람을 불렀다. 하지만 대답이 없어 다시 한 번 소리 높여 불렀다. 그렇게 두 번을 더 불렀을 때 마침내 집 안에서 발자국 소리가 들리며

문이 열렸다.

"뉘, 뉘시오?"

문을 열고 나온 사람은 50은 훌쩍 넘어 보이는 할아버지였다. 얼굴에 공포가 서려 있는 걸로 봐서는 드래곤이 날뛰는 모습을 직접 본 것 같았다.

"본인은 센트리노 제국의 명예 백작, 검은 천사 레지스트리라고 합니다. 물어보고 싶은 게⋯⋯."

"검은 천사⋯⋯!"

보카시온에 대해 묻기 위해 내 이름을 밝히자 할아버지가 지금까지와는 다른 표정을 지었다. 그리고는 내 손을 덥석 잡고 떨리는 목소리로 소리쳤다.

"검은 천사님! 우리 아들의 복수를 해주시오!"

"예?"

"붉은 드래곤이 우리 아들과 며느리를 죽였소! 원수를 갚아주시오! 으흑!"

할아버지는 내 손을 잡은 채 오열했다. 전혀 생각지 못한 반응이라서 당황했지만 일단 할아버지를 진정시키는 데 주력했다.

"아드님의 원수는 갚아드리도록 하겠습니다. 그러니 진정해 주십시오."

"크으윽⋯⋯."

대략 1분여가 흐르고 나서야 할아버지는 겨우 진정했다.

그리고는 우리들을 집 안으로 초대하려 했으나 보카시온을 뒤쫓는 게 급했기 때문에 그냥 밖에서 정황을 듣기로 했다.

"드래곤이 어디로 갔는지 알고 계십니까?"

"으…… 아마 북쪽으로 갔을 겁니다."

"이곳을 습격한 것은 드래곤과 소년 한 명뿐이었습니까?"

"그럴 겁니다……."

흐음, 역시 데이온과 보카시온뿐인가? 데이온의 병력이 더이상 추가되지 않았다는 건 그나마 다행이군. 하지만 상대는 드래곤인데 다행이라고 할 수 있나?

"알겠습니다. 더 이상의 피해가 나오지 않도록 드래곤을 빠른 시일 안에 처치하도록 하겠습니다."

"꼭! 그 망할 드래곤을 없애주십시오!"

우리들은 할아버지의 간절한 소망을 뒤로하고 보카시온이 갔다는 북쪽으로 방향을 잡았다. 문제는 북쪽이라는 게 범위가 굉장히 넓어서 정확한 방향을 잡기 힘들다는 점이었다.

"여기서 북쪽에 있는 성을 알고 계시죠, 케반 씨?"

난 엔비디아 제국 소속의 붉은 망토 길드 단장인 자줏빛 머리의 중년 남자에게 물음을 던졌다. 그러면 이곳 지리에 대해서 훤할 것이라 생각했기 때문이다. 그런 내 예상대로 우리들 중에서 나이가 가장 많은 케반은 잠시 머리를 굴리다가 입을 열었다.

"여기서 북쪽이라면 데이온의 다음 목적지는 '티엔' 성이오."

흐음, 근데 부두 성처럼 우리가 도착하기도 전에 데이온이 보카시온을 타고 날아가면 또 늦을 텐데…… 그렇다고 우리도 뭔가를 타고 날아갈 수도 없고……. 이런 식으로 가다가는 계속 뒷북치는 일이 발생할 가능성이 높겠는걸?

"레지 군! 저쪽……!"

"……?"

내가 결정을 잠시 망설이고 있을 때 슈아로에가 내 팔을 잡아당기며 어딘가를 가리켰다. 그녀가 가리키는 쪽을 보니 한 명의 노인이 우리들 쪽으로 천천히 걸어오는 모습이 보였다. 그다지 특출난 것이 없는 평범한 노인. 그러나 그 노인은 그린 드래곤 페르키암 사건 때 우리들 옆에서 이상한 소리를 해댔던 제룬버드라는 이름의 할아버지였다.

"허허, 오랜만이로군."

"……."

두 달 만에 만난 건데 뭐가 오랜만이라는 건지…… 아니, 그보다 마법학회의 탈퇴 선언 후에 제룬버드가 나보고 버지로 가라고 했던 것에 대해서 묻고 싶군. 제룬버드와 커널의 관계도 알고 싶고. 문제는 여기 있는 각 용병단 대표들은 내가 커널을 얻었다는 사실을 모르니까 말을 꺼낼 수가 없다는 점.

"검은 천사, 아는 분이오?"

제룬버드가 나한테 아는 척을 하자 검은 그림자 길드 단장 로베르트가 나에게 물음을 던졌다. 사실 나도 제룬버드에 대해 아는 것은 없지만 일단 평범한 관계는 아니기에 아는 사이라고 속였다.

"조금 알고 지낸 사람입니다."

"제룬버드라고 하오. 지나가던 평범한 노인이외다."

흐으, 지나가던 평범한 노인? 평범한 노인이 왜 이런 폐허 지역을 지나가시나? 변명도 그럴 듯해야 사람들이 믿지.

"나이 드신 분이 이런 곳을 지나가시면 안 됩니다. 다른 마을로 가십시오."

로베르트는 아무런 의심 없이 제룬버드의 말을 믿었다. 제룬버드를 본 적 있는 나와 슈아로에, 그리고 리아로스 5인방은 그의 말을 믿고 있지 않았지만 각 용병단 대표들은 제룬버드를 정말 평범한 노인이라고 생각하는 모양이었다. 아무래도 제룬버드에게서 그 어떤 힘도 느껴지지 않기 때문에 보통 그렇게 생각하는 게 정상이라고 볼 수 있었다.

"레지스트리."

툭—

제룬버드는 갑자기 내 앞으로 다가와 내 어깨에 손을 얹었다. 순간 난 제룬버드가 뭔가 기습을 할 줄 알고 움찔했으나 그는 그 어떤 기습도 하지 않았다. 단지 내 옆에 서 있는 릴리를 보며 의미심장한 말을 할 뿐이었다.

"잘 데리고 있군. 근데 왜 써먹질 않는가?"

"……무슨 뜻입니까?"

"자네가 써먹질 않으니 내가 거리를 만들어야만 하지 않나."

"……."

흐으, 대체 이 노인이 무슨 소리를 하는 거지? 제룬버드가 릴리의 정체를 알고 있는 건 확실할 텐데…… 거리를 만들어? 뭔 거리? 먹을거리?

"보카시온은 지금 잠시 휴식 중이네. 지금 서둘러 출발하면 보카시온과 그 소년보다 먼저 티엔 성에 도착할 수 있을 걸세."

"……!"

제룬버드의 말을 듣고 난 그를 노려보았다. 제룬버드가 보카시온을 선동했는지, 아니면 뭔가 일을 꾸몄는지 확신할 수는 없었지만 이번 일도 제룬버드의 손길이 닿았다는 것은 분명했다. 그래서 난 아무도 듣지 못하게 작은 목소리로 입을 열었다.

"뭘 원하고 있는 거지?"

"난 자네가 커널을 사용하길 바랄 뿐이네."

"왜 내가 커널을……!"

난 계속해서 제룬버드를 다그치고자 했다. 하지만 그전에

레드 드래곤 73

제룬버드가 엷은 미소를 지으며 내 말을 막았다.

"여기서 시간을 끌면 티엔 성도 무사하지 못할 걸세."

"……!"

으윽! 망할 노친네!

"서둘러 티엔 성으로 갑시다!"

난 제룬버드를 놔둔 채 일행을 이끌고 티엔 성으로 출발했다. 제룬버드야 어차피 자기가 알아서 찾아올 것이니 굳이 일행에 끌어들일 필요가 없었다.

"괜찮을까요?"

우리들이 출발하는 뒷모습을 묘한 웃음으로 전송하는 제룬버드를 보며 슈아로에가 나에게 물음을 던졌다. 그녀 역시 제룬버드가 신경 쓰이는 모양이었다. 그래서 난 내 생각을 말해줬다.

"아마 제룬버드는 또 나타날 거야. 이번 보카시온 사건은 녀석의 짓 같으니까."

"정말이요?"

"어디까지나 내 예상이긴 한데, 확률은 높아."

"레지 군의 확률은 믿을 수가 없는데."

나와 슈아로에는 그렇게 말을 나누면서 이동을 시작했다. 다른 사람들도 제룬버드를 수상하게 여기긴 했지만 그가 따라올 기미를 보이지 않자 그다지 신경 쓰지 않는 모습이었다. 어쨌든 그렇게 의혹을 품은 채 우리 모두 티엔 성으로 내

달렸다.

덜컹덜컹—

부두 성에서 티엔 성까지는 나흘 정도 걸리는 거리였다. 하지만 데이온보다 먼저 티엔 성에 도착하겠다는 일념으로 우리는 먹고 자는 시간을 최대한 줄여서 빠르게 이동했다. 그렇게 해서 결국 예정 시간보다 반나절 일찍 티엔 성에 도착할 수 있었다.

"다행히 데이온보다 먼저 도착한 것 같소."

검은 그림자 길드 단장 로베르트가 멀쩡히 서 있는 티엔 성을 보고 한시름 놓았다. 하지만 그 말에 붉은 망토 길드 단장 케반이 의문을 제기했다.

"데이온이 다른 성 쪽으로 가고 있을 수도 있지 않소?"

"으음……."

케반의 말도 일리가 있어 일행은 티엔 성에 도착하고도 어찌할 바를 몰라 했다. 그러다가 결국 결정권이 나한테 넘어왔고, 난 한 치의 망설임도 없이 결단을 내렸다.

"티엔 성에서 데이온을 기다리겠습니다."

워낙 자신있는 결정이라서 케반이 의아해했다.

"그렇게 생각하는 근거가 있소?"

"근거는 없고, 그런 느낌이 듭니다."

"……."

순간 케반의 얼굴이 뭔가 형용할 수 없게 일그러졌다. 화를 내야 할지 웃어야 할지 갈피를 잡지 못하는 얼굴이었던 것이다. 그사이 리아로스와 슈아로에가 내 결정에 찬성했다.

"저도 레지님과 같은 생각이에요."

"저도 레지 군과 같은……."

서로 같은 말을 하다가 두 여성은 서로를 째려봤다. 어쨌든 두 명이 찬성하고 나서자 다른 용병단 대표들도 찬성의 입장을 밝혔다. 그 이유는 매우 간단했다. 어차피 데이온의 행적을 모르는 상태에서는 티엔 성에서 편히 기다리는 게 낫기 때문이었다.

"워워!"

히이잉—

우선 가장 먼저 눈에 띈 여관에다 말과 마차를 정차(?)시켜 놓고 우리들은 여관 안으로 들어갔다. 시간대가 조금 애매한 오전 11시쯤이라 여관에는 사람이 별로 없었다. 단시 몇 명이 1층 식사 테이블에 앉아 있을 뿐이었는데, 그 몇 명의 사람들 중에 내 눈에 띈 사람이 하나 있었다.

"어? 유리시아드?"

난 내가 알아본 사람에게 말을 걸었다. 가까이 다가가 살펴보니 그 사람은 부착식 경장갑을 착용한 붉은 단발머리의 소녀 유리시아드가 맞았다. 전혀 예상하지 못한 곳에서 유리시아드를 만나니 기분이 정말 묘했다.

"유리시아드, 왜 여기에 있어?"

"내가 여기 있으면 안 될 이유라도 있나요?"

"아니, 그건 아닌데 의외라서."

유리시아드가 혼자서 테이블에 앉아 있었기 때문에 난 그녀의 맞은편에 자리를 잡았다. 그러는 사이 유리시아드를 알고 있는 슈아로에와 리아로스 5인방이 인사를 나누었다. 그들의 인사가 끝나기를 기다려 용병 대표들에게도 유리시아드를 소개시켜 주려고 했는데 용병 대표들은 모두 유리시아드를 알고 있는 듯한 표정을 짓고 있었다.

"어? 모두 유리시아드를 알고 있습니까?"

내 물음에 로베르트가 대표로 입을 열었다.

"알고 있소. 자유기사하면 용병들 사이에서 모르는 자가 없으니까 말이오."

호오, 그랬어? 역시 유리시아드도 유명인이로군. 뭐, 잘됐네. 자기소개 시간이 확 줄어들어서.

"근데 유리시아드, 여행 중이었어?"

"여행 중이긴 했는데 중간에 예상치 못한 사건으로 목적을 바꿨어요."

"예상치 못한 사건?"

난 매우 궁금한 표정으로 유리시아드에게 물어보았다. 그런 날 보며 유리시아드는 매우 한심한 표정을 지었다.

"바보인가요? 지금 그쪽은 드래곤을 쫓고 있잖아요?"

"어? 어떻게 알았어?"

"정말 바보로군요. 드래곤이 엔비디아 제국의 성 2개를 무너뜨렸는데 그 소식을 모르는 사람이 있을 것 같아요?"

흐으, 그랬나? 하긴 이 사건이 알려지지 않는 게 더 이상하겠지. 근데 유리시아드가 보카시온 사건을 알면서도 여기에 있다는 것은⋯⋯!

"유리시아드도 드래곤 사냥을 하려고?"

"그럴 생각은 없어요. 능력도 안 되고."

"그럼 뭐 하려고 왔어?"

"그쪽이 드래곤을 제대로 잡느냐, 못 잡느냐를 확인하려고 왔어요."

유리시아드의 말은 의외였다. 그래서 난 그 이유를 물었다.

"왜?"

"그쪽이 센트리노 제국의 명예 백작이니까 그렇죠. 명예 백작이 드래곤을 잡으면 황제한테 보고해야 하고, 드래곤을 못 잡고 죽으면 명예 백작 증표를 회수해야 하니까요."

"⋯⋯."

흐윽, 뒷말을 들으니 왠지 서글퍼지는군.

"어쨌든 유리시아드도 우리하고 같이 행동하겠네?"

"그럴 생각이에요."

유리시아드는 당연하다는 듯이 고개를 끄덕였다. 나로서는 페르키암 퇴치 때 같이했던 동료가 있다는 사실만으로도 자신감이 배가되었다. 그건 다른 사람들 역시 마찬가지였다.

"자유기사까지 합류하면 매우 든든하오."

"환영하오."

모두들 유리시아드의 합류를 반기는 가운데 난 중요한 사항을 확실히 하고자 했다.

"그래도 유리시아드한테는 의뢰비 안 준다."

"……."

내 말이 떨어지자마자 분위기가 일순간에 싸늘해졌다. 그렇지만 난 표정을 진지하게 유지한 채 유리시아드를 쳐다보았다. 유리시아드의 합류는 예상 밖이라 의뢰비 내역에 포함되지 않을 것이고, 레이뮤의 성격상 유리시아드의 몫을 챙겨 줄 것 같지도 않아 그 문제를 확실히 할 필요가 있었던 것이다. 그런 내 간절한 요청에 유리시아드가 차가운 어조로 승낙을 했다.

"그쪽 일을 뺏으러 온 건 아니니까 안심해요. 난 어디까지나 관찰 역이니까요."

잇힝! 그렇게 나오셔야 나도 편하지. 만약 유리시아드가 자신의 몫을 요구했다면, 레이뮤 씨가 내 몫을 떼어다가 유리시아드한테 줄걸? 근데…… 레이뮤 씨가 내 몫을 주긴 할까?

　　　　　*　　　　　*　　　　　*

　유리시아드까지 합류한 우리들은 여관에서 이틀 정도 지냈다. 명예 백작 지위를 이용해서 경비는 별 문제가 안 됐는데, 이틀이 지나도 데이온이 나타나지 않는다는 건 문제였다. 만약 데이온이 티엔 성 말고 다른 성을 박살 냈다가는 엔비디아 제국 황제가 위약금을 요구할지도 모르기 때문이었다.

　"유리시아드, 근데 우리가 여기 올 걸 어떻게 알고 기다리고 있었어?"

　어차피 데이온이 나타나지 않는 이상 할 일도 없어서 난 유리시아드와 잡담을 나누었다.

　"리바 성, 부두 성이 무너져서 다음은 티엔 성이라고 예상한 것뿐이에요."

　"그러다 틀리면?"

　"어차피 사실 확인만 하러 온 거라 만나지 못하더라도 별 상관은 없었어요."

　"너무 여유로운 거 아니야?"

　"여행을 오래 하다 보면 여유로워져요."

　나와 영양가없는 대화를 나누던 유리시아드가 내 옆에 바싹 붙어 앉아 있는 릴리를 보았다. 릴리를 발견할 때 유리시아드도 같이 있었기 때문에 릴리의 정체를 모를 리 없었다.

대신 릴리의 상태가 궁금해서인지 나에게 작은 목소리로 물었다.

"커널을 얻어서 뭐 달라진 것이 있나요? 겉으로 보기에는 릴리에게도 변화가 없는 것 같은데."

"릴리한테는 매우 강력한 매직포스가 있어. 그래서 포스 종료 코드하고 차용 마법을 만들었지."

"또 알 수 없는 코드를 만든 모양이군요. 언제 시간나면 보여줘요."

"알았어."

유리시아드가 날 싫어한다 하더라도 그녀 역시 마법사이기 때문에 새로운 마법에는 관심이 많았다. 그래서 난 이번 일이 끝나면 유리시아드에게 포스 종료 코드와 차용 마법을 알려주기로 했다. 그런데 그때였다.

끼아아아아—

마치 커다란 새가 비명을 지르는 것 같은 소리가 여관 밖에서 똑똑히 들려왔다. 그 소리를 듣는 순간 내 머릿속에는 드래곤의 모습이 떠올랐다. 고개를 돌려 보니 다른 사람들 역시 이 울음소리의 주인공을 드래곤이라 생각하는 듯했다. 그래서 우리들은 거의 동시에 여관 밖으로 튀어 나갔다.

끼아아아—

드래곤의 울음소리는 하늘 위에서 들려오고 있었다. 그래서 고개를 쳐들고 드래곤의 위치를 파악하는 데 주력했다. 다행인지 불행인지 드래곤 한 마리가 여관 위에서 등속 원운동을 하고 있어서 위치를 식별하기가 쉬웠다.

흐으, 레드 드래곤답게 온몸이 벌겋군. 근데 왜 하필이면 우리 바로 위에서 빙글빙글 돌고 있는 거야? 허공에 떠 있으면 캐논 슈터를 쓸 수가 없잖아.

우웅—

하늘 높이 떠 있는 보카시온을 어떻게 끌어내릴까 고민하던 와중에 보카시온의 주위에서 마나 파장이 강력하게 요동치기 시작했다. 그리고 잠시 후, 보카시온의 주변으로 사람만 한 크기의 불덩어리가 십여 개 생겨났다.

"녀석이 마법을 쓸 모양입니다! 모두 방어를 하십시오!"

난 일행에게 그렇게 소리치며 실프를 소환했다. 그리고 실프에게 방어벽 형성을 주문했다. 그 순간,

콰아아앙—

보카시온이 생성한 십여 개의 불덩어리가 방사형으로 퍼지며 지상에 떨어져 내렸다. 우리가 있는 여관이 방사형의 축이라서 여관 쪽에는 불덩어리가 단 하나도 떨어지지 않았다. 문제는 불덩어리들이 여기저기 떨어져서 티엔 성뿐만 아니라 일반 마을 사람들까지 집어삼켰다는 점이었다.

"으아악!"

"으악!"

폭발이 일어나고 불길이 번지자 사방이 온통 아수라장으

로 변했다. 그것을 보고 난 아주 기본적인 사항을 고려하지 않았음을 깨달았다. 내가 아무리 드래곤을 때려잡을 방법을 알고 있다 하더라도 마을에 피해가 없도록 전투를 하는 건 불가능하다는 사실을 지금에서야 깨달은 것이다.

이런, 젠장! 보카시온만 신경 쓰느라 여기 살고 있는 마을 사람들에게 대피하라는 말도 하지 않았어! 내가 대피하라고 해도 마을 사람들이 대피할지 어떨지는 모르겠지만, 적어도 여기서 드래곤과 전투가 벌어질지도 모른다는 걸 알렸어야 했는데!

"유리시아드! 검기로 드래곤을 지상으로 끌어내려 줘!"

난 내 짧은 생각을 탓하고 나서 유리시아드에게 다소 무리한 부탁을 했다. 검기를 만들어 날리는 게 쉽지 않다는 건 알고 있었지만 드래곤의 전방위 마법을 뚫고 상처를 입힐 만한 것은 검기 정도는 되어야 했기 때문이다. 그러나 유리시아드는 하나의 문제를 제기했다.

"난 관찰 역으로 왔어요. 그리고 검기를 쓰게 되면 난 한동안 아무것도 못한다구요."

훗, 그 정도의 문제쯤이야.

"내공을 다 쓰면 포스 변환시켜서 리프레쉬 코드로 재충전해. 그동안 내가 무슨 일이 있어도 지켜줄 테니까."

"......."

내 말에 유리시아드는 신용할 수 없다는 표정을 지어 보였다. 하지만 지금 상황이 매우 심각하다는 것을 인지하고 내 말대로 따르기로 했다.

"선해기(選亥氣) 위노궁(位勞宮) 전해기(傳亥氣) 조법선(造法線) 동법선(動法線)!"

유리시아드는 정신을 집중해서 구결을 외웠다. 그러는 동안 보카시온은 1차 공격을 끝내고 2차 공격을 할 준비를 하고 있었다. 그것은 유리시아드가 내공을 충분히 끌어올릴 수 있는 시간을 벌어주었다.

"타앗!"

슈우웅—

유리시아드의 외침과 함께 그녀의 검에서 무형의 기운이 빠르게 뻗어 나갔다. 보카시온이 100미터 상공에 떠 있었으나 검기는 순식간에 보카시온에게 도달했다. 그리고 보카시온의 전방위 방어벽을 뚫고는 그 거대한 날개를 훑고 지나갔다.

"구아아아—!"

보카시온의 입에서 여태까지 질렀던 울음소리와는 성질이 다른 소리가 튀어나왔다. 동시에 날개에서 선혈이 터진 것으로 보아 보카시온의 이번 울음소리는 비명이라고 할 수 있었다.

펄럭— 펄럭—

날개에 상처를 입은 보카시온은 어떻게든 버티려고 날갯

짓을 계속했으나 그의 몸은 점차 아래로 추락하고 있었다. 검기 일격을 성공시킨 유리시아드는 포스 변환 코드로 내공을 매직포스로 전환시킨 후 리프레쉬 코드를 발동하여 리소스 복원에 나섰다. 난 보카시온이 지상에 내려올 것을 확신하고 모두에게 소리쳤다.

"보카시온이 내려오면 본인이 캐논 슈터를 쏠 것입니다! 위력이 강하니 모두들 방어막을 형성해 주십시오!"

"아, 알겠소!"

아직 캐논 슈터를 본 적이 없는 용병 대표들은 믿을 수는 없으나 알겠다는 표시를 해 보였다. 모두들 알아들었다고 판단한 나는 릴리에게도 방어막 형성을 당부했다.

"릴리, 너도 내가 마법을 쓰면 바로 방어 마법을 펼쳐. 알겠지?"

"알겠습니다, 주인님."

릴리도 내 말을 알아들었을 때, 마침내 보카시온의 거구가 지상에 떨어졌다. 페르키암보다는 작지만 그래도 거구인지라 양발이 땅에 닿자 지진이 일어날 정도로 큰 충격이 전해졌다.

"으악!"

보카시온이 땅에 떨어지는 것과 동시에 보카시온의 목 쪽에서 하나의 인영이 비명을 지르며 떨어져 내렸다. 체구가 작은 것으로 보아 데이온이 보카시온의 목에 타고 있다가 중심을 잃고 떨어진 것 같았다.

 흐으, 보카시온의 목에서 지상까지 적어도 10미터 정도는
될 텐데 그 높이에서 떨어졌으니 무사하지는 못하겠군. 그럼
이제 거칠 것 없이 곧장 캐논 슈터를……!

 "끄으으으……!"

 내가 캐논 슈터를 쏘기 위해 준비하고 있을 때 죽은 줄 알
았던 데이온이 괴상한 소리를 지르며 몸을 일으켰다. 확실히
키는 150㎝ 정도로 작았으나 떨어진 충격으로 머리에서 피를
흘리고 있는 데다 눈자위도 시뻘게서 솔직히 무서웠다.

 "다…… 다 죽여 버리겠어!"

 데이온은 하늘에다 대고 그렇게 소리쳤다. 그런 데이온의
외침에 반응하여 보카시온도 마법 공격을 하려 했다. 보카시
온의 몸 주위에 십여 개의 불덩어리가 생긴 것으로 보아 이번
에도 표적 없는 막무가내 공격을 할 생각인 듯했다.

 "일단 방어하십시오!"

 캐논 슈터를 쓰기에는 시간이 촉박하다고 판단한 나는 일
행에게 방어막 형성을 주문했다. 내 지시에 따라 마법을 사용
할 수 있는 푸른 바다 길드 단장 바온과 정령술을 사용하는
붉은 망토 길드의 로라가 방어막을 펼쳤고, 슈아로에와 리아
로스 5인방도 일제히 방어 마법을 실행했다.

 쿠콰콰쾅―!

 강력한 폭발과 함께 십여 개의 불덩어리 중 하나가 슈아로

에 쪽으로 떨어졌다. 슈아로에의 힘만으로는 저 불덩어리를 다 막기는 힘들다고 판단한 나는 실프를 동원하여 같이 방어막을 형성하게끔 했다.

쿠쿠쿠—

"으윽!"

보카시온의 불덩어리가 강력하긴 했지만 슈아로에+실프의 조합은 그 파워를 충분히 견뎌내었다. 일단 보카시온의 공격을 막아냈기에 이번에는 내가 공격할 수 있는 기회가 돌아왔다. 근데 문제는 실프가 슈아로에와 함께 있어 추진 마법을 실행해 줄 도우미가 없다는 점이었다. 그래서 난 릴리에게 희망을 걸었다.

"릴리! 추진 마법 알고 있어?"

"단축키 코드로 저장시킨 추진 마법이 있습니다."

아! 그랬나? 릴리는 하나를 가르쳐 주면 모조리 흡수해 버리니까 내가 가르쳤는지 안 가르쳤는지도 모른다니까. 어쨌든 저장된 추진 마법이 있다는 건 행운이다!

"릴리! 내가 파이어 볼 쓰는 것에 맞춰서 추진 마법을 실행해!"

"알겠습니다, 주인님."

릴리는 추진 마법을 실행하기 위해 내 뒤쪽에 와서 섰다. 그것을 확인하자마자 난 파이어 볼을 실행했다.

"Create space hotball, mapping fivefold fire, create space

road, animate space road!"

내가 만든 파이어 볼은 발현이 5배밖에 되지 않았지만 그 크기를 반경 10㎝로 줄였기 때문에 슈아로에의 반경 20㎝—매핑 11배의 파이어 볼보다 오히려 위력이 4배 정도 강했다. 물론 페르키암 사건 때의 레이뮤의 파이어 볼보다는 7배 정도 약한 위력이었으나 보카시온이 페르키암보다 약하기에 이 정도로도 충분하다고 생각했다. 사실 내 실력상으로 반경을 10㎝ 이하로 줄이는 것은 불가능했다.

"추진."

내 파이어 볼이 이동을 시작하는 것과 동시에 릴리의 입에서 추진 마법 코드가 실행되었다. 그리고 그보다 앞서 릴리에게서 굉장히 강렬한 마나 파장이 흘러나왔다. 만약 보카시온이 없었다면 용병 대표들이 강력한 마나 파장 때문에 릴리의 정체를 의심할 수도 있었다. 하지만 보카시온이라는 존재가 릴리의 마나 파장에 대한 인식을 약화시켰다. 그것이 다행이라면 다행이었다.

펑— 퍼펑— 퍼퍼펑—

연속적인 폭발과 함께 파이어 볼은 속도가 증가되어 날아갔고, 그대로 보카시온의 방어벽과 충돌했다. 일차적으로 파이어 볼이 보카시온의 방어벽에 닿자마자 그대로 방어벽을 뚫었다. 그리고 파이어 볼과 방어벽의 충돌로 인한 폭발이 옆에 있던 데이온을 덮쳐 버렸다.

콰아앙!

"으아아악!"

어차피 난 데이온의 생사 따위는 전혀 알고 싶지 않았기 때문에 오직 보카시온의 상태에만 집중했다. 보카시온의 방어벽을 뚫은 캐논 슈터가 보카시온에게 얼마나 많은 데미지를 줄 수 있는지가 관건이었다.

콰아아앙!

"꾸아아아아!"

방어벽과의 충돌 이후 캐논 슈터가 보카시온의 몸통을 덮쳤을 때 꽤나 강렬한 폭발음이 터져 나왔다. 그리고 데이온의 비명 소리를 모조리 집어삼키는 보카시온의 비명이 뒤를 이었다. 그 소리를 듣자마자 난 큰 목소리로 모두에게 소리쳤다.

"폭발 여파가 몰려옵니다! 모두 방어벽을 치십시오!"

쿠콰콰콰—!

내 말이 끝나기가 무섭게 캐논 슈터의 후폭풍이 우리 쪽으로 날아들기 시작했다. 그것을 보고 바온과 로라가 방어벽을 치려 했으나 반응이 늦어버렸고, 미리 대비하고 있던 슈아로에와 실프만이 방어막을 형성해 냈다. 1차적으로 슈아로에와 실프의 방어가 후폭풍을 막아냈고, 그 뒤를 이어 리아로스 5인방과 용병 대표 두 명도 방어막 형성에 가세했다. 그사이 난 릴리에게 따로 지시를 내렸다.

"매직포스를 종료시켜!"

"알겠습니다, 주인님."

릴리는 내 명령대로 포스 종료 코드를 사용해 매직포스를 비활성 상태로 바꾸었다. 동료들이 친 방어막이 후폭풍에 무너지지 않는다는 확신이 있었기에 릴리를 전력에서 제외시킨 것이었다. 일단 가능하면 릴리의 힘을 빌리지 않고 여기 있는 사람들의 힘만으로 보카시온을 제압하고 싶었다.

쿠쿠쿠쿠—!

후폭풍은 꽤나 오랫동안 지속되었다. 그 때문에 일행의 바로 옆에 있던 여관이 완전히 무너져 버렸다. 확인하지 않아도 여관에 있던 사람들 모두가 목숨을 잃었다는 걸 알 수 있었다. 사실 보카시온이 마법 공격을 여기저기 날릴 때부터 티엔 성은 거의 끝난 것이나 다름없었다. 게다가 캐논 슈터까지 작렬했으니 우리 근처의 집들이 멀쩡할 리도 없었다.

흐으… 결국 내가 마을 파괴에 크게 이바지했다는 거군. 미안하긴 하지만 상황이 상황이니만큼 어쩔 수가 없어. 어차피 내가 막지 않으면 티엔 성 자체가 사라져 버릴 텐데, 이래도 죽고 저래도 죽잖아. 일단 사람 죽는 거는 신경 쓰지 말고 보카시온이나 잡자!

쿠쿠쿠…….

강력하게 몰아치던 후폭풍이 잦아들어 갔다. 그리고 하늘 높이 날아갔던 집의 파편들이 우수수 떨어져 내렸다. 연기와 먼지로 앞을 보는 게 힘들었지만 난 방어막 해제를 지시하지 않은 상태에서 온 정신을 보카시온 쪽에 쏟았다. 만약 보카시온이 이번 일격을 맞고 살아 있다면 다시 반격할 가능성이 다분했기 때문에 방어막을 해제해서는 안 되었다.

"그르르……."

주위의 소음이 잦아듦과 동시에 보카시온 쪽에서 낮은 신음 소리가 들려왔다. 그 신음 소리가 페르키암의 죽기 직전과 매우 유사해서 난 일행에게 지시를 내렸다.

"일단 방어를 해제하십시오. 그리고 로베르트 씨, 판 씨, 케반 씨, 라우어 씨는 돌격 준비를 해주세요."

내가 지시를 내린 사람은 도를 쓰는 로베르트, 검을 쓰는 판, 활을 쏘는 케반과 창을 쓰는 라우어였다. 나머지 사람들은 방어 마법을 펼치느라 힘을 소진해서 힘이 펄펄 남아도는 사람이 그들 4명뿐이었던 것이다.

"그르르……."

연기와 먼지가 사라지자 레드 드래곤 보카시온의 모습이 우리들 시야에 선명하게 들어왔다. 원래 붉은색이라서 보카시온이 얼마나 데미지를 입었는지 쉽게 눈에 들어오지 않았지만, 제자리에서 신음 소리만 내는 것으로 보아 큰 부상을 입은 듯했다. 그걸 보자마자 난 즉시 3명의 전사와 1명의 궁수에게 명령을 내렸다.

"돌격하십시오!"

"우아아—!"

"간다앗!"

내 명령이 떨어지자마자 로베르트와 판, 라우어가 보카시온을 향해 달려들었다. 그리고 케반은 드래곤의 약한 부위인 얼굴을 향해 활을 쏴대었다. 보카시온 주변이 완전히 엉망이라 다가가는 것도 힘들었지만 3명의 전사는 날렵한 몸놀림으로 장애물을 피해가며 보카시온을 공격했다.

챙! 까강! 쟁!

각기 다른 쇳소리와 함께 세 전사는 보카시온의 몸통과 다리를 공격했다. 세 전사가 아무 어려움 없이 보카시온에게 달려들어 공격할 수 있다는 것은 보카시온의 전방위 마법이 사라졌다는 것을 의미했다. 그래서인지 평상시라면 씨알도 먹히지 않을 물리적인 공격이 보카시온의 몸에 상처를 내고 있었다.

"꾸아악!"

드래곤의 입장에서는 개미 같은 인간들이 자꾸 물고 때리고 하자 괴로움에 발버둥 쳤다. 그러나 발버둥 자체의 위력도 약해서 세 전사는 여유있게 드래곤의 발악을 피해가면서 공격을 가했다. 그리고 궁수인 케반도 정확한 조준으로 드래곤의 두 눈에 나란히 화살을 박아 넣었다. 만약 보카시온에게 힘이 남아 있었다면 앞도 보이지 않는 상황에서 마구잡이로 마법을 난사했겠지만, 지금의 보카시온에게는 그럴 만한 여력도 없어 보였다.

"로라 씨, 리아로스, 디아라, 에르시아, 콜론세, 제로드, 슈아로에! 각자 공격할 준비를 하십시오!"

세 전사가 시간을 충분히 끌어주는 동안 난 마법사들에게 2차 공격 준비를 지시했다. 그리고 유리시아드에게는 특별 주문을 했다.

"유리시아드, 매직포스를 전부 내공으로 바꿔."

"알았어요."

잉? 생각보다 쉽게 승낙을 하네? 불평 한마디 정도는 할 줄 알았는데.

"로베르트 씨! 판 씨! 라우어 씨! 드래곤에게서 떨어지십시오! 마법 공격을 할 것입니다!"

난 한창 신나게 싸우고 있는 세 전사에게 피하라는 명령을 내렸다. 그러자 세 전사는 지체하지 않고 보카시온에게서 멀찌감치 떨어졌다. 사실 마법 공격을 할 거라는데 조금만 떨어질 바보들이 아니었다. 일단 세 전사가 안전한 거리까지 떨어지는 것을 확인한 후에 나머지 마법사들에게 공격 명령을 내렸다.

"공격!"

우우웅—

마법사들이 일제히 마법 코드를 실행하자 꽤 강력한 마나 파장이 발생했다. 자기들끼리 그렇게 짠 것인지, 그냥 우연의 일치인지는 모르겠지만 슈아로에를 필두로 한 마법사들은 전부 파이어 볼을 사용했다. 그리고 우리들 중 유일한 정령술사인 붉은 망토 길드의 로라는 2계열 정령술사라서 실프를 이용한 공격을 했다.

콰콰쾅!

총 6개의 파이어 볼이 보카시온에게 작렬했고, 곧이어 굉장한 폭발이 일어났다. 그래도 그 폭발은 좀 전의 캐논 슈터에 비해서는 터무니없이 약해 후폭풍을 걱정할 필요가 전혀 없었다.

좋아, 이걸로 보카시온은 거의 빈사 상태일 거야. 이제 남은 건 마지막 마무리인데, 마무리를 캐논 슈터로 하는 건 너무 오버니까 유리시아드에게 맡겨야지. 현대 전쟁에서 전쟁을 최첨단 무기로 한다고 해도 결국 그 땅에 깃발을 꽂는 건 보병들이니까 마무리는 유리시아드가 최적격!

"유리시아드, 보카시온의 심장에 직접 구멍을 뚫어야 돼. 내 실프가 도와줄 거니까 모든 힘을 쏟아 부어!"

"알았어요."

"좋아! 출발!"

난 유리시아드에게 실프를 붙여주고 돌격 명령을 내렸다. 유리시아드는 작은 목소리로 검강 구결을 외운 후에 곧바로 달려나갔다. 모든 내공을 검에다 집중시켜 높은 도약을 할 순 없었지만, 내 실프가 도약하는 것을 돕자 유리시아드는 10미터 가깝게 점프를 하여 그대로 보카시온의 심장을 관통할 수 있었다.

퍼억!

유리시아드의 몸 전체가 보카시온의 심장을 관통하자 보카시온의 몸통 앞쪽과 등 쪽에 커다란 구멍이 생겼다. 보통 그렇게 몸을 관통하면 온몸이 피로 물들어야 하는데, 실프가 몸을 감싸주어서인지 유리시아드의 몸에는 피 한 방울 묻지 않았다.

"끄윽……."

뭔가 숨넘어가는 소리와 함께 보카시온의 신음 소리가 일순간에 멈추었다. 그리고 10미터를 훨씬 넘는 거구가 그대로 땅바닥에 쓰러져 버렸다. 보카시온은 심장을 꿰뚫려서 페르키암처럼 뭔가 말을 남기는 것조차 할 수 없었다. 그저 한순간에 죽음을 맞이해 버렸다.

후투툭― 투툭―

보카시온의 신음 소리가 사라지니 주변에 들리는 것이라고는 집이 불타는 소리뿐이었다. 승리를 하긴 했지만 주변이 폐허이다 보니 이겼다는 느낌이 들지 않았다. 그런데 다른 사람들은 그렇지 않은 것 같았다.

"대단해요! 우리가 드래곤을 물리쳤어요!"

가장 좋아하는 사람은 리아로스였다. 귀족으로 태어나서 드래곤은커녕 전쟁을 한 적도 없는 그녀로서는 직접 드래곤과 싸웠다는 사실에 감격해 할 수밖에 없었다. 그것은 디아라, 에르시아, 콜론세, 제로드도 마찬가지였다.

"이겼다……."

"드래곤을 잡다니……."

"우아아……."

"말도 안 돼……."

그들은 한마디씩 말을 하며 보카시온의 시체를 쳐다보았다. 용병 대표들 역시 드래곤의 시체를 직접 툭툭 건드려 보면서 승리의 기쁨을 만끽하고 있었다. 우리들 중에서 드래곤을 잡고도 별 감흥 없이 서 있는 사람은 유리시아드와 슈아로에, 릴리, 그리고 나뿐이었다.

"수고했어."

난 유유히 검을 검집에 넣으며 걸어오는 유리시아드에게 수고의 말을 던졌다. 하지만 유리시아드는 매우 냉정한 평가를 내렸다.

"내가 없었으면 어떻게 드래곤을 잡으려고 했죠? 난 원래 그쪽 전력에 포함되지 않았잖아요."

으하하, 그렇지. 구경하러 온 유리시아드를 실전에서 써먹었으니.

"세상이 다 그런 거지, 뭐. 일일이 신경 쓰면 머리 아파."

"사람을 끌어들여 놓고 잘도 그런 말을 하는군요. 차라리 허공에 있는 적을 공격할 수 있게 캐논 슈터를 변형하는 게 어때요?"

"변형할 수는 있는데, 그럼 마나 용량이 부족해져서."

"릴리가 있잖아요?"

내 변명을 듣자마자 유리시아드가 릴리를 가리켰다. 확실히 무한 마나 용량을 가지고 있는 릴리를 이용하면 각 방향으로 사용할 수 있는 캐논 슈터의 추진 마법 코드를 여러 개 저장해도 마나 용량에 부담이 있을 리 없었다. 나도 그 사실은 알고 있었지만 그렇게 하지 않은 이유는 매우 간단했다.

"그렇긴 한데, 변형 코드를 만드는 게 귀찮아서."

"……."

내 대답에 유리시아드는 그러면 그렇지 하는 표정을 지었다. 나와 유리시아드가 쓸데없는 잡담을 나누는 사이, 보카시온을 툭툭 건드려 보던 용병 대표들 모두가 내 주위로 몰려들었다. 그중에서 로베르트가 엄지손가락을 치켜세우며 날 칭찬했다.

"훌륭하오. 사실 이 인원으로 드래곤을 잡아야 한다는 것에 걱정했었는데, 우리가 검은 천사의 능력을 너무 과소평가했던 것 같소."

"아닙니다. 여러분들이 없었다면 힘들었을 것입니다."

일단 난 예의상 용병 대표들에게로 공을 돌렸다. 객관적으로 봤을 때 이번 보카시온 퇴치에 결정적인 역할을 한 사람은 유리시아드였다. 그녀가 없었다면 보카시온을 허공에서 끌어내리기도 쉽지 않았을 테고, 이렇게 쉽게 보카시온을 잡지도 못했을 것이다.

흐으, 계산 밖의 전력이었지만 유리시아드가 있고 없고의 차이는 클 것 같군. 이 기회에 유리시아드를 검은 천사 용병단으로 영입할까? 검은 천사 용병단의 취약점이 바로 내공을 쓰는 전사가 없다는 점이니까 말이야. 유리시아드가 안 되면 휴트로 씨라도 어떻게 잘 꼬셔야할 텐데.

"레지 군, 저기……!"

모두들 보카시온 퇴치 성공에 들떠 있을 때 슈아로에가 어딘가를 가리키며 날 잡아당겼다. 그녀가 가리킨 곳을 쳐다보니 그곳에는 불길밖에 없었다. 문제는 그 불길 속에 의문의 노인, 제룬버드가 날 노려보고 있다는 것이었다.

크억! 불속에서 날 노려보다니, 저 이상한 드래곤 할아범! 그냥 평범한 곳에서 날 쳐다보면 어디가 덧나? 저러다가 다른 사람들 눈에 띄기라도 하면……!

저벅저벅─

그렇게 생각한 순간 제룬버드가 내 쪽으로 걸어오기 시작했다. 그의 표정이 우호적이지 않았기 때문에 다른 사람들도 제룬버드의 심상치 않은 기운을 눈치 채고 약간 긴장했다. 그렇지만 나와 아는 사이라는 생각에 무기를 꺼내 들지는 않았다.

저벅―

마침내 제룬버드가 내 코앞까지 다가와 섰다. 그리고는 매우 화가 난 어조로 입을 열었다.

"자네는 날 실망시켰어."

"……"

흐으, 갑자기 나타나서 무슨 소리를 하는 건지 도대체 알 수가 없군. 내가 뭘 실망시켰다는 거야? 아니, 그것보다 애당초 나한테 뭘 기대했다는 거지? 나한테 뭘 바래?

《마지막 기회를 주겠네. 커널의 힘을 극한까지 끌어내게.》

제룬버드는 입을 열지 않은 상태에서 내 머릿속에 말을 하기 시작했다. 현 마법 중에서 상대의 머릿속에 말을 직접 때려 넣는 마법은 없기 때문에 제룬버드의 정체는 인간이 아닌 게 분명했다. 내가 그렇게 생각하는 사이에도 제룬버드의 말은 계속되었다.

《다음에도 커널을 쓰지 않는다면 커널을 회수해 가겠네. 그리고 자네도 죽여 버릴 걸세. 꼭 명심하길 바라네.》

"……!"

헉! 날 죽이겠다니 너무하잖아!

스윽―

제룬버드의 경고에 내가 뻘쭘해 있을 때, 순식간에 제룬버드가 사라져 버렸다. 이번에도 역시 순간 이동을 한 듯했다.

문제는 순간 이동에 대해서 전혀 알지 못하는 다른 사람들이 경악했다는 것이었다.

"사람이 일순간에……!"

"말도 안 돼!"

이런…… 제룬버드 할아범, 상황을 참 곤란하게 만드는군. 하지만 정말 날 곤란하게 만들 생각이었다면 이 자리에서 릴리의 정체를 다 까발렸겠지. 그렇게 하지 않았다는 건 아직 나에게 이용 가치가 있다는 뜻이겠고. 근데…… 녀석이 바라는 게 뭐야? 전혀 짐작을 못하겠어.

"일단 돌아갑시다."

난 제룬버드의 갑작스런 등장과 퇴장에 놀라고 있는 사람들을 진정시키며 발걸음을 옮겼다. 그러다가 여관에 대기해 있던 마차와 용병 대표들의 말도 전부 사망했다는 것을 알아채고 갈등이 생겨 버렸다.

흐으, 막막해. 탈것들이 완전히 사라졌으니 걸어가는 수밖에 없는 데다 구체적으로 어디로 가야 하는지도 모르잖아. 여기서 바로 매지스트리까지 가도 되나? 아니면 의뢰인인 엔비디아 제국의 황제를 만나러 가야 하나? 갈등 때리네.

"우선 가까운 마을에서 탈것을 구하는 게 좋겠소."

내가 갈등하는 동안 로베르트가 제안을 내놓았다. 그래서 우리들은 의뢰 성공 증거로 보카시온의 비늘 하나를 챙기곤 바로 옆 마을로 향했다. 거기서 마차 두 대와 말 6마리를 사서 엔비디아 제국의 붉은 망토 길드로 출발했다. 일단 붉은 망토 길드로 가서 의뢰 성공 사실을 알리고, 각자의 주거지(?) 로 돌아가기로 한 것이다.

제31장

재 합 류

티엔 성에서 매지스트로로 돌아오니 어느새 10월 말이
되어 있었다. 여름에는 더워서 팔을 걷어붙이고 다녔던 나도
이제는 긴팔 상의를 입고 다니는 게 어색하지 않았다. 그런데
이곳의 날씨가 워낙 따뜻하다 보니 나 말고 다른 사람들은 여
전히 여름옷을 입고 있었다.

"뭘 쳐다보죠?"

내가 쳐다보자 유리시아드가 매우 불쾌한 표정으로 날 째
려보았다. 그녀는 평상시의 경장갑 차림이 아닌 분홍색 원피
스와 하늘색 케이프를 입고 있었다. 난 몰래 쳐다본 것을 들
키자마자 아무렇지도 않다는 듯한 표정을 지으면서 말했다.

"뭐, 나름대로 어울려서."

"……."

내 말을 듣자 유리시아드는 마치 한숨짓는 듯한 표정을 지어 보였다. 원래 지금쯤이라면 다른 나라를 여행하면서 이런 저런 견문을 쌓고 있어야 하는데 매지스트로에 남아서 잘 돌아다니지도 못하고 있었기 때문이다.

"아무튼 남아줘서 고마워."

"……."

내가 감사의 표시를 해도 유리시아드는 내 말을 무시했다. 사실 내가 유리시아드에게 검은 천사 용병단 합류를 권유했을 때 그녀는 일언지하에 거절했었다. 그것을 어떻게든 돌려세우기 위해 열심히 노력한 결과, 드디어 유리시아드가 내 권유를 수락하게 되었다. 그녀가 마음을 돌려세운 계기는 '내가 센트리노 제국의 이름에 먹칠을 하지 않도록 감시해야 하지 않겠어?'라고 말한 것 때문이었다. 그런 이유로 티엔 성에서 돌아온 직후부터 유리시아드는 매지스트로에서 지내고 있었다.

"그런데 왜 내가 이런 옷을 입어야 하죠?"

유리시아드는 자신이 입은 옷을 가리키며 화를 내듯 나에게 물었다. 그래서 난 매우 친절하게 그 이유를 설명해 주었다.

"여기는 마법학교라서 무장 차림은 학생들에게 두려움을

주거든. 그래서 학교 교복에 가까운 옷을 만든 거지. 디자인은 레이뮤 씨가 했지만."

"적이 침입하면 어떻게 할 생각이에요? 이 차림으로는 못 싸워요."

"학교 내에서는 싸울 일이 없고, 의뢰가 들어와서 밖에 나갈 때는 원래 입던 경장갑을 착용하면 돼."

"……."

유리시아드가 불평하는 건 순전히 기호상의 문제였기 때문에 내 말에 반박을 하지 못했다. 특히 레이뮤가 옷을 디자인해 주었기에 유리시아드로서는 그 옷을 입지 않을 수도 없었다. 그래서 그 불만을 주로 나한테 표출하고 있었다.

"유리시아드 씨, 지금 입은 옷이 얼마나 잘 어울리는데요."

나와 유리시아드의 갈등을 지켜보던 슈아로에가 내 편을 들어주었다. 아니, 들어주는 것처럼 했다. 뒤이어 덧붙인 말만 빼면.

"레지 군이 음흉하게 쳐다보긴 하지만 그 정도는 눈감아주세요."

"……."

쓰읍, 슈아한테 기대를 한 내가 바보지.

똑똑—

그때 도서실 문을 두드리며 다섯 명의 소년, 소녀가 나타났다. 그들은 물론 리아로스 5인방이었다. 개인적인 일이 있어서 얼마간 학교를 떠난다는 말을 어제 들었기 때문에 그들이 나에게 작별 인사를 하려고 온 것임을 알아차렸다.

"출발하는 거야?"

난 별 생각 없이 리아로스에게 질문을 던졌다. 그러자 리아로스는 내 손을 꼭 잡고 눈물을 글썽이며 말했다.

"짧으면 3주, 길면 한 달 정도 본가로 가지만 레지님의 곁에는 항상 제가 있다는 것을 잊으시면 안 돼요."

아니, 평소에도 잊고 있었던 사실을 잊지 말라니 너무 무리한 부탁인걸?

"제가 어렸을 때 아버님이 결정하신 약혼 문제 때문에 시간이 조금 걸릴 수도 있지만, 최대한 빨리 일을 마무리 짓고 돌아오겠어요."

"약혼……?"

잉? 난 진로 문제라든가, 검은 천사 용병단으로 뛰는 것 때문에 집으로 가는 건 줄 알았는데 그게 아니었네?

"리아로스, 약혼했었어?"

"아니에요! 그건 아버님이 멋대로 정하신 거라서 제 의사는 눈곱만큼도 반영되지 않았어요! 그래서 이번에 약혼을 없었던 것으로 하기 위해 본가로 가는 거예요!"

리아로스는 자신의 약혼 사실을 강하게 부인했다. 그녀의 약혼자가 어떤 사람인지 나로서는 알 수 없었지만, 리아로스가 강하게 부인하는 것으로 봐서 약혼자가 마음에 들지 않는 듯했다.

흐으, 대체 약혼자가 어떤 사람이길래 리아로스가 저렇게 펄쩍 뛰지? 못생겼나? 아니면 성격이 더럽나? 혹시 나이가 아주 많거나 아주 적은 건 아닐까?

"리아로스의 아버님이 정하신 약혼자는 어떤 사람인데?"

"세비지 성을 통치하는 '셀루오스' 공작의 아들이에요. 박학다식하고 외모도 출중해서 다른 귀족 영애로부터 끊임없이 구애를 받고 있어요."

"그래? 괜찮은 사람 같은데? 근데 왜 싫어하는 거야?"

난 좀 더 구체적인 질문을 던졌다. 그러자 리아로스는 내 손을 꼭 쥔 채로 힘주어 말했다.

"너무 평범하잖아요!"

"......."

나원, 박학다식에 외모 출중한 남자가 너무 평범하다고? 그럼 나는 평범 찌끄러기도 안 되냐? 리아로스, 눈이 너무 높은 거 아니야?

"상대는 공작 아들이고, 리아로스는 후작 딸이잖아? 좋은 조건이 아닌가?"

"조건은 좋을지 몰라도 평범한 결혼은 싫어요! 전 여느 귀족 딸들과 다르게 화려한 삶을 살고 싶어요!"

"화려한 삶?"

"네! 바로 레지님 같은 분과 평생을 사는 거지요!"

"……."

흐으, 대체 나하고 평생 사는 게 화려한 삶과 어떻게 매치된다는 거야? 나하고 결혼하면 고생문이 훤한데, 혹시 '고생'과 '화려'를 구분 못하는 건 아니겠지?

"나하고 사는 거하고 화려한 삶과는 아무런 연관이 없어 보이는데?"

"그렇지 않아요! 레지님이야말로 온 대륙에 이름을 떨칠 대영웅이 되실 분이니까요!"

"……."

리아로스의 표정은 너무나 진지했다. 단순히 나에게 아부를 하기 위해서 한 말이라고 보기에는 진심이 가득 담긴 눈빛이었다. 특히 그것을 지지해 주는 증거가 바로 리아로스 옆에 있는 네 명의 소년, 소녀들의 표정이었다. 그들은 리아로스의 명령으로 날 주군으로 섬기고 있었음에도 날 존경 어린 시선으로 쳐다보고 있었던 것이다.

흐으, 왜 저리 부담스런 시선으로 날 보는 걸까? 겨우 레드 드래곤 한 마리 잡았다고 저러나? 나 혼자 보카시온을 때려잡았다면 몰라도 여러 명이서 우르르 몰려갔고, 게다가 전력 밖이었던 유리시아드까지 끌어들여서 이겼는데 왜들 저래? 솔직히 난 캐논 슈터 한 방 쏜 거 빼고는 한 게 없잖아?

"꼭 마무리 짓고 올 테니 다른 여자에게 한눈팔지 말아주세요."

"아니, 꼭 아버님의 뜻을 거스를 필요는 없어."

"아니에요! 반드시 거스르고 올 테니까 기다려 주세요!"

리아로스의 말은 단호했다. 그래서 난 결국 항복을 선언했다.

"알았어. 조심해서 잘 다녀와."

"네. 레지님은 지금 맹수들에게 둘러싸인 한 송이 꽃 같아서 걱정이 돼요."

"……."

내가 꽃?

"최대한 빨리 돌아올게요. 그때까지 평안하시길."

그 말을 끝으로 리아로스는 다른 네 사람을 데리고 도서실을 빠져나갔다. 도서실을 나갈 때 나에게 정중히 인사를 하는 그들의 모습을 보니 머릿속이 복잡해졌다.

흐으, 저들이 정말 날 진심으로 따르려는 건가? 보카시온을 잡기 전까지는 마지못해 인사를 하더니 보카시온을 잡고 나서는 알아서 인사를 하고. 흐음…… 일단 적의(敵意)가 없는 건 확실하니 좋게 생각하자.

스르륵—

문이 닫히자 도서실 안이 일순간에 조용해졌다. 그러다가 슈아로에가 매우 의미심장한 표정으로 입을 열었다.

"레지 군이 한 송이 꽃이라니 지나가던 고양이가 멍멍 하고 짖겠군요."

"……."

슈아의 태클이 시작되는군.

"레지 군은 어린 양들 속에 숨어든 한 마리 늑대라구요."

리아로스와는 달리 슈아로에는 나를 그렇게 정의했다. 내 생각으로도 차라리 그쪽이 내 본연의 모습에 근접해 있는 것 같았으나 이대로 질 수는 없어 맞받아쳐 주었다.

"어린 양들이 누군데?"

"당연히 나하고 유리시아드 씨하고 릴리죠."

푸핫! 릴리는 그렇다 치더라도 슈아하고 유리시아드가 어린 양이라니 지나가던 똥개가 트림하겠다!

"아니지. 릴리는 어린 양이라도 슈아는 천방지축 양이고, 유리시아드는 사나운 양이잖아."

"……!"

"……."

내 말이 끝나기가 무섭게 슈아로에와 유리시아드의 눈썹이 꿈틀거렸다. 분위기가 심상치 않아 난 화장실을 간다며 은근슬쩍 빠지려고 했다. 하지만 중간에 슈아로에가 낮게 깔린 목소리로 질문을 던졌다.

"그럼 레지 군은 무슨 늑대인데요?"

"음, 나는……."

다음 말을 어떻게 하느냐에 따라서 분위기가 누그러질 수도, 악화될 수도 있다는 느낌이 들었다. 하지만 그것을 알면서도 내 입은 방정맞은 말을 내뱉고 있었다.

"난 순하디순한, 앙증맞은 착한 늑대."

"……."

"……."

슈아로에와 유리시아드의 표정이 굳어졌다. 그리고 난 그날 레이뮤가 도서실에 올 때까지 두 여인네의 전용 샌드백이 되어야만 했다.

*   *   *

11월 중순이 되자 날씨가 꽤 쌀쌀해졌다. 내가 살던 곳과 비교하면 선선한 날씨였지만 이 세계에 익숙해져서인지 선선한 날씨도 쌀쌀하게 느껴졌다. 밖에 나가기도 귀찮아 난 점심을 먹고 나서 도서실 의자에 앉아 휴식을 취했다.

흐으, 이 세계에서 산 지도 벌써 1년이 훨씬 넘었군. 보통 사람이 집을 떠나오면 가족들 생각을 하기 마련이건만 난 왜 가족들 생각이 전혀 안 나지? 내가 이 세계에 너무 익숙해져 버렸기 때문인가? 과연…… 그럴까?

"무슨 생각을 그렇게 해요? 레지 군답지 않게."

내가 모처럼 진지한 표정을 짓는 게 못마땅한 듯 슈아로에가 태클을 걸었다. 옆에서 자신의 애검을 손질하고 있던 유리시아드도 슈아로에의 말을 거들었다.

"욕망덩어리 씨는 애초에 진지하고는 거리가 멀어요."

"……."

허윽, 너무하잖아. 난 그렇게 가벼운 사람이 아니라고!

"아니, 진지하다기보다는 문득 생각이 나서 그래."

난 짐짓 하늘을 쳐다보며 옆에 앉은 릴리의 어깨에 손을 얹었다. 그러자 유리시아드가 검집 끝부분으로 내 옆구리를 푹 찔렀다. 예전 같으면 그것을 보고 릴리가 살기를 내뿜었겠지만 이제는 아예 신경조차 쓰지 않는다.

"무슨 생각이 났길래 그래요?"

슈아로에 역시 옆구리를 움켜잡은 내 모습을 무시한 채 질문을 던졌다. 난 심호흡을 크게 하여 통증을 완화시킨 뒤에 입을 열었다.

"모든 것을 끝내고 내가 살던 곳으로 돌아가게 된다면 어떻게 해야 할까…… 그런 생각이 들었어."

"……!"

"……!"

순간 슈아로에와 유리시아드의 표정이 변했다. 하지만 유리시아드는 바로 무표정한 얼굴로 돌아오며 한마디 했다.

"그래도 원래 세계로 돌아갈 생각이 있긴 있나 보군요. 난 욕망덩어리 씨가 평생 이곳에 눌러 살기로 결심한 줄 알았는데."

"난 그런 결심한 적 없어."

난 일단 유리시아드의 말을 부정했다. 하지만 그건 어디까지나 일단일 뿐, 어떻게 해야 할지 생각해 놓은 것은 아직 아무것도 없었다. 그저 주어진 과제를 푸는 것에만 집중하다 보니 앞으로의 일을 생각해 보지 않은 것이다.

"만약 돌아간다면 릴리는 어떻게 할 거죠?"

유리시아드는 검날을 닦으며 나에게 재차 질문을 던졌다. 그 문제 역시 생각해 본 적이 없었기 때문에 딱 부러진 대답을 하지 못했다.

"글쎄…… 그때까지 릴리가 자아를 가지게 된다면 출가하는 거지만 아니라면…… 뭐, 내가 데리고 살아야 되나? 하하하."

대답을 하다 보니 음흉한 대답이 되어버려서 난 어색한 웃음으로 분위기 전환을 꾀했다. 보통 이런 때에는 유리시아드의 검집 공격이나 슈아로에의 주먹 공격이 있었던 터라 내 몸은 반사적으로 움츠러들었다. 그런데 두 여성 모두 공격을 하지 않았다.

"릴리의 학습 속도를 보면 그쪽이 원래 세계로 돌아가기 전에 릴리가 알아서 출가를 할 것 같으니 그쪽 혼자서 돌아가야겠군요."

"그렇겠지? 하하하."

유리시아드의 말이 맞을 확률이 꽤나 높았기 때문에 나로서는 반박할 말이 없었다. 사실 내가 아니더라도 레이뮤나 슈아로에게 릴리를 맡길 수 있으니 릴리를 내가 살던 곳으로 데려간다는 건 말이 되지 않았다. 게다가 릴리를 집으로 데려가게 되면 부모님이나 다른 사람들이 이상한 눈으로 쳐다볼 것이 분명했다.

흐으, 부모님한테 릴리를 '제 시종입니다' 라고 소개하면 미친놈 취급받겠지? 또 '결혼할 사이입니다' 라고 해도 '네가 지금 결혼할 처지냐? 취직이나 해, 이놈아!' 라고 욕먹겠지? 하아, 안구에 소나기가 내린다…….

"레지 군…… 돌아가는 거예요……?"

내가 속으로 눈물을 삼키고 있을 때 슈아로에가 약간 떨리는 목소리로 물었다. 평소와는 다른 그녀의 모습에 조금 놀라기는 했지만 짐짓 아무렇지도 않은 듯이 입을 놀렸다.

"일이 다 해결되면 돌아가야지. 언제까지 여기서 살 수는 없잖아?"

"……."

내 말을 듣자마자 슈아로에는 고개를 숙이며 테이블 쪽으로 시선을 떨어뜨렸다. 그리고 한동안 그 자세를 그대로 유지했다. 하도 슈아로에가 말을 하지 않아 내가 먼저 나서서 입을 열었다.

"돌아갈 때 인수인계는 확실히 해놓을 테니까 걱정하지 말고……."

"……꼭 돌아갈 필요는 없잖아요."

"……!"

내가 말을 다 끝마치기도 전에 슈아로에가 고개를 들며 말했다. 그녀의 표정이 너무나 진지했기 때문에 난 장난스런 말을 해볼 엄두도 내지 못했다.

"일단 부모님도 있고 하니까 돌아가야지. 돌아가지 않는 게 더 이상하지 않을까?"

"그, 그렇긴 하지만……."

웬일인지 슈아로에는 안절부절했다. 그러다가 다시 날 보더니 힘주어 말했다.

"레지 군은 지금 이곳에서 잘해 나가고 있잖아요! 이대로 간다면 대륙을 호령하는 영웅이 될 수도 있는데 그 기회를 버리는 건 아깝다구요!"

"……!"

슈아로에의 말을 듣고 나서야 내가 왜 지금까지 집 걱정을 하지 않았는지, 원래 세계를 그리워하지 않았는지를 깨달았다. 그 이유는 한 가지밖에 없었다. 바로 이 세계에서 내가 성공 가도를 달리고 있기 때문이었다.

그렇구나……. 과정이야 어찌 됐든 난 훌륭한 마법사 밑에서 마법을 배웠고, 별 어려움 없이 여기까지 왔어. 신나게 앞으로만 달리고 있어서 고향 생각을 하지 않은 거야. 원래 살던 곳에서의 나는 이룬 것 하나 없이 앞으로의 일을 걱정하기만 했으니까. 원래 살던 곳에서는 목적지까지 가는 길이 보이지 않았지만 이 세계에서는 보이고 있으니까. 그래서 난 이 세계에 완전히 적응하려고 노력했던 거였어.

"레지 군……?"

이번에는 내가 멍한 표정으로 앉아 있자 슈아로에가 도리어 날 걱정했다. 그래서 난 내 생각을 잠시 접고 입을 열었다.

"뭐, 아직 그런 걸 걱정할 정도는 아니니 시기가 가까워지면 생각해 볼게."

"……."

내 말에 슈아로에는 다시 입을 다물고 가만히 앉아 있기만 했다. 유리시아드도 애초에 말을 많이 하는 성격이 아니고, 릴리 역시 명령이 없으면 한마디도 하지 않기 때문에 도서실은 또다시 매우 조용해졌다. 그렇게 무려 5분여 동안 지속되던 정적은 레이뮤의 등장과 함께 깨지고 말았다.

스륵─

"잘됐군요, 모두 모여 있어서."

레이뮤는 도서실에 앉아 있는 나와 릴리, 슈아로에와 유리시아드를 보더니 그렇게 말하며 의자를 끌어다가 내 맞은편에 앉았다. 리아로스 5인방은 아직 컴백 스쿨을 하지 않은 상태라서 검은 천사 용병단의 일원은 여기 있는 4명이 전부였다.

"음? 분위기가 우울한데 무슨 일이 있었나요?"

전부 말없이 앉아 있자 레이뮤가 의혹의 눈초리로 우리를 쳐다보았다. 난 방금 전의 얘기를 주제로 대화를 나누는 건 시간 낭비라고 생각했기 때문에 상황을 얼버무렸다.

"내가 쓸데없는 소리를 해서 그래요. 근데 무슨 일로 우리들을 찾았어요?"

"아, 이번에 들어온 의뢰 건에 대해서 알려주려고 해요."

헉, 의뢰?! 또?!

"어떤 의뢰죠?"

"좀 특이한 의뢰예요."

"특이한?"

특이하다는 말을 들으니 귀가 솔깃했다. 슈아로에와 유리시아드도 표정은 여전히 굳어 있었지만 레이뮤의 말에 관심이 가는 것 같았다. 릴리를 제외한 모두가 주목을 하자 레이뮤는 의뢰 내용에 대해서 설명하기 시작했다.

"의뢰자는 '울레샤르'. 자신이 창설한 군대를 무찌르고 자신을 죽이라는 내용의 의뢰를 막대한 착수금과 함께 보내왔어요. 오직 검은 천사 용병단에게만 말이에요."

"……!"

헉, 대체 뭔 소리야? 자신의 군대를 무찌르고 자신을 죽이라고? 왜 그런 의뢰를 하는 거야? 죽고 싶으면 자기 혼자 알아서 죽으면 되잖아!

"그리고……."

설명이 아직 끝나지 않았는지 레이뮤는 계속해서 말을 이었다.

"울레샤르는 이번 의뢰를 수행할 사람들을 따로 지목했어요. 검은 천사 레지스트리, 화이트 케이프 슈아로에, 자유기사 유리시아드, 소성녀 네리안느, 엘프 정령술사 리엔과 리에네, 그리고 마지막으로 커널인 릴리."

"……!"

"이상 7명만이 이번 의뢰를 수행해야 해요. 그렇게 하지 않으면 인질을 죽이겠다고 쓰여져 있어요."

"……!"

울레샤르라는 녀석이 릴리의 정체를 알고 있고 의뢰 수행자를 따로 지목한 것도 이상하지만, 인질이라니?

"인질이요?"

"아직 확인된 바는 없어요. 하지만 단순한 협박 같지는 않아요. 많은 돈을 지불할 정도로 재력이 있으니 인질을 만드는 건 별로 어려운 일이 아닐 테니까요."

레이뮤는 인질이 있을 가능성에 무게를 두었다. 하지만 난 울레샤르라는 자가 무슨 목적으로 이런 의뢰를 한 건지 이해할 수가 없어 인질보다 의뢰 자체에 의문을 품었다.

"울레샤르라는 자가 누구길래 이런 의뢰를 한 거죠?"

"내가 500년 이상 살아오면서 울레샤르라는 이름을 딱 한 번 들은 적이 있어요."

"……!"

레이뮤의 입에서 뭔가 말도 안 되는 말이 튀어나올 것 같아 난 순간 긴장했다. 그리고 그런 내 예감대로 레이뮤는 말도 안 되는 얘기를 했다.

"울레샤르, 나이 5,000살로 추정되는 젊은 블루 드래곤. 3,000년 전까지 왕성하게 활동하다 돌연 잠적. 잠적 장소는 모바일 대륙과 아이오 대륙 사이에 있는 슬롯 산맥으로 추정."

"……!"

헉! 또 드래곤이야?! 이번엔 블루 드래곤?!

"블루 드래곤이 왜 이런 의뢰를 하는데요? 드래곤 정도 되는 존재가 이런 쪼잔한 짓을 할 리가 없잖아요?"

난 거의 애원하듯이 레이뮤에게 질문을 날렸다. 하지만 레이뮤는 그런 내 바램을 무참하게 짓밟았다.

"드래곤은 성인군자가 아니에요. 인간과 똑같이 웃고 울고 화내는 종족이에요. 단지 우리보다 한참을 더 살아서 아는 것이 많을 뿐이죠."

"……."

크윽, 망할 드래곤. 대체 일생에 한 번 볼까 말까 한다는 드래곤들이 왜 1년 반도 안 돼서 3마리나 나타나느냐고! 나하고 무슨 웬수졌냐? 드래곤을 하도 많이 봐서 이제는 지겹다, 지겨워!

"의뢰를 한 울레샤르가 진짜 드래곤이라는 증거는 없으니 좌절하지 말아요."

레이뮤가 뒤늦게 사태 수습에 나섰으나 난 뚱한 표정으로 앉아만 있었다. 사실 내가 삐친 이유는 다른 데에 있었다. 그것은 바로 이번 의뢰가 제룬버드의 짓일 가능성이 높았기 때문이다.

제룬버드가 나보고 기회를 한 번 더 준다고 했고, 그 이후에 뭔가 내용이 이상한 의뢰가 들어왔다……. 이건 아무리 봐도 제룬버드가 마련한 무대라고밖에 설명할 수가 없어. 만약 울레샤르가 드래곤이라면 같은 드래곤인 제룬버드가 뒤에서 조종하고 있겠지. 한마디로, 울레샤르를 치고 나면 또다시 드래곤 제룬버드를 쓰러뜨려야 한다는 소리인데……. 중간 보스도 드래곤, 최종 보스도 드래곤…… 지겨워! 짜증나! 재미없어!

"일단……."

내가 삐친 사이에 레이뮤가 최종 결정을 내렸다.

"이번 의뢰는 너무 막연하기 때문에 조사가 제대로 이루어지면 그때 시작할 거예요. 아마도 울레샤르의 군대 위치를 파악하면 출동하게 되겠죠. 그러니 여러분도 마음의 준비를 하길 바래요."

"네, 레이뮤님."

슈아로에와 유리시아드는 합창하듯이 대답했지만 난 여전

히 입을 굳게 다물었다. 왠지 5분대기조가 된 것 같아서 기분이 꿀꿀했던 것이다. 그런 날 본 레이뮤가 갑자기 나에게 다가와서 내 왼쪽 뺨을 쭈욱 잡아당겼다. 전혀 예상하지 못한 레이뮤의 공격에 내가 당황하고 있을 때, 레이뮤는 진지한 표정으로 말을 이었다.

"용병단장이 그런 표정을 짓고 있으면 단원들의 사기가 떨어져요. 의욕을 보여야죠, 의욕을."

"으…… 어……."

뺨이 잡혀 있는 상태라 난 제대로 말도 못하고 고개만 끄덕거려야 했다. 그렇게 내가 항복을 하자 레이뮤는 붉어진 내 뺨을 한 번 어루만져 주고는 유유히 도서실을 빠져나갔다. 그 모습을 보고 의기소침해 있던 슈아로에가 놀란 얼굴로 소리쳤다.

"레, 레이뮤님이 자, 장난을 치시다니!"

"……."

어이, 슈아, 레이뮤 씨가 나한테 얼마나 많이 장난을 치는 줄 알아? 말장난은 기본이고 나 옷 갈아입는 것도 보려고 했던 사람이라고. 뭐, 기존의 레이뮤 씨 이미지 때문에 이런 말을 해도 아무도 안 믿겠지만.

"깨끗했던 옷이 진흙으로 더럽혀져 가는군요, 누구 씨 때문에."

유리시아드도 가만히 있지 않고 날 노려보며 그런 말을 했다. 그녀가 한 말의 의미를 알아차리는 건 어렵지 않았지만, 그 책임을 나한테 뒤집어씌우는 것에는 동의할 수가 없어서 나는 한마디 했다.

"난 아무 짓도 안 했어."

"욕망덩어리 씨가 옆에 있다는 것만으로도 레이뮤님이 물든 거예요. 처음 뵈었을 때에는 욕망 하나 없는 깨끗한 분이 셨는데……."

그러면서 유리시아드는 고개를 설레설레 저었다. 아무리 생각해 봐도 유리시아드의 말을 이해할 수가 없어 난 계속해서 반박을 가했다.

"욕망이 없다는 건 감정이 없다는 거잖아? 인간이라면 욕망 하나둘쯤은 가지고 있어야 정상 아니야?"

"그렇겠죠. 하지만 욕망 중에는 지저분한 욕망도 있어요."

"레이뮤 씨가 나한테 장난친 걸 지저분한 욕망이라고 볼 수는 없잖아?"

"그래요. 하지만 그 내면에…… 아니, 됐어요. 레이뮤님도 모르실 테니까 그냥 장난친 걸로 해두죠."

유리시아드는 뭔가 더 할 말이 있는 것 같았으나 그냥 말문을 닫았다. 신나게 공방전을 벌이다가 한쪽이 휑하니 사라져버린 꼴이라서 난 졸지에 어정쩡하게 되어버렸다. 그래서 치밀어 오르는 마음속의 욕구를 릴리에게 분출시켰다.

"역시 나한테는 릴리밖에 없어. 우홋."

"……."

"……."

내가 릴리의 손을 잡고 음흉스런 미소를 짓자 두 여성의 눈썹이 심하게 꿈틀거렸다. 그리고 그 직후, 매지스트로 도서실에서는 인간 난타 공연이 펼쳐졌다.

*　　　*　　　*

레이뮤가 울레샤르 의뢰 건에 대해 알려준 그 이튿날, 우리는 레이뮤로부터 뜻밖의 소식을 듣고 말았다. 약혼 문제를 담판 짓기 위해 본가로 돌아갔던 리아로스 5인방이 돌아오는 길에 괴한들에게 납치되었다는 것이다. 그 소식을 듣자마자 울레샤르 의뢰 중 '지목한 7명 이외의 사람이 있으면 인질을 죽이겠다'는 항목이 떠올랐다.

"레이뮤 씨, 이건……."

난 전서구로 전달된 문서를 가리키며 레이뮤를 바라보았다. 레이뮤 역시 나와 같은 생각이었는지 곧장 고개를 끄덕였다.

"그래요. 이건 울레샤르의 짓임이 틀림없습니다."

흐으…… 대체 리아로스 애들은 왜 데려간 거야? 이번 의뢰와는 아무 상관도 없구만. 설마 내가 리아로스 애들을 구하러 갈 정도로 착한 녀석이라고 생각하는 건 아니겠지?

"어서 구하러 가요!"

우리들 중에서 가장 리아로스를 싫어하는 슈아로에가 의외로 적극적인 입장을 표명했다. 그래서 난 그 이유를 물었다.

"왜?"

"왜라뇨?! 우리 학교 학생인데 당연히 구해야죠!"

흐음, 그런 이유인가? 난 그런 공동체 의식이 없어서 별로 구하러 가고 싶지 않은데. 리아로스 애들이 정확히 어디로 끌려간지만 알아도 구하러 갈 마음이 생길 수도 있겠지만.

"슈아, 일단 진정해."

난 슈아로에의 어깨에 손을 얹으며 그녀의 흥분을 달래주었다. 내가 슈아로에의 어깨에 손을 얹는 것을 보고 유리시아드가 순간 주먹을 불끈 쥐었으나, 내 행동이 순수함에서 표출된 것을 알아차렸는지 쥐었던 주먹을 다시 폈다. 유리시아드에게 맞지 않았음에 안도하면서 난 내 생각을 피력했다.

"리아로스들을 납치한 자가 울레샤르라면 당분간 인질들은 안전할 것입니다. 만약 울레샤르가 인질을 죽인다면 우리가 의뢰를 지킬 의무가 없어지니까요. 우선 울레샤르의 본거지가 어디 있는지부터 알아내야 합니다."

"나도 레지스트리 군의 생각에 동의해요. 지금 즉시 각 용병단에 알려서 울레샤르의 본거지를 알아내도록 하겠어요. 울레샤르의 군대를 치는 순간부터 의뢰가 시작되는 것이니만큼 그전까지는 다른 용병단의 힘을 빌려도 무방하니까요."

나와 레이뮤는 그렇게 의견의 합치를 보고 곧장 실행에 들어갔다. 레이뮤가 다른 용병들을 통해서 울레샤르의 본거지를 알아내는 동안 난 울레샤르가 지목한 사람들을 포섭하는 것에 주력하기로 한 것이다.

덜컹덜컹—

나와 릴리, 슈아로에와 유리시아드는 리엔과 리에네가 살고 있는 노스브릿지 산맥으로 향했다. 우선 엘프 남매를 합류시키고 시피유 대륙에 있는 네리안느를 합류시킨 다음, 울레샤르의 본거지를 알아내면 바로 쳐들어갈 생각이었다.

"실프, 리엔과 리에네가 어디에 있는지 알 수 있겠지?"

노스브릿지 산맥 입구에서 난 실프를 소환하여 명령을 내렸다. 엘프들이 사는 곳에는 정령들이 많을 테고, 그러면 실프가 금방 찾을 수 있을 것이라는 생각이 들었기 때문이다. 다행히 그런 내 생각이 들어맞아 리엔과 리에네가 살고 있는 위치를 금방 찾을 수 있었다.

"하아, 하아."

리엔과 리에네가 살고 있는 곳까지 걸어가느라 지친 슈아로에가 거친 숨을 내쉬었다. 거의 하루 종일 12월의 산속을 걸어다녀서 체력 약한 슈아로에로서는 힘들 수밖에 없었다. 물론 체력이 약한 나도 힘들긴 했지만 슈아로에보다 약한 모습을 보이는 건 굴욕이었기에 일부러 강한 척을 했다.

"더 이상 못 가겠어요."

결국 슈아로에가 먼저 넉다운되며 바닥에 주저앉았다. 고개를 돌려 보니 유리시아드와 릴리는 전혀 지친 기색이 없어서 난 순간 어떻게 해야 할까 갈등했다. 하지만 결정적으로 나도 지친 상태라서 리더라는 권한을 충분히 이용하기로 했다.

"우선 조금 쉬었다가 가자."

"그러다간 해가 져요."

내 결정에 유리시아드는 곧바로 반박을 가했다. 그녀의 말대로 해가 뉘엿뉘엿 저물어가고 있어서 사실 빨리 리엔과 리에네를 찾아내야만 했다. 게다가 지금 노숙 용품이 하나도 없는 우리들로서는 12월의 산속에서 맨몸으로 잠을 잘 수는 없었던 것이다.

크으, 리엔과 리에네를 쉽게 찾을 거라고 자만한 게 실수였다. 노숙을 할 수도 있다는 사실을 간과하고 있었어. 이거 리더로서 완전히 실격이군.

사박—

그때 근처 수풀에서 뭔가 움직이는 소리가 났다. 난 맹수라도 나타난 건가 싶어 즉시 공격 태세를 갖추었다. 하지만 수풀에서부터 모습을 드러낸 것은 뜻밖의 인물이었다.

"역시 레지스트리입니다."

뜻밖의 인물은 약간 두툼한 옷을 입은 금발의 미남 엘프, 리엔이었다. 리엔이 나타날 것이라고는 전혀 생각하지 못했기 때문에 우리들 모두 약간 어안이 벙벙해져 버렸다. 리엔은 그런 우리들을 쳐다보며 말을 이었다.

"레지스트리의 실프는 여느 바람의 정령과는 다르기 때문에 금방 알아챌 수 있었습니다."

"아……!"

흐으, 그런가? 하긴, 실프가 리엔과 리에네를 찾을 수 있다면 리엔과 리에네도 실프를 찾을 수 있겠지. 어쨌든 난감한 상황에서 리엔이 알아서 나타나 주니 너무 기쁘다!

"얘기는 나중에 하고, 일단 리엔 씨 집에서 하루 묵고 싶은데 괜찮아요?"

난 마음속에서 우러나오는 말로 리엔에게 부탁을 했다. 다행히도 리엔은 내 부탁을 흔쾌히 들어주었다.

"알겠습니다. 본인을 따라오시기 바랍니다."

말을 마친 리엔은 앞장서서 출발을 했고 유리시아드가 슈아로에를 부축하며 우리들도 리엔의 뒤를 따랐다. 문제는 우리가 있던 곳에서 리엔의 집까지 좀 멀어서 리엔의 집에 도착했을 때는 거의 자정에 가까운 시간이 되고 말았다는 점이었다.

"이곳입니다."

리엔은 어떤 산 중턱에 있는 집 한 채를 가리켰다. 집이라고 해도 나무로 만들어진 외벽에 온갖 덩굴로 위장을 하고 있어 멀리서 봐서는 발견하기가 힘들었다.

"어? 근데 집이 한 채밖에 없어요?"

"본인과 리에네 둘이서만 살고 있기 때문에 집이 한 채입니다."

"다른 사람들…… 아니, 엘프들은요?"

"엘프는 따로따로 삽니다. 뭔가 일이 생기면 정령을 통해 의사 전달을 합니다."

그 말인즉 결국 이 근처에 리엔네 집 하나밖에 없다는 소리라서 나로서는 난감했다. 리엔과 리에네, 그리고 우리 4명을 포함한 총 6명이 한 집에서 자야 하기 때문이었다.

"들어오시기 바랍니다."

리엔은 우리들을 자신의 집으로 데려갔다. 집에는 자물쇠가 채워져 있지 않은지 그냥 문을 열고 들어갔다. 집 밖과 마찬가지로 집 안 역시 온통 나무로 만들어진 가구들뿐이었다. 게다가 큰 침대 하나, 옷장 하나, 테이블 하나, 의자 2개가 전부였다. 그래서 넓지 않은 집이었음에도 내부 공간은 많이 남아돌았다.

"오랜만입니다, 레지스트리."

집 안에 있던 리에네가 나를 보고 인사를 했다. 그리고 다른 사람들과도 차례대로 인사를 나누었다. 심지어는 릴리하고도 아무렇지도 않게 통성명을 했다. 리엔과 리에네 둘 다 릴리의 정체를 알고 있을 리가 없기에 누구냐고 물어봐야 하는데 그러질 않아 내가 도리어 당황했다.

"에, 저기, 이 소녀는……."

"알고 있습니다. 방금 레지스트리의 이미지를 통해 릴리의 정체를 알았습니다."

"……!"

내가 뭔가 말을 하기도 전에 리엔이 무표정한 얼굴로 입을 열었다. 그 말을 듣고서야 난 엘프들이 다른 사람의 생각을 읽을 수 있다는 것을 떠올렸다.

흐으, 이거 너무 쉽게 들켜 버렸는걸? 엘프들에게 너무 많은 어드밴티지가 있는 거 아니야? 난 리엔과 리에네에 대해서 거의 모르잖아. 너무 불공평해!

"그런데 안 놀라요?"

릴리의 정체를 알았으면서도 무표정한 얼굴을 하고 있는 리엔과 리에네의 의중이 궁금하여 난 리엔에게 질문을 던졌다. 하지만 리엔은 내가 허탈감을 느낄 정도의 짤막한 대답만을 해주었다.

"왜 놀라야만 합니까? 그저 그렇습니다."

"……."

아아, 맥 빠져…….

"그럼 우리가 왜 여기 왔는지 알고 있겠네요?"

난 별 생각 없이 그렇게 말했으나 리엔은 고개를 저었다.

"레지스트리가 그에 대한 이미지를 떠올리지 않았기 때문에 모릅니다."

흐으, 그랬어? 그럼 이제부터 떠올려 주지.

…….

난 울레샤르에 관한 일에 대해 생각했고, 리엔과 리에네는 조용히 나만 쳐다보았다. 그렇게 대략 5분여의 시간이 지나자 이미지 전달이 모두 끝났다.

"그럼 본인과 리에네도 출발해야 하겠습니다."

리엔은 내가 원하는 대답을 해주었다. 그래서 리엔과 리에네의 포섭 작전은 아주 쉽게 해결되었지만, 당면한 문제는 그게 아니었다.

"침대는 하나고 인원수는 여섯 명인데 어떻게 잘까요?"

난 모두를 둘러보며 해결책을 요구했다. 그러자 유리시아드가 부분적인 해결책을 제시했다.

"침대가 크니까 여자들은 붙어서 자겠어요. 남자들은 각자 알아서 자요."

"……."

흐으, 네 여자가 전부 날씬해서 저 침대에서 붙어 자면 잘 수 있겠군. 나도 그 사이에 껴서 자고 싶지만, 그렇게 했다가는 유리시아드와 슈아로에게 맞아죽겠지. 일단 여자들은 여자들끼리 잔다고 하면…… 문제는 나와 리엔인데…….

"본인은 의자에서 자겠습니다."

그때 리엔이 의자에 앉으며 그렇게 말했다. 그리고는 매우 꼿꼿한 자세로 잠을 자기 시작했다. 분명 뻣뻣한 자세인 데도 너무나 편안하게 보이는 것이 도리어 놀랄 정도였다. 일단 리엔의 잠자리는 해결되었기 때문에 내 잠자리만 해결되면 만사 오케이였다.

흐으, 근데 난 어디서 잔다냐? 리엔처럼 의자에서 잘 수도 없고, 테이블이 작아서 올라가 잘 수도 없고…… 응?

"……!"

그런 내 눈에 띈 것은 옷장이었다. 난 즉시 옷장으로 가서 문을 열었다. 옷장 속에는 옷이 몇 벌 걸려 있었는데 그 밑은 사람 한 명이 들어가 잘 만한 공간이 있었다. 그래서 난 속으로 쾌재를 부르며 모두에게 잠자리 마련 사실을 알렸다.

"난 옷장 속에서 잘게. 그럼 모두 잘자."

말을 마치자마자 난 옷장 속에 들어가 옷장 문을 살짝 닫았다. 내 잠자리까지 결정되자 4명의 여성도 침대에 누워 잠을 청했다. 12월의 날씨인 데도 생각보다 춥지 않아 뭔가를 덮지 않아도 될 것 같았다. 그렇게 우리들은 리엔네 집에서 잠이 들었다.

…….

으음…… 춥다…… 추워…… 으음…… 어? 뭔가…… 따뜻…… 아…… 따뜻하다…….

……

"……"

난 천천히 눈을 떴다. 좁은 옷장 속에서 자느라 기지개를 켜는 것조차 힘들었다. 그런데 내 앞에 뭔가가 큰 물체가 있다는 사실을 깨닫고 크게 놀랐다. 옷장 속이 어두워 그 물체의 존재를 파악하는 게 쉽지 않았다.

으헉, 뭐야? 뭐가 이렇게 커? 설마 괴물? 잉? 잠깐, 뭔가…… 좋은 냄새가 난다? 그리고…… 부드럽고…… 따뜻하고…… 뭐지?

스윽─

위험한 물체라는 생각은 들지 않아 난 조심스레 내 앞의 물체를 만져 보았다. 옷처럼 느껴지는 것이 가장 먼저 만져졌고, 손을 더 아래쪽으로 내리니 사람 피부 같은 것이 만져졌다. 내가 손을 대자 가만히 있던 물체가 갑자기 내 품속으로 파고들었다. 파고들 때 내 등 뒤를 사람의 팔 같은 것이 감쌌기 때문에 난 이 물체가 사람이라는 것을 확신했다.

끼이─

그 순간 갑자기 옷장의 문이 활짝 열렸다. 갑작스런 빛에 적응을 하기 위해 눈을 깜빡이고 있을 때 슈아로에의 후들후들 떨리는 목소리가 들려왔다.

"레지 군…… 지금 뭐 하는 짓이죠?"

"……?"

난 눈을 깜빡이며 상황 파악에 주력했다. 지금 내 품속에는 얇은 옷차림의 릴리가 안겨 있었고, 그녀의 겉옷은 내 몸 위에 덮여져 있었다. 그리고 내 오른손은 릴리의 등을 감싸고, 왼손은 릴리의 다리 위에 놓여져 있었다. 그 장면을 슈아로에와 유리시아드, 리엔과 리에네가 옷장 밖에서 쳐다보고 있는 상태였다.

흐음, 아마도 내가 새벽에 추위를 타서 릴리가 날 따뜻하게 해주려고 온 것이겠지. 역시 주인을 위하는 릴리의 마음씨에 탄복을 금치 못하겠다. 근데…… 내 손들은 왜 난감한 위치에 가 있을까? 별로 거시기한 목적으로 손 위치를 지정한 건 아닌데 말이야.

"에…… 내가 지금 뭐 하고 있는 걸까?"

"……."

순간 슈아로에의 눈에 불똥이 튀었다. 그리고 잠시 후, 난 슈아로에와 유리시아드의 체중이 실린 주먹 세례를 받아야만 했다.

덜컹덜컹─

리엔과 리에네를 합류시킨 우리들은 소성녀 네리안느를 데려오기 위해 시피유 대륙으로 출발했다. 그런데 마차는 1대뿐인데 인원이 6명이라 슈아로에가 남는 자리가 없다면서 날 마차 위로 쫓아내 버렸다. 그러한 행동의 핵심에는 오늘 아침에 있었던 릴리와의 사건이 있을 테지만, 슈아로에는 그저 자리 없다는 것을 이유로 내세웠다. 이유야 어쨌든 쫓겨난 건 쫓겨난 것이라서 난 바람이 쌩쌩 부는 마차 위에 앉아 가야만 했다.

호으…… 춥다…… 이러다가는 동상 걸려 죽겠는데? 아, 그렇지! 따뜻한 불의 정령을 소환하면 얼어 죽지 않겠구나!

"Repeat access string until execute string, set code with phonetic code spirit."

난 우선 매직포스를 스피릿포스로 바꾼 다음에 곧바로 불의 정령인 사라만다를 소환했다. 정말 오랜만에 실프 이외의 정령을 소환하는 거라 감회가 새로웠다. 어쨌든 사람 머리만 한 크기의 불도마뱀은 따뜻한 열을 내면서 내 체온을 올려주었다.

좋아, 이걸로 조금 따뜻해졌군. 으윽, 그런데 바람이 차게 불어서 따뜻함을 제대로 못 느끼겠는걸? 할 수 없군. 실프에게 바람 막아달라고 부탁해야지.

"실프."

사라만다를 소환한 뒤에 실프를 소환하여 바람막이 역할을 맡겼다. 그 두 정령의 도움으로 바람이 쌩쌩 부는 마차 위에서도 난 추위를 거의 느끼지 않을 수 있었다. 그런데 내가 편안한 표정으로 사라만다의 불을 쬐고 있을 때 마차 문이 열리더니 슈아로에가 모습을 드러내었다.

"일단 날씨가 추우니까 이제 마차 위에서 내려……!"

약간 동정의 눈길로 날 쳐다보던 슈아로에가 실프와 사라만다의 콤보 난방을 보고 표정을 확 구겼다. 그리고는 사나운 눈초리로 날 째려보며 소리쳤다.

"참 따뜻한 것 같으니까 거기 계속 있어요!"

쿵!

말을 마치자마자 슈아로에는 마차 문을 닫아버렸다. 그러한 슈아로에의 행동을 보고 난 내가 큰 실수를 했음을 깨달았다.

이런 벌을 설 때에는 최대한 힘든 표정을 지어야 상대방이 동정심에 용서를 해주는 건데 내가 너무 편하게 있었어! 으악! 이제 쟈느네가 사일 신전에 도착할 때까지 난 계속 마차 위 신세구나!

덜컹덜컹─

노스브릿지 산맥에서 시피유 대륙의 쟈느네가 사일 신전까지는 20일이 걸렸다. 가는 동안 정말로 난 마차 위에서만 있었고, 얼어 죽지 않기 위해서 항상 실프와 사라만다를 소환해야만 했다. 어찌 됐든 처음으로 시피유 대륙을 밟아보는 것이라 기분이 남달랐다.

흐으, 시피유 대륙에 올 일은 없을 것 같았는데 일단 오게 되는군. 그래도 쟈느네가 사일 신전이 모바일 대륙에 가까워서 시피유 대륙 깊숙이는 들어가지 않지만. 새로운 대륙을 밟아보는 건 좋은데…… 사람들이 거기서 거기라 다른 대륙 위에 서 있다는 게 별로 실감나지 않는걸?

덜컹— 덜컹—

쟈느네가 사일 신전의 근처까지 오자 마차는 천천히 속도를 줄였다. 신전 근처에 사람들이 바글바글했기 때문에 속도를 낼 수가 없는 상황이었다. 아마도 이 신전에 소성녀 네리안느가 있어서 남녀노소 할 것 없이 사람들이 많이 몰려드는 것 같았다.

"워워."

마부는 신전 입구 앞에 마차를 세웠고, 우리들은 마차에서 내려 신전 입구로 향했다. 신전 입구에는 기도를 드리러 온 사람들도 인산인해를 이루고 있었는데, 우리는 곧장 신전 입구에 서 있는 사제를 찾아갔다. 사제의 나이가 젊은 걸로 봐서 단순한 문지기 역할만 하는 듯했다.

"무슨 일이십니까?"

우리가 다가가자 젊은 사제는 엄숙한 표정으로 물음을 던져 왔다. 그래서 난 일행 대표로 입을 열었다.

"소성녀님을 뵙고자 합니다."

"소성녀님을? 소성녀님은 아무나 뵐 수 있는 분이 아닙니다."

젊은 사제는 딱 잘라 면회 신청을 거부했다. 하지만 그렇다고 물러설 내가 아니었다.

"본인은 센트리노 제국의 명예 백작, 검은 천사 레지스트리라고 합니다. 이름을 전달하면 소성녀님이 틀림없이 만나주실 것입니다."

난 자신감있는 어조로 내 소개를 했다. 일단 나를 가리키는 모든 명칭을 모조리 말함으로써 젊은 사제를 이해시키는 데 주력했다. 보통 사제는 밖의 사정을 잘 모르는 경우가 많아 그렇게 말한 것이었다. 그런데 의외로 젊은 사제는 내 이름을 듣자마자 크게 놀란 표정을 지었다.

"아, 알겠습니다. 잠시만 기다려 주십시오."

그러더니 황급히 안으로 들어가 다른 사제에게 나의 방문 사실을 알리기 시작했다. 처음에는 여유로웠던 그들의 행동이 내 이름을 들은 직후에 확 바뀌는 것을 보니 뭔가 통쾌했다.

흐음, 내가 꽤나 유명한 인물인가 보군. 생각했던 것보다 기분도 좋고 쓸 만한걸? 이래서 사람들이 명예를 중요시 여기는 건가? 이러다가 너무 권력이나 명예에 맛 들이는 거 아닌지 몰라?

"저를 따라오십시오."

한 5분 정도를 기다리자 신전 쪽에서 다른 사제가 나와 우리들을 안으로 데려갔다. 신전 내부가 어떻게 생겼는지 관심

이 없어 대충대충 훑어봤지만, 어쨌든 신전에는 대리석 기둥
이 많다는 인상만 남았다.

"안에서 소성녀님이 기다리고 계십니다."

사제가 알려준 방은 신전과 조금 동떨어진 곳에 있는 흰색
의 건물이었다. 주위에 연못도 있고 자그마한 수목도 있어서
신전 속의 별장 같은 느낌을 주었다. 아마도 이 건물이 네리
안느가 기거하는 집인 듯했다.

똑똑—

"소성녀님, 검은 천사님 일행을 모셔왔습니다."

"들여보내 주세요."

사제의 말이 끝나자 안에서 맑고 고운 목소리가 흘러나왔
다. 사제는 우리보고 안으로 들어가라는 손짓을 해 보였고,
우리들은 나를 선두로 해서 차례대로 건물 안으로 들어갔다.
건물 안으로 들어가자 가장 먼저 보인 것은 사람을 맞이하는
접견실이었다. 접견실 안에는 두툼한 흰색의 겉옷을 걸치고
온몸을 흰색 옷으로 둘둘 감싼 소성녀 네리안느가 서 있었
다.

"어서 오세요. 거의 1년 만에 뵙는군요."

네리안느는 투명한 면사포 속에서 미소를 지으며 우리를
맞이했다. 갑작스런 방문에도 전혀 당황하는 빛을 보이지 않
는 네리안느에게 경이를 표하면서 난 곧장 본론으로 들어갔
다.

"부탁할 것이 있습니다."

"그럴 것이라 생각했어요. 우선 앉으세요."

우리는 네리안느의 권유에 각자 자리를 잡고 앉았다. 그런 우리들을 둘러보던 네리안느가 릴리의 모습을 발견하고는 나에게 질문을 던졌다.

"저 소녀는 누구인가요?"

"내 커널입니다. 이름은 릴리구요."

"……."

난 매우 자연스럽게 대답했다. 네리안느 정도 되는 인물이라면 어떤 말을 들어도 놀라지 않을 것이라 생각했기 때문이다. 그런데 네리안느의 반응은 뜻밖이었다.

"다시 한 번 말씀해 주시겠어요?"

"아, 네. 얘는 커널 릴리입니다."

"……."

언제나 웃고 있는 네리안느의 얼굴에서 미소가 사라졌다. 그리고는 굳은 표정으로 입을 열었다.

"레지스트리 군이 커널 소유자라는 뜻이로군요."

"예, 그렇게 됐습니다."

"후우……."

네리안느가 제대로 된 한숨을 내쉬는 건 처음 보기 때문에 난 신선한 느낌으로 그녀를 쳐다보았다. 하지만 다음에 그녀의 입에서 나온 말은 다분히 공격적이었다.

"커널은 이 세상을 파멸시키는 존재예요! 그런 존재와 어떻게 그렇게 아무렇지도 않게 함께 있을 수 있나요! 사랑의 신의 사제조차 커널 때문에 변질할 정도인데!"

"……."

흐으, 생각보다 네리안느의 반응이 격한데? 방금 전까지 싱글싱글 웃던 게 다 거짓말 같아. 어쨌거나 여기서 네리안느한테 거부당하면 곤란하니까 설득을 해야겠다.

"네리안느 씨, 내 말 좀 들어보세요."

"커널은 이 세상에서 불필요한 존재예요! 커널 소유자도 모든 사람들의 행복을 해치는 존재구요! 그러니 그만 나가주세요!"

네리안느는 내 말을 들으려 하지 않았다. 도량 넓은 네리안느조차 커널을 싫어하는데 다른 사람들에게 커널에 대해 말하면 어떤 결과가 초래될지 상상하기도 싫었다. 그래서 난 더욱더 네리안느를 설득해야만 했다.

"네리안느 씨는 내가 커널을 얻은 지 얼마나 지났다고 생각하십니까?"

"……."

내가 질문을 던지자 네리안느는 입을 다물었다. 마치 말하기 싫다는 표정이라서 난 대답을 기대하지 않고 말을 이어 나갔다.

"내가 커널을 습득한 지 5개월 조금 못 됐습니다. 그동안 커널 소유자인 내가 무엇을 했다고 생각하십니까?"

"……."

네리안느는 입을 열지 않았지만 내 말을 무시하지는 않았다. 그래서 난 또다시 질문을 던졌다.

"지금까지의 커널 소유자들은 커널을 얻고 나서 5개월 동안 무엇을 했는지 아십니까?"

사실 이번 질문은 내가 모르는 부분이라 네리안느에게 물어보는 것이었다. 만약 네리안느가 대답을 안 해주면 그냥 대충 넘겨짚을 생각이었는데, 다행히 네리안느는 질문에 대한 대답을 해주었다.

"보통 그 정도 시간이 지나면 자신들의 야욕을 드러내었어요."

우힛, 그랬구나. 난 커널 소유자들이 그동안 쥐 죽은 듯이 가만히 있었으면 어떻게 할까라는 생각을 했는데. 이러면 내가 얘기하기 더 편해지지.

"그에 비해 난 어떻습니까?"

"……레드 드래곤 보카시온을 퇴치했지요."

후후, 네리안느도 보카시온 퇴치 사실을 들었군. 뭐, 드래곤이 대제국의 성 3개를 날려먹었는데 그 소식이 안 퍼지면 더 이상하지.

"여느 커널 소유자와 내가 다르다고 생각하지 않습니까?"

"……."

내 말에 네리안느는 쉽게 반박을 하지 못했다. 하지만 그렇다고 물러서기는 싫은지 잠시 후에 반론을 제시했다.

"하지만 여태까지의 모든 커널 소유자들은 변질하고 말았어요. 그러는 당신이 커널 소유자로서 변질되지 않는다는 증거가 있나요?"

흐으, 나한테 증거를 요구하다니 너무 바라는 게 많은걸?

"앞으로 일어날 일에 대한 확신은 누구도 할 수 없습니다. 하지만 한 가지 확실한 게 있습니다. 그건……."

난 말을 하다가 일행들을 쳐다보았다. 그리고는 말을 이었다.

"내가 잘못된 길로 가게 되면 날 바로잡아 줄 사람들이 많이 있다는 것입니다."

"……!"

자신감에 차 있는 내 말을 듣고 네리안느는 약간 놀란 표정을 지었다. 내가 이 정도까지 당당하게 나올 줄은 생각하지 못한 모양이었다. 그래서인지 결국 네리안느는 커널에 대해서 결국 체념하고 말았다.

"알았어요. 일단 레지스트리 군의 말을 믿어보도록 할게요."

"예."

잇힝, 한 고비 넘겼다.

"오늘은 무슨 일로 날 찾아오신 건가요?"

네리안느는 약간 무표정한 얼굴로 나에게 질문을 던졌다. 네리안느의 미소가 사라진 게 안타깝긴 했지만 난 울레샤르에 관한 것을 모두 얘기해 주었다. 내 얘기를 모두 다 듣고 나서 네리안느는 흔쾌히 승낙을 했다.

"그런 일이라면 여러분을 돕겠어요."

"감사합니다."

웃흥, 두 번째 난관 돌파!

"그런데 울레샤르는 왜 그런 의뢰를 한 걸까요?"

네리안느는 그게 궁금한 듯 나에게 또 질문을 했다. 아직 미소를 짓고 있지는 않았지만 표정이 많이 부드러워져서 나로서는 대답하기가 한결 편했다.

"드래곤의 속마음을 알아맞히는 건 힘들죠."

"그렇군요. 그런데 울레샤르가 드래곤이라는 확신을 하고 있는 것 같군요."

"내 모든 감각이 울레샤르는 드래곤이다라고 소리치고 있으니까요."

"후훗."

내 말에 네리안느는 다시 미소 짓는 얼굴로 돌아왔다. 그것을 기회로 난 마지막 관문을 돌파하고자 했다.

"네리안느 씨, 우리 같이 살죠."

"……!"

"……!"

순간 네리안느를 비롯한 모든 이들이 눈을 동그랗게 떴다. 하지만 난 그것을 예상했기 때문에 다음 순간 바로 말을 바꾸었다.

"아니, 별 뜻이 있는 게 아니라 당분간 네리안느 씨하고 같이 생활하고 싶어서요. 디바인포스에 대해서 알아보고 싶거든요."

"……."

"……."

내가 말을 바꿔도 슈아로에와 유리시아드의 표정은 전혀 바뀌지 않았다. 그리고 잠시 후, 두 여성은 날 복날에 개 패듯 패기 시작했다.

퍽! 퍼퍽!

"오해할 만한 말은 하지도 말아요!"

퍽! 퍼퍼퍽!

"그쪽 속마음은 지저분한 욕망으로 가득 차 있어요!"

퍼퍽!

"알았어! 항복! 항복!"

두 여성의 뭇매에 난 항복을 선언했고, 그제야 두 여성의 공격이 멈추었다. 네리안느는 그 광경을 물끄러미 쳐다보더니 입가에 엷은 미소를 띠며 말했다.

"정말 레지스트리 군은 잘못된 길을 가고 싶어도 갈 수가 없겠군요."

"아, 하하. 그렇죠."

난 어색한 웃음으로 얻어맞은 고통을 감추었다. 어쨌든 내한 몸 희생한 결과, 네리안느는 내 연구를 도와주기로 했다. 아직 레이뮤로부터 울레샤르의 본거지를 알아냈다는 연락을 받지 못했기 때문에 당분간은 신전 근처의 여관에서 지내기로 했다.

제32장

진지 공략

신전 근처에서 지내는 동안 난 네리안느와 잦은 접촉을 가졌다. 사제가 아닌 비(非)사제로서 디바인포스를 써보기 위해 네리안느에게 특별 훈련을 받은 것이다. 물론 특별 훈련이라고 해봤자 네리안느의 패스워드 알아내기뿐이었지만.

흐음, 네리안느는 계약 당시에 어떤 것을 암호로 내걸었을까? 자신은 그 무엇도 생각하지 않았다고 하지만 무의식적으로 뭔가를 정했을 거야. 그렇다는 건 암호가 평소에 생각하던 것일 확률이 높아. 좋아, 그럼…… 네리안느가 평소에 생각하는 것은?

"사제는 언제나 순결하고 깨끗해야 해요."

네리안느는 내 질문에 그렇게 대답했다. 그것을 통해 난 하나의 단어를 유추해 내었다.

순결하고 깨끗하다라…… 그걸 한데 묶는 단어가 Pure. 그런데 형용사 형태의 단어를 암호로 쓸까? 뭐, 일단 실험해 보면 알겠지.

"Repeat access string until execute string, set code with phonetic code divine."

난 일단 포스 변환 코드를 통해 매직포스를 디바인포스로 바꾸었다. 그러고 나서 쟈느네가 사일이라는 신에게 기도를 했다. 기도를 시작하자마자 내 머릿속으로 ID와 Password를 묻는 이미지가 떠올랐고 난 ID에 네리안느를, Password에 Pure를 입력했다.

……

흐으, 실패다. 역시 암호는 명사형인가? 그럼 Pure의 명사형이 뭐지? Pureness인가?

……

잉? 또 실패? 내 생각에는 Pure에 관련된 암호일 가능성이 높은 것 같은데…… 잠깐, Pure의 명사형에 다른 게 더 있는 것 같았는데…… 뭐였더라? 으으, 영어 공부 좀 제대로 할 걸. 기억이 날듯 말듯에서 말듯에 더 근접한…… 아! 그래! Purity!

단어가 떠오르자마자 난 다시 기도를 통해 신에게 접속했다. 내가 패스워드에 Purity를 떠올리자 여태까지와는 다른 느낌이 전해졌다. 내 머리를 묵직하게 누르고 있던 디바인포스가 갑자기 가벼워지면서 머리가 상쾌해졌던 것이다.

잇힝! 드디어 뚫렸다! 이거, 네리안느한테는 미안한 일이지만 계정의 비밀 번호까지 알아냈으니 마구마구 써줘야지! 혹시라도 마수들에게 공격받을 일이 있을 수도 있으니까 먼저 빛의 노래를 습득해 볼까.

……

난 쟈느네가 사일로 추정되는 서버로부터 빛의 노래 습득 퀘스트를 얻어 무난하게 빛의 노래를 얻었다. 그런데 내가 빛의 노래를 사용하려면 지금처럼 일일이 서버에 접속해서 다운받은 뒤에 사용하거나 내 디바인포스에 아예 저장시켜 놓고 사용해야 하는데, 두 방법 다 사용하기 어렵다는 문제가 있었다. 빛의 노래는 저장 용량이 좀 커서 3서클의 포스량밖에 없는 나로서는 선뜻 저장하기가 부담스러웠던 것이다.

흐으, 일단 오늘은 디바인포스를 사용할 수 있다는 사실을 알아냈다는 것에 만족해야겠다. 게다가 이번 전투에는 네리안느도 참가하니까 마수가 나타나더라도 내가 빛의 노래를 부를 일이 없지. 좋아, 오늘 실험은 여기까지.

"결국 디바인포스를 사용할 수 있게 되었군요."

내가 아무 말도 하지 않았음에도 네리안느는 내 실험 성공을 알아차렸다. 아마도 내가 쟈느네가 사일에게 접속했을 때 네리안느에게 경고 메시지가 가는 것 같았다. 어쨌든 난 네리안느에게 감사의 표현을 했다.

"이제 자주 써먹을게요. 고마워요."

"……후우."

항상 싱글싱글 웃는 네리안느가 또다시 깊은 한숨을 내쉬었다. 비사제가, 그것도 신을 믿는 마음이 발가락의 때만큼도 없는 내가 마음대로 디바인포스를 사용할 수 있게 되었으니 한숨을 쉬지 않을 수가 없었던 것이다. 그렇게 나와 네리안느가 신전에서 둘만의 오붓한 시간을 보내고 있을 때 여관에 있는 줄 알았던 슈아로에가 헐레벌떡 뛰어왔다.

"무슨 일이야?"

"레지 군! 드디어 레이뮤님이 울레샤르의 본거지를 알아냈대요!"

"……!"

슈아로에가 가져온 소식은 검은 천사 용병단의 출정을 알리는 소리였다. 울레샤르가 지목한 7명이 모두 다 모인 지금, 한시라도 빨리 울레샤르를 찾아가 그의 군대를 무찌르고 그를 죽인 뒤에 리아로스 일행을 구해야만 했다.

"출발합시다!"

덜컹덜컹—

따그닥, 따그닥—

1대의 마차와 말 한 마리가 빠른 속도로 이동을 시작했다.

말을 탄 사람은 유리시아드였고, 나머지 사람들은 마차를 탔다. 마차 안에 6명이 타서 조금 비좁았지만 모두 날씬한 체형이라 그렇게까지 좁지는 않았다.

"지금 센트리노 제국 내의 도선 지방에서 울레샤르가 폭동을 일으켰대요. 군사 수는 여기저기 분산되어 있는 숫자를 전부 합해 약 3천 정도로 추산되고, 본거지는 도선 지방의 슬롯 산맥의 어딘가에 있대요. 벌써 마을 두 곳을 약탈해 센트리노 제국에서도 군사를 일으켜 징벌할 계획이래요."

슈아로에는 마차 안에서 전서구를 통해 받은 상황을 알려 주었다. 난 전서구의 내용을 보다가 하나의 결론을 내렸다.

"센트리노 제국보다 우리가 먼저 울레샤르를 쳐야만 의뢰가 성립합니다. 따라서 우리는 이 인원 그대로 도선에 있는 울레샤르를 공격할 것입니다."

흐으, 내가 생각해도 말도 안 되는 전략이다.

"7명밖에 되지 않는 인원으로 3천이나 되는 적과 맞서 싸우는 건 자살 행위입니다."

내 말을 듣자마자 리엔이 반박을 가해왔다. 나 역시 리엔과 마찬가지의 생각이었지만 어쩔 수 없는 상황이라 물러설 수가 없었다.

"우린 무조건 7명으로만 싸웁니다. 적이 사람이든 마수든 간에 인정사정 볼 것 없이 무조건 죽여야 합니다. 따라서 살상 위주의 공격 방식을 구상하도록 해야 합니다."

"……알겠습니다. 우리는 레지스트리 군의 말에 따르겠습니다."

이번 의뢰의 조건을 떠올린 리엔은 모든 권한을 나에게 주었다. 다른 사람들도 '네가 알아서 잘해봐라'라는 식이라서 난 혼자 작전을 짜야만 했다.

덜컹덜컹—

쟈느네가 사일 신전에서 도선 지방까지는 대략 8일 정도 걸렸다. 그사이에 센트리노 제국이 토벌군을 편성하면 어쩌나 했지만 다행히 그럴 기미는 보이지 않았다. 아마도 아직 센트리노 제국의 사베루트 황제가 정권을 확실히 휘어잡지 못해서 변방 지역에 토벌군을 파견할 여력이 안 되는 것 같았다. 어찌 되었거나 우리로서는 다행이었다.

"아, 마을이……!"

도선 지방에 도착한 우리를 가장 먼저 반긴 것은 불타 버린 마을이었다. 사람들도 여기저기 죽어 널브러져 있었고, 식량 같은 것은 죄다 사라진 상태였다. 가뜩이나 추운 날씨에 이런 광경을 보니 마음이 더 싸늘해졌다.

크으…… 이번에도 겨울에 전쟁을 치르게 됐군. 벌써 2번째 맞는 겨울이잖아? 으, 겨울은 추워서 활동량을 줄어들게 만드니 너무 싫어. 차라리 짜증나더라도 움직일 수 있는 여름이 낫지.

"이제 어떻게 할 것입니까?"

약탈당한 마을을 둘러보던 리엔이 나에게 앞으로의 방향 제시를 요구했다. 마음 같아서는 추운데 고생하지 말고 당장 돌아가고 싶었으나 리아로스 일행도 구해야 하고, 울레샤르도 쓰러뜨려야 하기 때문에 눈물을 머금고 진군 명령을 내렸다.

"우리도 적들처럼 적들의 식량을 약탈하면서 울레샤르의 본거지로 가겠습니다. 얼마나 시일이 걸릴지 모르니 모두들 몸 관리에 각별히 신경 써주십시오."

그 말을 한 뒤 난 앞장서서 슬롯 산맥 쪽으로 발걸음을 옮겼다. 내 옆에는 릴리가 따라붙었고 그 뒤를 슈아로에와 유리시아드가, 그 뒤를 네리안느가, 그 뒤를 리엔과 리에네가 이었다. 나름대로 생각해서 짠 포메이션이긴 했지만 효과가 있을지는 의문이었다.

저벅저벅—

우리들은 산길을 따라 이동했다. 특별히 목적지가 있는 게 아니기 때문에 울레샤르의 부하들이 나타날 때까지 이리저리로 가야 했다. 그러다가 산 중턱쯤에 나무 울타리 속에 세워진 집이 몇 채 보였다. 느낌상 저 집들이 울레샤르 부하들의 거점 같았다.

"오늘 밤은 저 집에서 묵죠."

난 모두에게 그렇게 말했다. 그건 결국 저 집에 있는 적들을 모두 죽이고 나서 접수한다는 뜻이었기 때문에 모두들 공

격할 준비를 했다. 우리들이 적의 산채에 가까이 가자 적이
먼저 우리들의 움직임을 발견했다.

"실프!"

보초병에게 발각당했다는 생각이 들자마자 난 방어를 위
해 실프를 소환했다. 내가 실프를 소환하는 것과 동시에 적의
산채에서 화살 세례가 쏟아지기 시작했다. 하지만 그 화살들
은 단 하나도 우리에게 닿지 않았다. 실프가 다 알아서 막아
주었기 때문이다.

"릴리, 저 탑 같은 건물에 파이어 볼!"

적의 화살 공격이 전혀 통하지 않는 것을 확인한 나는 릴리
에게 공격을 지시했다. 릴리는 내 명령대로 보초병들이 있는
초소에다 파이어 볼을 날렸다. 발현이 2배인 파이어 볼이라
서 부딪치자마자 초소가 폭발에 휘말려 한순간에 무너져 버
렸다.

"슈아로에!"

난 릴리가 파이어 볼을 쓰자마자 슈아로에를 불렀다. 슈아
로에는 내 명령을 기다렸다가 곧장 다른 초소에다 파이어 볼
을 떨어뜨렸다.

콰앙—

역시 2배 발현의 파이어 볼은 나무로만 만들어진 초소를
단번에 박살 내었다. 일단 초소 두 곳을 날려 버리니 더 이상
의 화살은 날아오지 않았다. 적으로부터의 원거리 공격이 더

이상 없다고 판단한 나는 유리시아드를 향해 소리쳤다.

"유리시아드!"

"타앗!"

내 목소리를 듣자마자 유리시아드는 산채 정문을 향해 뛰어나갔다. 그리고 호신강기의 구결로 자신의 몸을 보호한 다음, 그대로 문을 들이받았다. 나무로 만들어진 문은 유리시아드의 저돌적인 공격에 그대로 박살이 나버렸고, 그 틈을 노려 리엔과 리에네가 산채 안으로 진입했다. 일단 유리시아드, 리엔, 리에네를 산채 안에 들여보낸 후에 난 나머지 사람들을 데리고 뒤따라 들어갔다.

챙! 까강!

"으악!"

"커억!"

매직포스를 모두 내공으로 변환시켜서 오직 무공만으로 싸우는 유리시아드와 살상력이 강한 정령을 소환하여 싸우고 있는 두 엘프 남매는 적들을 무서운 속도로 쓰러뜨리고 있었다. 이 산채에 있는 적에게는 마법사나 정령술사가 없는 것 같아서 난 우선 슈아로에게 휴식을 주었고, 네리안느에게는 버프 노래를 주문했다.

"내가 당신의 힘이 되어드리겠어요— 나와 함께 저 산을 넘어보아요—"

네리안느의 버프 노래가 시작되자 우리들의 몸에서 알 수 없는 힘이 샘솟기 시작했다. 네리안느의 버프 직후에 난 릴리에게 네리안느와 슈아로에의 경호를 맡겨놓은 뒤 실프와 함께 전선에 뛰어들었다. 유리시아드와 리엔, 리에네가 아무리 뛰어난 실력자라고 하더라도 셋이서 50여 명의 적을 모두 쓰러뜨리기에는 체력적인 문제가 있었기에 도움이 되지 않더라도 내가 합류할 필요가 있었다.

"실프!"

난 주로 적들의 움직임을 파악하면서 실프에게 전투를 시켰다. 실프가 전선에 투입되자 유리시아드는 뒤로 살짝 빠져서 휴식을 취했다. 그것은 내가 생각해 낸 작전으로, 세 명이서 싸움을 이끌면 나머지 한 명이 대기해 있다가 지친 사람과 교대하는 방식이었다. 유리시아드가 처음에 호신강기를 이용해 정문을 돌파했기 때문에 리엔과 리에네보다 지쳐 있어서 내가 그녀 대신 싸우게 되었다.

"끄악!"

적들의 실력이 없는 건지 우리들의 전력이 강한 건지는 모르겠지만 우리는 주전 3명, 대기 1명의 포메이션으로 적군을 그야말로 쓸어 담았다. 게다가 간간이 슈아로에와 릴리가 백업을 해주어서 전투가 매우 수월했다. 그리하여 전투를 시작한 지 30분 만에 적의 성채를 완전히 접수하게 되었다.

"모두 수고했어요."

이 산채의 우두머리를 처치하고 나서 난 동료들의 노고를 치하했다. 이번 전투에서는 유리시아드가 가장 많은 적들을 베어 넘겼고, 앞으로도 핵심 멤버이기 때문에 난 그녀에게 많은 양의 식량을 떼어주었다.

"자, 많이 먹어."

"……나보고 배 터져 죽으라는 건가요?"

내가 모처럼 호의를 베풀었지만 유리시아드는 딱 잘라 거절했다. 사실 내가 생각하기에도 혼자 다 먹기에는 무리가 있는 음식량이었기 때문에 더 이상 권하지 않았다.

"일단 나하고 릴리가 대충 정리를 할 테니까 모두 편히 쉬어요."

난 그렇게 말해놓은 뒤 릴리를 데리고 시체 청소 작업을 하려고 했다. 워낙 시체들이 여기저기 널브러져 있어서 치우지 않으면 냄새 때문에 잠을 잘 수 없었던 것이다. 그런데 슈아로에가 그런 내 행동에 태클을 걸었다.

"레지 군도 싸우느라 지쳤잖아요? 나도 도울게요."

호오, 슈아가 웬일로 날 도와주려고 하지? 해가 북쪽에서 뜰 일인걸?

"난 별로 안 싸워서 괜찮아. 나중에 적들 중에 마법사나 정령술사가 있으면 슈아도 지겹도록 싸워야 하니까 체력이나 비축해 둬."

난 슈아로에의 도움을 거절하고 릴리와 둘이서 시체 정리 및 잠자리 확보를 했다. 사실 전투를 하느라 나 역시 지치기는 했지만 유리시아드나 엘프 남매보다 지쳤다고 하기에는 내 활약이 적었다. 물론 백업 요원이었던 슈아로에와 네리안느는 별로 지치지 않았겠지만, 적의 산채를 발견하기 전에 꽤나 많은 양을 걸은 그녀들에게는 휴식이 필요하다고 생각했다. 하지만 다른 이유를 떠나서 슈아로에나 네리안느에게 시체 치우는 일을 맡기는 것이 싫었기 때문에 차라리 내가 하려는 것이었다.

……

산채를 거의 파괴시키지 않은 상태에서 적들만 죽였기에 음식이나 옷 등을 필요한 만큼 구할 수 있었다. 사실 빠르게 적을 제압하고자 했으면 릴리에게 메테오 스트라이크를 써서 산채를 통째로 날려 버리도록 하는 게 가장 효율적이었다. 하지만 슬롯 산맥 곳곳에 진지가 흩어져 있는 울레샤르의 군대를 찾아내는 것에는 시간이 걸릴 수밖에 없고, 우리 역시 거점이 없으면 계속 전투를 치르는 게 불가능하기 때문에 거점 확보를 위해 번거롭더라도 산채를 최대한 멀쩡히 두어야만 했다. 즉, 앞으로도 강한 마법을 쓰지 않고 일일이 백병전을 해야 한다는 뜻이었다.

"이번엔 나하고 리엔 씨가 정찰을 갔다 올게요."

다음날 오전, 난 릴리를 놔두고 리엔과 둘이서 정찰을 떠나기로 했다. 일단 나와 릴리가 어느 정도 정신 링크가 되어 있는 것 같았기 때문에 본진에 무슨 일이 생기면 릴리를 통해 느낌이 올 것이란 생각으로 릴리를 남겨두었다.

"조심해요."

내가 리엔과 정찰을 떠나기 전에 슈아로에는 걱정스런 표정으로 날 전송했다. 평소에는 날 갖고 놀던 슈아로에가 내 걱정을 하니 기분이 묘하기는 했지만 그녀에게 걱정 끼치기 싫어서 당찬 얼굴을 해 보였다.

저벅저벅—

군대에 있을 때 아주 잠깐 산을 탔지만 곧 취사병으로 전직해 버려서 솔직히 산길 이동은 익숙하지 않았다. 취사병은 무조건 차량 이동이라는 이유도 있었고, 내 체력이 그다지 좋은 편이 아니라서 난 리엔의 속도를 따라가기에도 벅찼다.

"괜찮습니까?"

내가 조금 괴로운 표정을 짓고 있자 리엔이 걸음을 멈추고 내 상태를 물었다. 산에서 태어나고 산에서 자란 리엔은 꽤 걸었음에도 숨소리조차 달라지지 않았다. 그것을 보고 나도 짐짓 아무렇지도 않은 액션을 취해 보였다.

"괜찮아요. 우선 적의 진지를 찾는 게 우선이죠."

"알겠습니다."

순진한 리엔은 내 말을 곧이곧대로 믿고 다시 걸음을 재촉했다. 사람의 발길이 닿았던 곳이나 지냈던 흔적 등을 한 번

쓱 훑어보는 것만으로 바로 알아내는 리엔 덕분에 난 쉬지도 못하고 계속 그의 뒤만 따라다녔다.

허억, 허억. 적의 위치를 찾는다고 시간이 좀 걸리면 내가 쉴 타이밍이 나오는데, 이건 뭐, 한 번 보고 땡이니 죽겠구나. 생각 같아서는 리엔과 리에네를 정찰조로 편성하고 싶었지만, 내가 적의 진지를 직접 보지 않으면 작전 수립에 애로 사항이 있어서 따라왔는데…… 혁, 벌써 다리에 감각이 없어지려고 하네? Oh, Your God!

"저기서 연기가 납니다."

정신없이 걷던 도중에 리엔에게서 반가운 말이 들려왔다. 그가 가리키는 곳을 쳐다보니 약 500미터 정도 떨어진 거리에서 한줄기의 연기가 솟아오르고 있었다. 저런 형태의 연기는 모닥불 같은 제한적이고 인위적인 발화 현상으로 생기는 것이기에 저 연기가 나는 곳에 사람들이 살고 있다는 것을 확신할 수 있었다.

"건물이 보여요?"

시력이 평범한 나보다 훨씬 눈이 좋은 리엔에게 시야에 들어오는 것에 대해 물었다. 리엔은 한동안 이리저리 둘러보다가 입을 열었다.

"산채가 둥근 형태이고, 초소는 4개 정도입니다. 출입할 수 있는 문은…… 두 군데뿐인 것 같습니다."

"예……."

흐으, 난 하나도 안 보여서 있는지 없는지도 모르겠다. 어쨌든 나와 리엔이 입고 있는 옷이 여차하면 적의 눈에 잘 띌 수도 있는 거니까 일단 돌아가자. 리엔이 알려준 것만으로도 사전 정보로써 충분하고…… 솔직히 춥고 배고프고 피곤해서 돌아가고 싶어.

"돌아가죠."

"알겠습니다."

나와 리엔은 적의 위치만을 파악해 놓은 상태에서 발길을 돌렸다. 돌아갈 때에는 최대한 가기 쉬운 길을 찾기 위해 노력했다. 그래야 발견한 적의 진지를 칠 때 이동 경로를 최소화할 수 있기 때문이었다. 나와 리엔이 우리의 거점으로 돌아갔을 때, 마침 하늘에서 눈이 내리기 시작했다. 눈이 내리는 양으로 봐서는 내일까지도 이어질 듯했다.

"자, 이거 마셔요."

나와 리엔이 돌아온 것을 보고 슈아로에가 우리들에게 따뜻한 차를 하나씩 건네주었다. 정찰 갔다 돌아와서 따뜻한 차를 마실 줄은 상상도 못했기 때문에 난 감격에 또 감격이었다.

"고마워."

"내가 직접 탔으니까 고마워해야죠."

슈아로에는 당연하다는 듯한 얼굴로 내 고마움의 표시를 받아먹었다. 솔직히 차는 그저 그런 맛이었지만 추운 날에 마시는 따뜻한 차 자체가 내 마음을 훈훈하게 해주었다.

"적의 진지는 찾았나요?"

내가 차를 마시고 있을 때 유리시아드가 다가와 정찰 결과를 물었다. 그래서 내가 말을 하려고 찻잔에서 입을 떼려는 순간 슈아로에가 약간 못마땅한 얼굴로 유리시아드에게 말했다.

"차 한 잔 마실 시간은 줘야죠."

"……."

"……."

슈아로에의 말에 나와 유리시아드 둘 다 멍한 표정을 지었다. 슈아로에가 다른 사람도 아니고 나를 위해서 그런 말을 할 줄은 몰랐기 때문이다. 어쨌든 난 슈아로에의 그런 마음씨를 고맙게 여기면서 입을 열었다.

"괜찮아. 차야 금방 마시니까."

"그러다 입천장을 데여도 난 몰라요."

그러면서 슈아로에는 뾰로통해진 표정을 지으며 나한테 의자 하나를 빼다 주었다. 갑자기 서비스가 좋아진 것 같아서 좀 불안하긴 했지만 난 슈아로에가 준 의자에 앉아 모두에게 정찰 결과에 대해서 알려주기 시작했다.

"적의 진지는 약 2시간 거리에 있어요. 그 진지가 울레샤르의 본거지와 가까운지 먼지까지는 확인하지 않았지만, 우선 다음 타깃을 그곳으로 할 겁니다. 내일 아침을 먹고 오전 중에 출발할 거니까 오늘은 편히 쉬어두세요."

타닥— 타닥—

눈이 내리는 추운 날씨라 그런지 리에네와 네리안느는 벽난로로 앞에서 불을 쬐고 있었다. 난 그 광경을 물끄러미 쳐다보다가 유리시아드에게 말을 걸었다.

"어제는 그냥 잤지만 오늘은 불침번을 서는 게 좋을 것 같아. 유리시아드는 어떻게 생각해?"

"음…… 그렇군요. 확실히 어제는 이곳을 막 장악한 시점이라서 굳이 불침번을 서지 않아도 됐으니까요."

직접적으로 말하지는 않았지만 아무튼 유리시아드도 내 생각에 동의했다. 그래서 난 유리시아드와 이마를 맞대고 불침번 근무 순서를 짰다.

"우리는 7명이고, 초번과 말번이 2시간씩 선다고 하면…… 9시간이니까 10시쯤에 자서 다음날 7시쯤에 일어나면 되겠다."

"근무 장소는 어디로 할 거죠?"

"에…… 네리안느 씨하고 슈아하고 릴리하고 리에네 씨는 여자니까 아무래도 순찰 도는 거는 안 되고…… 그냥 이 방에서 불침번을 서는 걸로 하고, 나하고 유리시아드하고 리엔 씨는 근무 시간에 외곽 순찰을 도는 걸로 하자. 괜찮아?"

"난 상관없어요."

흐으, 지금이야 상관없다고 해도 막상 한밤중에 일어나서 눈 내리는데 밖에 나가 순찰을 돌려고 하면 정말 싫어질걸? 난 생각만 해도 진절머리가 나는데.

"자, 그럼 근무를 짜자."

난 일단 종이에다 근무 시간을 쓰고 그 옆에다 근무자를 편성했다. 10시~12시는 유리시아드, 12시~1시는 네리안느, 1시~2시는 슈아로에, 2시~3시는 나, 3시~4시는 릴리, 4시~5시는 리에네, 5시~7시는 리엔의 순서로 짰다. 내가 짠 근무 편성표를 보던 유리시아드는 한동안 내 얼굴을 물끄러미 쳐다보았다. 난 유리시아드가 초번초인 것이 마음에 들지 않아서 그런 거라고 생각해서 편성 이유를 알려줬다.

"적이 움직인다면 보통 자정 전에 움직이거나 해 뜨기 직전에 움직일 것 같아서 우선 유리시아드와 리엔 씨를 초번과 말번에 넣었어. 뭐, 2시간 동안 순찰 돌라는 건 아니고, 1시간 정도만 순찰 돌면 되니까 순찰 돌다가 몸이 식으면 여기 들어와서 몸을 녹여."

"……."

내가 이유를 설명해 주었음에도 불구하고 유리시아드의 시선은 계속 내 얼굴에 꽂혀 있었다. 그래서 난 도리어 유리시아드에게 질문을 던졌다.

"왜? 뭐 마음에 안 드는 거 있어?"

"……."

내 질문에 유리시아드는 근무 편성표를 가리키며 입을 열었다.

"그쪽이 2시~3시 근무군요."

"응. 왜?"

"정확히 중간 시간대인데 제대로 일어날 수 있어요?"

아, 난 또 뭐라고.

"깨우면 금방 일어나."

"……."

어이, 유리시아드. 그렇게 못 미더운 표정 짓지 말라고. 내가 이래 봬도 군대에서 근무 시간 되면 눈을 번쩍번쩍 떴던 사람이야. 심지어는 말년 휴가를 갔다 오고 나서도 기상 시간에 정확히 눈을 떴다니까.

"……알았어요."

결국 유리시아드는 내 근무 편성표를 받아들였다. 그래서 난 다른 사람들에게도 근무 편성표를 보여주었다. 그런데 근무 편성표를 본 사람들의 반응은 다 한결같았다.

"레지 군, 너무 무리하는 거 아니에요?"

"가장 일어나기 어려운 시간대에 레지스트리가 불침번을 섭니까?"

"레지스트리는 너무 무리하고 있습니다."

"레지스트리 군, 괜찮겠어요?"

슈아로에도 리엔도 리에네도 네리안느도 전부 내 근무 시간을 가지고 태클을 걸었다. 사실 2시~3시 근무가 가장 기피하고 싶은 시간대이긴 하지만, 첫날이기도 해서 내가 일부러 그 시간대를 택한 것인데 사람들이 다 뭐라고 하니 나로서는 할 말이 없었다.

"뭐, 다음번에는 순서를 바꿀 거니까 괜찮아."

난 결국 그 말로 모두의 걱정을 불식시켰다. 어쨌든 그렇게 우리들은 한방에 잠자리를 마련하고 근무용 모래시계를 구비한 뒤 저녁을 먹고 휴식을 취했다. 물론 난 저녁 10시가 되기도 전에 바로 잠자리로 들어가 취침을 하는 센스를 발휘했다.

잠을 자다가 문득 눈을 떴다. 주위가 특별히 시끄러운 것은 아니었지만 그냥 눈이 떠졌다. 그래서 혹시 내 근무 시간이 아닌가 하는 생각에 누워서 방 안을 둘러보니 슈아로에가 테이블에 앉아 날 쳐다보고 있는 모습이 보였다.

"……."

"……."

눈이 마주치자 나와 슈아로에는 마치 아무 일도 없었다는 듯 시선을 서로 돌렸다. 그러다가 슈아로에의 다음 근무자가 바로 나라는 사실을 떠올리고 다시 슈아로에에게로 시선을 돌려 작은 목소리로 물음을 던졌다.

"에…… 슈아, 근무한 지 얼마나 지났어?"

"이만큼이요."

슈아로에는 거의 다 시간이 지난 모래시계를 보여주며 그렇게 말했다. 모래시계의 남은 모래를 보니 한 10분 후에 내 근무 시간이 된다는 걸 알 수 있었다. 그래서 난 10분 더 자는 것보다 그냥 일어나는 것을 택했다.

"아, 더 안 자요?"

"곧 근무니까 일어나야지."

난 기지개를 켠 후에 이부자리에서 빠져나왔다. 순간 추위가 엄습해 왔지만 벽난로의 열기가 그 추위를 물리쳐 주었다. 일어나서 최대한 옷을 두툼하게 입은 나는 슈아로에를 보며 말했다.

"슈아는 이제 자."

"아직 시간이 남았어요."

"내가 일어났으니까 자도 돼."

"······."

내 말에 슈아로에는 어떻게 할까 망설이다가 결국 잠을 자는 것으로 마음을 굳혔다. 난 슈아로에가 잠자리에 드는 걸 지켜보다가 모래시계를 다시 거꾸로 뒤집은 뒤, 순찰을 위해 밖으로 나가고자 했다. 그런데 그때 슈아로에가 조그만 목소리로 입을 열었다.

"조심해요."

"······아, 응."

이곳에 온 뒤부터 갑자기 나한테 잘 대해주는 슈아로에의 속셈을 잘 이해할 수는 없었지만 그런 소리를 들으면 기분이 좋아지기 때문에 그냥 좋게 받아들이기로 했다. 그런데 문제는 아무리 옷을 두껍게 입었어도 문을 열고 밖으로 나가자마자 강력한 추위가 내 몸을 덮쳐 왔다는 점이었다.

으후, 무지하게 춥군. 눈이 내려서 그런가? 왜 이렇게 추운 거야? 아니면 따뜻한 곳에서 자다가 나와서 그런 건가? 어쨌거나 이대로는 너무 추우니까 방한 방법을 강구해야겠다.

"사라만다."

난 지체없이 불의 정령 샐러맨더를 소환했다. 보통 정령을 소환하려면 티니샐러맨더, 에버샐러맨더 같은 말을 해줘야 하지만 내 불의 정령은 이제 사라만다라는 말만으로도 소환 가능해졌다. 그리고 더 놀라운 것은 만질 수 없어야 정상인 사라만다도 만질 수 있게 되었다는 점이었다.

스윽—

사라만다에게 적당한 온도를 유지하라고 주문한 뒤 난 사라만다를 집어 들었다. 사람 머리 크기만 한 불도마뱀 사라만다는 약간 물컹한 느낌과 함께 내 손에 의해 들어올려졌다. 마치 손난로처럼 내 손을 따뜻하게 해주었다. 그래서 난 사라만다를 손으로 비비고 얼굴에도 비비고 해서 추위를 떨쳐 보냈다. 물론 사라만다는 내가 자신을 손난로로 이용할 때마다 싫다고 발버둥을 쳤다.

잇힝~ 따뜻해. 정령을 만질 수 있게 되니까 이런 편리한 점이 있구나. 얼마 전까지만 해도 그냥 모닥불 쬐듯이 떨어져 있어야 했는데 말이야. 사라만다만 있으면 1시간 동안 순찰을 돌아도 추위가 무섭지 않아!

다음날, 우리들은 아침을 먹고 조금 있다가 곧바로 적의 진지를 향해 출발했다. 눈이 많이 내린 상태라 보호색 차원에서 흰색의 겉옷을 입고 흰색의 두건으로 머리카락을 감쌌다. 그렇게 하고 나서 소수의 인원으로 적의 진지를 치기 위해 잠입을 하기로 했다.

사박— 사박—

눈이 좋은 리엔을 선두로 우리들은 적의 산채까지 조심스레 다가갔다. 날씨가 추워서 코끝이 빨개질 정도였으나 모두들 긴장감에 추위조차 잊고 있었다. 불과 500미터의 거리를 가는 데 20분이 걸릴 정도로 우리들의 전진은 더뎠지만, 그 덕분에 적의 보초에게 들키지 않고 산채 가까이까지 접근할 수 있었다. 아무래도 위장을 위해 흰옷에 흰 두건까지 써서 적의 보초가 특별히 주의를 기울이지 않는 이상 우리들을 발견하기는 어려웠기 때문에 우리들은 일단 여유를 가지고 작전 회의를 했다.

"실프, 일단 들어가서 적의 움직임을 살펴봐."

난 실프를 티니 급 정도로 작게 소환한 후에 실프에게 정찰 명령을 내렸다. 원래 정령은 소환주가 시키는 것만 수동적으로 할 뿐, 무엇을 인식하고 무엇을 알려주는 것은 할 수 없었다. 그러나 이미 이곳 상식을 파괴하고 있는 내 실프는 당연하다는 듯이 적의 산채를 넘어가 동태를 살피고는 나에게 머릿속으로 보고를 했다.

《…….》

흐음, 일단 초소 네 군데에 있는 보초들은 주로 산채 외곽 쪽만 경계를 하고, 산채 안에는 따로 보초를 두지 않았군. 지금은 점심시간인가? 모두들 건물 안으로 들어가 식사를 하고 있네? 이야, 이거 시기적으로 제대로 찾아왔는걸?

"지금 적들은 점심을 먹고 있습니다. 그러니 우선 정문에 있는 보초 둘을 제거하여 적의 산채 안으로 들어가는 방법을 택하겠습니다."

어차피 보초들은 산채 바깥만을 보고 있기 때문에 정문의 보초 둘이 조용히 쓰러진다면 후문의 보초들은 그 사실을 눈치 채지 못할 것이다. 그렇게 우리들이 정문을 통해 당당히 산채 안으로 들어가면 리에네가 단독으로 후문의 보초 둘을 제거하고, 나머지 사람들은 대형을 갖춘 상태에서 적과 싸운다. 그것이 내가 구상한 작전이었다.

"갑니다."

난 직접 실프를 이용해 정문 보초 둘을 제거하기로 했다. 내 실프라면 굳이 내가 움직이지 않아도 알아서 적을 없앨 수 있기 때문이었다.

"……!"

"……!"

실프가 높이 날아서 보초 두 명에게 바람의 칼날 공격을 했다. 바람의 칼날이 보초들의 목을 베어버려서 보초들은 비명조차 지르지 못하고 생을 마감하였다. 그것을 확인하자마자 리에네가 레아실프의 힘으로 우리들을 산채 안쪽까지 높이 들어다 놓아주었다. 그리고 나서 리에네는 레아실프에게 몸을 맡긴 상태에서 허공을 날아 후문 쪽으로 사라졌다.

"우리들은 건물 안으로 들어가죠."

난 적의 두목이 있을 것이라 생각되는 큰 건물을 목표로 삼으며 안으로 뛰어들었다. 안으로 들어가자마자 마침 식사를 마치고 보초들과 근무 교대를 하려는 네 명의 적과 마주쳤다. 물론 유리시아드가 적들을 보자마자 가볍게 저승으로 보내주었지만, 결국 우리들이 침입했다는 사실을 노출시키고 말았다.

"적이다!"

"죽여라!"

점심시간임에도 불구하고 적들은 신속하게 무기를 들고 우리들에게 달려들었다. 그러나 좁은 복도에서의 적과의 조우는 우리에게 불리할 게 하나도 없었다.

"레아샐러맨더."

리엔은 가장 강한 샐러맨더를 소환하여 적들에게 불덩어리 공격을 퍼부었다. 좁은 복도에서 정령 공격이 이어졌기 때문에 적들은 공격을 피하지도 못하고 그대로 맞아버렸다. 보통 침입자가 복도에서 싸우는 건 진로와 퇴로를 모두 차단당할 위험이 있어서 그다지 좋지 않다. 그러나 막강한 공격력을 가지고 있는 우리들에겐 좁은 복도는 도리어 적들을 한꺼번에 몰아서 제거할 수 있는 도우미가 되어주었다.

콰앙― 쾅―

"끄악!"

전방에서는 리엔의 정령 공격이, 후방에서는 슈아로에의 마법 공격이 작렬하여 적들은 우리에게 접근하기도 전에 많은 사상자를 냈다. 운 좋게 피해서 달려드는 적들은 나와 유리시아드가 처리해서 우리 쪽에는 아무런 피해가 발생하지 않았다.

우르릉―

헉! 그러고 보니 좁은 복도에서 정령 공격과 마법을 사용하면 건물 자체가 무너지겠구나! 이러다가 건물이 무너지면 적들도 죽고 우리도 죽고, 설령 우리가 살아난다고 해도 주거지를 잃게 되는 거니까 좋지 않아! 이제부터는 작전 수정이다!

"이제부터는 나와 유리시아드가 싸우겠습니다! 나머지 분들은 보조를 해주세요!"

난 최대한 건물에 피해를 주지 않기 위해 실프를, 유리시아드는 검을 이용해서 싸웠다. 그래서 리엔&슈아로에 조합보다 작업 시간이 늘어났지만 리엔과 슈아로에, 릴리, 네리안느가 적절히 백업을 해주어서 큰 문제없이 적들을 제압해 나갔다.

"어떤 놈들이 감히!"

우리들이 신나게 적을 때려잡고 있는데, 갑자기 건물이 무너질 정도로 우렁찬 목소리가 들려왔다. 소리를 지른 사람은 키가 족히 2미터는 넘어 보이는 거구의 전사였다. 체구도 그렇거니와 그의 손에 들려 있는 거대한 도끼는 보는 것만으로도 공포를 자아내기에 충분했다.

"네놈들이냐!!"

2미터 거인은 우락부락한 얼굴을 완전히 찌그러뜨리며 우리에게 호통을 쳤다. 온몸이 철갑옷으로 둘러싸여 있어서 웬만한 공격은 씨알도 먹히지 않을 것 같았다. 그리고 그의 뒤에는 중장갑을 착용한 전사들 수십 명이 대기하고 있어서 위압감은 더욱 증폭되었다.

허억, 일개 산채에 웬 중장갑?! 이거 완전히 일반 성의 병력 수준이잖아? 혹시 저쪽에도 마법사나 정령술사가 있는 거 아니야? 뭐…… 있다고 해도 좁은 건물 안에서 공격을 할 사람은 없겠지만.

"얘들아! 죽여 버려라!"

2미터 거인은 뒤의 부하들에게 공격 명령을 내렸고, 부하들은 우렁찬 소리와 함께 우리들에게 달려들었다. 좁은 복도에서 오와 열을 맞추어 달려오는 그들을 보니 난 간이 콩알만

해지는 것을 느꼈다. 하지만 그렇다고 얌전히 서서 당할 수는 없었기 때문에 난 릴리에게 지시를 내렸다.

"릴리! 중력 마법!"

"알겠습니다, 주인님. 중력 마법!"

릴리는 여러 가지 마법을 단축키로 저장하고 있어서 간편하게 중력 마법을 발동시켰다. 중력 마법의 위치나 강도는 릴리의 재량이었는데, 릴리는 내가 무엇을 원하는지 정확히 파악하고 그에 맞게 중력 마법을 사용했다.

"어억?!"

"허억!"

기세 좋게 우리들에게 달려오던 중장갑 전사들은 갑자기 늘어난 중력으로 인해 걸음을 옮기는 게 불가능해져 버렸다. 특히 무거운 갑옷을 입고 있는 상태라 중력 마법의 위력은 더욱 커졌다. 릴리가 거의 모든 중장갑 전사들을 포함하는 중력 마법 범위를 설정해서 대부분의 적들은 중력 마법에 갇혀 버렸고, 나머지 적들은 차마 전진을 하지 못하고 뒤로 물러섰다.

"이 비열한 놈들!"

2미터 거인은 떼거지로 달려들려고 했던 자신들의 만행은 생각하지도 않고 우리가 마법을 쓴다고 우리들을 비겁자 취급했다. 그러고는 갑자기 자신의 옆에 있는 한 호리호리한 중년 남자에게 소리를 질렀다.

"당신이 어떻게 좀 해보시오!"

"흐음, 알겠소."

매부리코에 인상도 별로 좋지 않은 중년 남자는 여유로운 표정으로 대답했다. 보통 이곳에서의 마법사라면 수십 명의 장정들을 일거에 중력 마법으로 묶은 것에 경악을 해야 당연했다. 그런데 그의 반응은 매우 미미해서 릴리의 중력 마법쯤은 아무것도 아니라는 얼굴을 하고 있었다. 그 때문에 난 묶어놓은 적들을 제거해야 한다는 생각을 하지 못했다.

"Create space 압력, mapping minus double gravity, render hundred."

중년 남자는 용언 마법을 사용하여 중력 마법을 실행했다. 그리고 여태까지 릴리의 중력 마법에 묶여 있던 장정들을 모두 포함하는 영역에다가 반중력을 걸었다. 그로 인해 릴리의 중력 마법은 무용지물이 되어버렸다.

헉! 뭐야, 저 인간?! 릴리가 지정한 마법 영역과 똑같은 크기에다가 릴리의 발현 정도까지 정확히 알고 반중력을 걸었어?! 저렇게 대단한 마법사가 왜 이런 구석진 곳에 있는 거야?!

"우와와!"

중력 마법이 무효화되자마자 중장갑 전사들은 또다시 우리들에게 달려오기 시작했다. 그래서 난 그들의 움직임을 막기 위해 릴리의 중력 마법을 해제시켰다. 그런데 릴리가 중력 마법을 해제하자마자 중년 남자도 반중력 마법을 해제해서 자기네 장정들의 움직임에 방해를 주지 않았다. 실력도 있고 센스도 있는 중년 남자의 정체가 매우 궁금하긴 했지만, 우선 우리들을 향해 달려오는 적들을 물리쳐야 했기 때문에 난 리엔에게 명령을 내렸다.

"리엔 씨! 땅의 정령!"

"레아노움!"

리엔은 내 말을 듣자마자 가장 강력한 땅의 정령을 소환하여 공격을 가했다.

"땅의 송곳니!"

리엔이 레아노움을 이용해 공격한 방법은 땅으로부터 송곳 모양의 돌들이 튀어나오는 것이었다. 그래서 적의 장정들은 마치 부비트랩에 걸린 것처럼 돌 송곳에 찔려 부상을 당하거나 돌 송곳 사이에 끼어 움직임에 제한을 받았다. 그 틈을 노려 나와 유리시아드가 공격을 시작했다.

"실프!"

"하앗!"

난 실프의 공격을 이용해서 적들의 얼굴을 집중적으로 노렸고, 유리시아드는 갑옷 사이의 관절 부분을 노려 적들을 행동 불능 상태로 만들었다. 덕분에 피가 사방팔방으로 튀며 상당히 잔인한 장면들이 연출되었다. 그렇지만 도리어 그런 핏빛이 내 전투 의식을 더 높이는 효과를 가져왔다.

서걱—

"으악!"

자신의 팔이 날아가자 고통에 찬 비명을 지르는 한 장정. 난 적을 한 명씩 쓰러뜨리면서 점점 앞으로 이동했다. 내 발에 사람 시체가 밟혔지만 이미 흥분 상태인 나는 잔인함이나 윤리 같은 건 다 잊어버렸다. 머릿속에는 오직 싸워서 이겨야 한다는 생각밖에 없었다.

"개미지옥!"

리엔은 여전히 레아노움으로 적들을 상대했다. 이번에는 땅을 푹 꺼지게 해서 적을 가두어놓은 뒤 땅을 메워 버려서 적을 생매장시키는 방법이었다. 만약 리엔이 적이어서 나에게 그런 공격을 했다면 난 꼼짝없이 당할 것만 같은 그런 공격이었다.

"Create space 번개, mapping lightning, create snap space target, animate snap!"

슈아로에는 표적이 하나인 체인 라이트닝 볼트를 사용하여 적들을 한 명씩 줄여 나갔다. 하지만 마법 자체가 마나량을 꽤 많이 잡아먹기 때문에 한 3번 정도 쓰면 리프레쉬 코드로 마나를 회복해야만 했다.

"내가 당신의 힘이 되어드리겠어요— 나와 함께 저 산을 넘어보아요—"

직접적인 공격 수단이 없는 네리안느는 버프 효과 노래로 우리들을 백업해 주었다. 그리고 그런 네리안느를 보호하기 위해서 릴리가 그녀의 옆에 붙어 있었다. 사실 릴리를 직접 전투에 참여시키면 더 빠르고 좋은 결과를 얻을 수도 있겠지만, 난 실프를 데리고 싸우느라 릴리까지 관리할 여력이 없었다. 그래서 그냥 릴리에게는 네리안느의 경호만을 맡겼다.

"에잇! 머저리 같은 놈들!"

자신들의 부하가 추풍낙엽처럼 쓰러지자 화가 난 2미터 거인은 직접 우리들을 공격하려고 했다. 문제는 그가 첫 타깃으로 삼은 사람이 바로 나라는 점이었다.

으악! 저 괴물이 왜 날 찍은 거야?! 여기 나보다 강해 보이는 사람들이 즐비…… 하지가 않잖아?! 대부분 여자인 데다가 리엔은 너무 호리호리하니 그나마 겉보기에는 내가 제일 세 보여! 말도 안 돼! 나도 약하단 말이다!!

부웅—!

2미터 거인의 거대한 도끼가 굉장한 바람 소리를 내며 내 머리로 날아왔다. 워낙 동작이 커서 예비 동작만 보고도 재빨리 피할 수 있었지만 발아래에 시체들이 깔려 있어서 움직이기가 힘들었다. 그래서 제자리에 선 채 실프의 방어막으로 막을 수밖에 없었다.

까앙!

실프의 방어막과 2미터 거인의 도끼가 부딪치자 마치 병장

기끼리 부딪치는 금속성이 터져 나왔다. 방어막을 통해 실프에게 그 충격이 갔고, 실프와 밀접 관계인 나는 그 충격을 어느 정도 받아야 했다.

으윽! 내가 충격을 받을 정도로 저 괴물의 파워가 엄청난 건가? 힘 대 힘 대결로 가다가는 실프가 지겠다. 저 괴물은 혼자 싸우고 난 실프를 대동해서 함께 싸우니까 불공평할 수도 있지만 내가 그딴 것에 신경 쓰랴!

"번개!"

난 왼손을 옷 사이로 넣어 블랙 케이프의 오른쪽 보석을 훑었다. 그러자 내 앞에서 번개가 생성되어 그대로 2미터 거인을 향해 날아갔다. 그와 나의 거리가 2미터도 채 되지 않았기 때문에 그 거리에서 내 라이트닝 볼트를 피한다는 것은 불가능했다.

"커억!"

번개가 온몸을 훑고 지나가는 찌릿찌릿한 느낌에 2미터 거인은 잠시 몸을 경직시켰다. 라이트닝 볼트가 손 같은 맨피부에 맞았기 때문에 2미터 거인이 철갑옷을 입었어도 전류는 그의 몸을 통과한 게 분명했다. 그런데 2미터 거인은 잠깐 몸을 경직시켰을 뿐, 금방 몸을 움직여 내 머리를 향해 도끼를 휘둘렀다.

"따갑다, 이 자식아!"

부우웅—

까가가강!

거대한 도끼와 실프의 방어막이 충돌하며 날카로운 금속
성이 터졌다. 분노 모드로 들어간 2미터 거인의 힘은 굉장해
서 실프를 이용해서 방어막을 쳤는 데도 불구하고 난 그 힘에
밀려 뒤로 자빠지고 말았다. 뒤로 자빠지자마자 난 덜컥, 하
는 마음에 급히 몸을 옆으로 굴렀다. 그 순간,

콰앙!

내가 있던 자리가 움푹 파이며 구덩이가 생겼다. 그 파괴력
에 난 침을 꿀꺽 삼키며 재빨리 일어났다. 체격이 왜소한 사
람이 체격이 큰 사람을 이기기 위해서는 스피드를 바탕으로
치고 빠지는 게릴라밖에 없다고 생각한 난 제자리에 멈춰 있
지 않고 계속해서 다리를 움직였다. 내가 조금이라도 가만히
있다가는 2미터 거인의 도끼가 그 자리에 떨어지기 때문이었
다.

콰앙! 콰앙!

2미터 거인은 미친 듯이 도끼를 휘두르면서도 전혀 지친
기색을 보이지 않았다. 보통 덩치가 큰 사람은 덩치 작은 사
람보다 스태미너가 약해서 금방 지치는데, 상대는 워낙 전투
를 많이 치른 베테랑이라 그런지 불행히도 나보다 스태미너
가 강했다.

크윽! 내가 저 덩치를 이기려면 움직이면서 마법을 써야 하
는데 그게 가능할까? 실프는 지금 녀석의 도끼를 막아내느라

다른 공격을 할 수가 없어. 결국 결정타를 내가 날려야 한다는 소리인데…… 할 수 있겠어, 최고수?

"이 쥐새끼 같은 놈!"

콰앙!

내가 이리저리 피해 다니는 것에 화가 난 2미터 거인은 거의 마구잡이식으로 도끼를 휘두르고 있었다. 근데 그 파워가 워낙 강해서 조금 떨어져 있는 데도 그 여파가 몰아쳤다. 특히 도끼에 박살난 기둥이나 사람 파편 같은 것이 여기저기로 튕겨 나가 잘못하면 거기에 맞아 다칠 수도 있었다.

젠장, 할 수 없다. 이대로 있다가는 녀석의 도끼에 맞든가 파편에 맞든가, 둘 중 하나야. 내가 할 수 있을지 없을지는 모르겠지만 일단 해보자!

"와라!"

난 일부러 2미터 거인을 도발시키기 위해 자리에 멈춰 선 채로 소리를 질렀다. 그러면서 손을 블랙 케이프의 중앙 보석으로 가져갔다. 2미터 거인은 내가 멈추자 즉시 나에게로 달려들며 도끼를 휘둘렀다.

"죽어버려!"

부우웅!

까강!

거대한 도끼가 실프의 방어막을 강타했고, 난 뒤로 날아갔다. 처음부터 각오를 하고 있었지만 워낙 강한 힘이라서 정신이 아찔해질 정도였다. 그렇지만 2미터 거인은 날 맞추었기 때문인지 그 자리에 서서 내가 어디로 날아가는지를 보고 있었고, 그것은 목표물이 정지 상태임을 의미했다.

"Hotball!"

난 뒤로 날아가면서 온 정신을 집중해 매직 오너멘트로 파이어 볼을 실행시켰다. 어차피 나와 2미터 거인은 일직선상에 있었기 때문에 파이어 볼의 이동 경로 걱정은 굳이 하지 않아도 되었다. 문제는 내가 맞아 날아가면서 파이어 볼을 제대로 구현하느냐 하는 점이었다.

화악!

날아가면서 난 내 앞쪽에 파이어 볼을 생성시키는 이미지를 떠올렸고, 그 이미지대로 반경 50㎝의 파이어 볼이 내 앞쪽에 생성되었다. 그리고 그 파이어 볼은 직선 경로를 따라 그대로 2미터 거인과 충돌했다.

콰아앙!

발현도 1배인 평범한 파이어 볼이었으나 날 맞추고 방심하고 있던 2미터 거인은 그것을 직격으로 맞고 뒤로 훨훨 날아갔다. 그러다 뒤에 있는 벽에 등을 세게 부딪치며 멈추었다. 나 역시 벽에 부딪칠 위기를 맞았지만 실프의 방어막이 온몸을 다 감싸주어서 벽에 부딪치고도 무사할 수 있었다.

"크으으……."

아까 전에 라이트닝 볼트를 맞은 것도 있고, 지나치게 힘을 소비한 것도 있는 데다가 결정적으로 파이어 볼을 직격으로 맞은 2미터 거인은 거의 전투력 상실 수준까지 갔다. 물론 나도 그와 마찬가지로 지쳐 있었지만 나에게는 동료들이 있었다.

퍼억!

"커억!"

내가 쿨럭거리며 재차 싸우기 위해 일어났을 때, 유리시아드가 2미터 거인의 목을 그대로 베어버렸다. 지금까지 졸개들을 상대하느라 날 도와주지 못하고 있다가 이제야 도움을 준 것일 수도 있겠고, 아니면 내가 2미터 거인과 싸울 수 있는지 없는지를 시험해 보려고 늦게 도움을 준 것일 수도 있었다. 어찌 되었든 가볍게 2미터 거인을 쓰러뜨린 유리시아드는 날 보며 소리쳤다.

"아직 적이 남았어요!"

"……?"

잉? 적이라니? 중장갑 장정들도 거의 다 쓰러뜨렸고, 두목인 2미터 거인까지 쓰러뜨렸는데 누가 남았다는 거야? 아, 그러고 보니!

유리시아드의 말에 난 급히 복도의 한쪽을 쳐다보았다. 그곳에는 매부리코의 중년 남성이 실실 웃으며 서 있었다. 자신의 두목이 쓰러졌는 데도 도와줄 생각을 안 하고, 심지어는 도망칠 생각조차 하지 않는 그의 모습을 보니 도리어 불안감이 엄습해 왔다.

"넌 누구냐?"

난 최대한 위압감이 드는 어조로 중년 남자에게 소리쳤다. 하지만 중년 남자는 내 어설픈 위압에 콧방귀조차 뀌지 않았다.

"날 모르나? 하긴, 부활한 모습을 처음 보는 거니까 모르겠지."

"부활?"

"나다, 로이스 맨스레드."

"……!"

로이스 맨스레드라는 이름을 듣자마자 난 나에게 마나 복사를 강제로 해주고 윈도우즈 연합 토벌 전쟁 때 자폭해 버린 의문의 청년의 모습을 떠올렸다. 그러나 그 청년의 모습과 지금의 중년 남자의 모습은 너무 판이하게 달랐기 때문에 그의 말을 믿을 수가 없었다.

"생김새가 다르잖아!"

"어이, 그럼 내가 그때 그 모습대로 부활할 줄 알았냐?"

자칭 로이스 맨스레드라는 자는 어처구니없다는 표정으로 날 바보 취급했다. 일단 중년 남자의 말투나 행동이 의문의 청년 로이스 맨스레드와 상당히 유사했기 때문에 믿어보는 것도 나쁠 것 같지는 않았다.

"그래, 백번 양보해서 네가 로이스라고 하자. 대체 자폭한

인간이 어떻게 부활하는 거냐?'

난 로이스 맨스레드라고 추정되는 남자에게 단도직입적인 질문을 던졌다. 그러자 로이스는 껄껄 웃으며 대답했다.

"하하, 그게 바로 내 위대한 점이다."

"……."

아니, 그러니까 그 위대한 방법을 가르쳐 달라는 소리다!

"뭐, 네놈도 조금은 성장한 것 같으니까 특별히 알려주마."

내가 속으로 욕을 하고 있을 때 로이스는 마치 큰 선심이라도 쓰는 듯이 입을 놀렸다.

"500년 전, 나는 커널을 얻었다. 커널의 무궁무진한 매직포스를 이용하면 못할 마법이 없었다. 모든 이들이 나에게 경배했으며 날 추앙했다."

"……."

너무 자기 자랑이 심한데?

"하지만 그런 나도 한 가지 할 수 없던 것이 있었다. 그건 바로 영원한 삶. 아무리 뛰어난 마법사라 하더라도 죽지 않을 수는 없었다. 난 그것을 깨고 싶었다."

로이스의 표정은 매우 진지했다. 현재 대부분의 적들은 제압을 당했고, 뒤늦게 가세한 리에네가 잔여 병력을 처리하고 있어서 조금만 있으면 이 산채는 완전히 우리의 수중으로 넘어올 형편이었다. 그런 상황에서도 한가롭게 말을 늘어놓고 있는 로이스가 어처구니없었지만, 그렇다고 우리가 먼저 공격해서 또 녀석의 종적을 놓쳐 버리기라도 하면 곤란하기 때문에 일단 녀석의 정보를 최대한 캐내고자 했다. 그런 내 속셈을 아는지 모르는지 로이스는 계속해서 말을 이어 나갔다.

"당시 난 우연찮게 성물 하나를 얻게 되었다. 버려진 땅, 아이오 지방에서 굴러다니던 성스러운 부츠였지. 근데 그 성물이란 게 참 특이한 구조로 되어 있더군. 성물은 소유한 마법사의 마나량을 2배로 늘려준다. 그래서 결과적으로 본래의 서클보다 1단계 높아지지. 그런데 성물을 연구한 결과, 성물 자체가 주변의 마나를 서서히 흡수해 간다는 것을 알아냈다."

"……."

아니, 갑자기 왜 성물 얘기가 나오는 거지? 부활하는 거하고 성물하고 관계가 있는 거야? 아니면 말을 하다 보니 두서없이 얘기가 나오는 거야?

"성물은 이 세계에 오래 노출되어 있을수록 많은 양의 마나량을 흡수한다. 그리고 그 흡수한 마나량 중 일부를 소유자에게 제공하지. 그러나 그 나머지 마나량은 전부 명계로 흡수된다. 총 7개의 성물에서 충분한 양의 마나를 획득하게 되면 명계의 왕이 이 세계에 강림한다. 그리고 이 세계를 지배하게 되는 거지."

"……?"

난 로이스의 말을 잘 이해할 수가 없어 고개를 갸웃했다.

성물 얘기를 하다가 갑자기 명계의 왕의 강림 얘기를 하고 있으니 정신이 없었던 것이다. 그런 내 모습을 보고 로이스가 혀를 끌끌 찼다.

"이해력이 달리는군. 그러니까 7개의 성물은 명계의 왕이 이곳 물질계에 강림하기 위해 물질계에 풀어놓은 마나 흡수 장치라는 거다. 거기에 혹시라도 성물이 파괴되지 않도록 성물 소유주에게 일부의 마나량을 제공하는 치밀함까지 갖춘 것이다."

"……."

흐음, 성물이 명왕 강림에 필요한 에너지를 모으는 장치라는 소리인가? 뭔가 이해가 될 것 같기는 하군. 그런데 명왕이라는 게 있었어? 명계가 있다는 소리는 들었지만 명왕이 있을 줄은 몰랐는데.

"명왕은 왜 물질계에 강림하려고 하지?"

난 궁금한 점을 그대로 로이스에게 물었다. 로이스는 내 질문에 대강 답해주었다.

"명왕도 예전에는 인간이었으니까. 인간이 고향을 그리워하는 건 당연한 거 아닌가?"

"……."

흐음, 지금 이 상황에서 난 놀라야 하는 건가? 아니면 그렇구나, 하고 고개를 끄덕여야 하나? 입장이 애매모호한걸?

"근데 왜 그런 얘기를 하는 거지? 그게 네 부활과 관련이 있는 거냐?"

일단 난 명왕 얘기를 제쳐 두고 로이스에게 부활 관련 질문을 던졌다. 솔직히 난 지금 로이스가 뭔가 도주로를 마련하기 위해서 시간을 끌고 있는 거라고 생각했다. 그런데 로이스는 그럴 의도가 전혀 없는 듯했다.

"난 무한 마나량을 가진 커널과 성물을 사용해서 파괴의 마신의 왼팔인 에크 트볼레시크와 최강의 드래곤 카이드렌의 영혼을 동시에 소환했다. 우선 에크 트볼레시크를 소환해서 그에게 소원을 빌었다. 나와 레이에게 영원한 삶을 달라고 말이다."

"……."

그가 말한 내용은 저번에 레이뮤를 통해서도 들었기 때문에 어느 정도 알고 있었다. 그러나 뒤이어진 내용은 오직 로이스 맨스레드 자신밖에 알지 못하는 것이었다.

"에크 트볼레시크는 나와 레이에게 영원한 삶을 주었다. 성스러운 부츠를 분해하여 내 영혼과 융합시켰고, 자신의 손톱을 떼어다가 레이의 몸에 붙였다. 그래서 나와 레이는 인간의 생명력을 흡수하면서 영원한 삶을 살게 된 것이다."

"……!"

잉? 잠깐! 인간의 생명력을 흡수하면서?!

"인간의 생명력을 흡수하다니? 그게 무슨 뜻이냐?"

난 최대한 마음을 진정시키면서 질문을 했다. 로이스의 경우에는 그럴 수 있다는 생각이 충분히 들었지만, 레이뮤가 사람의 생명력을 흡수한다는 사실은 도저히 납득할 수 없었기 때문이다. 하지만 로이스는 그런 내 생각을 비웃었다.

"인간이 아무런 대가를 치르지도 않고 무한한 삶을 살 수 있을 거라 생각하나? 나와 레이가 오래 살 수 있는 건 그만큼 많은 수의 사람을 죽였기 때문이다. 나와 레이가 있는 한 사람들은 무수히 죽어나가겠지."

"……."

말도 안 돼. 로이스야 그렇다 쳐도 레이뮤 씨가 사람을 죽인다고? 물론 전쟁이 나서 레이뮤 씨가 직접 참전한다면 그럴 수도 있겠지만…… 어?

"레이뮤 씨가 전쟁에 참여함으로써 자신의 생명을 유지시킨다는 뜻이냐?"

난 그렇지 않기를 바라면서 로이스에게 물음을 던졌다. 그러나 로이스의 대답은 그런 내 신뢰를 저버렸다.

"그렇다. 하지만 레이는 워낙 착해서 많은 수의 사람을 죽이지는 않지. 만약 전쟁이 없다면 레이는 절대 사람을 죽이지 않을 거다. 그렇게 되면 레이는 생명력을 얻지 못하고 죽었겠지."

"……그럼 레이뮤 씨는 어떻게 생명을 유지하고 있는 거지?"

"간단하잖아? 레이가 사람을 죽이지 않으니 내가 대신 죽이는 거지."

"······!"

당황스러운 사실에 난 뭐라 할 말을 잃었다. 가까이서 로이스의 말을 듣고 있던 다른 사람들도 놀란 얼굴을 하고 있었다. 전투는 이미 끝났지만 로이스와의 대화는 끝나지 않았다.

"내가 사람을 대량으로 죽이거나 내 근처에서 사람들이 많이 죽으면 그 생명력이 나에게로 흡수된다. 그리고 그중의 절반이 레이에게로 가지. 반대로 레이가 전쟁에서 사람을 죽이면 절반은 레이가 얻고 절반은 내가 얻는다. 하지만 보통 내가 전쟁터에 늘 있는 편이라 생명력은 주로 내가 얻어내고 레이가 받아먹는 입장이지. 그래서 내가 죽으면 레이도 죽는다. 주체가 나라서 그 반대는 성립하지 않지만."

"······!"

생각지도 못한 말이라 우리들은 모두 입을 다물었다. 모두에게 추앙받는 대마법사가 다른 사람들을 죽이고, 그 생명력을 얻으면서 살아왔다는 것은 엄청난 파장을 불러올 수 있는 사안이었다. 그리고 더욱 큰 문제는 그것이 사실일 가능성이 매우 높다는 점이었다. 레이뮤가 윈도우즈 연합 토벌 전쟁 도중 쓰러졌을 때, 당시 그녀의 몸에 붙어 있던 보석들이 빛을 냈다는 사실을 놓고 보면 전쟁에서 죽은 사람들의 생명력이 그녀에게 흡수되었다고 볼 수 있었다.

"말도 안 돼요! 저 사람의 말을 어떻게 믿어요!"

로이스의 이야기를 듣고만 있던 슈아로에가 소리를 지르며 부정했다. 만약 로이스의 말이 거짓이었다면, 로이스는 자신의 말을 믿게 하기 위해서 여러 가지 변명을 했을 것이다. 하지만 그는 그 사항에 대해서 더 이상의 말을 하지 않았다.

"믿든 안 믿든 그건 너희들의 자유다. 어쨌든 내가 살아서 인간을 죽이면 되는 거니까."

"……."

흐음, 로이스의 말은 사실일 가능성이 높아. 레이뮤 씨는 다른 사람들의 생명력을 흡수해서 살고 있다는 걸 모를 텐데…… 이 사실을 알려주면 레이뮤 씨의 반응은 어떨까? 만약 나라면 '로이스, 쌩유~ 계속 수고해 줘~' 라고 할지도 모르지만 레이뮤 씨는…….

"로이스."

"음?"

내가 이름을 부르자 로이스는 날 물끄러미 쳐다보았다. 상대가 나보다 연배가 굉장히 높았지만 존칭해 주고 싶은 생각은 없었다. 일단 그는 내 적이기 때문에 계속 말을 놓으면서 말을 이었다.

"난 지금 네가 어떻게 부활했고, 왜 다른 사람의 모습으로 있는지 알고 싶은 거다."

"아, 그렇군."

내 말을 듣고 로이스는 껄껄 웃었다.

"말을 돌려서 미안하군. 근데 다 연관이 있는 얘기다. 난 사람을 죽이거나 사람이 많이 죽어야 살 수 있다. 하지만 그런 나를 방해하는 방해꾼이 있지."

"방해꾼?"

"레이는 에크 트볼레시크의 손톱으로 만든 생명 흡수 장치를 쓰고 있어서 상관없지만, 난 성물을 생명 흡수 장치로 쓰고 있다. 그래서 성물에 모이는 마나도 내가 쓸 수 있는 것이다. 그 때문에 명왕이 날 눈엣가시처럼 여기고 있지. 내가 계속 성물의 마나량을 소비하니까 강림에 필요한 마나량이 안 모이거든."

잉? 이번에도 또 명왕 얘기?

"명왕은 날 잡기 위해 혈안이 되어 있다. 내 위치만 파악되면 바로 저승사자를 보내서 날 명계로 데려가려고 하지. 저승사자는 영혼으로 되어 있기 때문에 육체를 가지고 있는 나는 그들과 싸울 수 없다. 자, 문제다. 저승사자가 날 잡으러 오면 난 어떻게 해야 할까?"

"……."

로이스는 말을 하다가 갑자기 문제를 냈다. 기껏 문제를 냈는데 대답을 안 하면 로이스가 뻘쭘할 것 같아서 난 친절하게 대답해 주었다.

"도망쳐야지."

"맞다. 하지만 저승사자의 움직임은 인간보다 빠르다. 자,

이젠 어떻게 해야 할까?'

"……몰라."

난 결국 문제 풀기를 포기했다. 내가 문제를 맞히지 못하자 로이스는 기분 좋다는 듯 낄낄 거리며 해답을 얘기했다.

"정답은 '저승사자의 일거리를 만들어준다' 이다. 저승사자가 오면 난 주위 사람들을 많이 죽여 버려서 저승사자가 그 영혼들을 처리하게 하는 거지. 저승사자의 역할은 영혼을 명계로 인도하는 것이라 갑자기 생겨 버린 영혼들일지라도 명계로 데려가야 한다. 그런 혼란한 틈을 노려 난 유유히 빠져나가 다른 사람의 몸에 정착하는 거다. 그래서 부활할 때마다 모습이 바뀌는 거지. 그런데 내가 남자라서 그런지 여자한테는 정착이 안 되더군. 좀 아까웠어. 후후."

"……."

로이스의 해답을 들으면서도 난 별 감흥이 없었다. 저승사자를 본 적도 없거니와, 정말 저승사자의 역할이 죽은 영혼의 인도인지도 확신할 수 없기 때문이었다. 단지 중요한 것은 로이스가 죽어도 다시 다른 사람의 몸을 통해 되살아난다는 점이었다.

"로이스, 궁금한 게 있는데."

"물어봐."

"네가 다른 사람의 몸에 정착하면 그 사람은 어떻게 되는 거지? 그 사람은 죽진 않았을 거 아니야?"

"아, 뭐, 산 상태에서 내가 들어가는 거지. 그리고 그 사람의 정신을 잠식해서 내 것으로 만드는 거다. 그게 시간이 좀 걸려서 귀찮긴 하지만 별로 어려운 건 아니야."

로이스는 기분 나쁘게 웃으며 말했다. 그것을 보며 난 로이스의 처리 방법을 두고 갈등에 빠졌다. 만약 그의 말이 사실이라면 지금 이 자리에서 로이스를 죽이더라도 녀석은 다시 다른 사람의 몸으로 부활할 것이기 때문이었다.

젠장…… 여기서 죽어도 어차피 다시 살아나면 되니까 로이스, 저 녀석이 저렇게 여유로운 표정을 짓고 있는 거겠지. 아마 윈도우즈 연합 토벌 전쟁 때 자폭을 했던 이유는 저승사자가 자신을 잡으러 와서 그런 것이겠고…… 녀석이 여기서 자폭을 했다가는 우리들만 개[犬]죽음이니까 그건 막자.

"이제 넌 어떻게 할 거지?"

난 담담한 어조로 로이스의 다음 행동을 물었다. 로이스는 여전히 기분 나쁜 미소를 지으며 입을 놀렸다.

"난 언제나 전쟁이 일어나는 곳에 있을 거다. 보니 너희들은 울레샤르를 저지하러 온 것 같은데…… 달랑 7명으로 왔냐?"

"그래."

"특이한 일이군. 소수의 인원으로 대군을 잡으려 하다니. 너희들, 설마 울레샤르의 군대가 지금 여기 산채에 있는 수밖에 없다고 생각하는 건 아니겠지?"

아무래도 로이스는 우리가 울레샤르의 의뢰로 이곳에 온 사실까지는 모르는 듯했다. 굳이 로이스에게 우리들의 목적을 알려줄 필요는 없었기 때문에 난 사실을 은폐한 채 로이스의 목적만을 물었다.

"울레샤르의 군대는 3천 정도라고 알고 있다. 넌 단순히 전쟁에서 사람이 죽는 것을 보기 위해 이곳에 있었던 거냐?"

"뭐, 꼭 그런 건 아니고, 울레샤르의 군대를 바이오스 제국에 합류시킬까 말까 결정하려고 여기서 노닥거리고 있었다. 근데 너희들이 울레샤르를 치러 왔다면…… 난 손 떼야지."

"무슨 뜻이지?"

"커널까지 얻은 네놈이 나섰으니 이제 울레샤르는 끝이잖나."

로이스는 내가 커널을 얻었다는 것을 바로 알아맞혔다. 아무리 눈치가 빠르다 하더라도 릴리가 중력 마법을 사용하는 것만 보고서 릴리의 정체를 알 수 있는 사람은 거의 없었다. 그래서 난 그 점에 대해서도 물었다.

"내가 커널을 얻었다는 걸 어떻게 알았지?"

"저기 있잖나."

그렇게 말하면서 로이스는 정확히 릴리를 가리켰다. 한 치의 망설임도 없는 그의 태도에 도리어 내가 당황할 정도였다. 그런 내 표정을 보고 로이스가 낄낄거리며 입을 놀렸다.

"나도 커널을 얻었던 사람이라서 커널을 알 수 있는 거다.

난 커널을 얻을 때 작은 드래곤을 떠올려서 드래곤의 모습이었는데, 넌 여자를 이미지했나 보군? 그렇게 외로웠냐?"

"……."

윽, 할 말이 없어.

"자, 이제 난 갈까 하는데 길 좀 비켜주겠나?"

로이스는 두 팔을 벌리며 가고자 하는 제스처를 취해 보였다. 모두들 리더인 나를 쳐다보고 있는 상황에서, 난 한 치의 망설임도 없이 결단을 내렸다.

"잘 가라."

"……!"

내 결단이 의외였는지 모두들 경악을 금치 못했다. 특히 슈아로에가 내 결정에 가장 큰 반발을 했다.

"그냥 보내자구요?! 잡아서 레이뮤님한테 끌고 가야죠!"

흐으, 슈아가 왜 저렇게 흥분을 할까.

"지금 저 녀석은 살아 있는 시한폭탄…… 아니, 어쨌든 저번에 자폭했던 것처럼 지금도 자폭할 수 있어. 우리는 지금 로이스 맨스레드를 잡으러 온 게 아니라 울레샤르를 처리하러 온 거야. 목적을 잊지 마."

"우으……."

내 말뜻을 이해한 슈아로에는 입술만 깨물 뿐 더 이상 반박하지 않았다. 비록 로이스가 자폭할 당시에 자리에 없었던 슈아로에, 리엔, 리에네, 그리고 네리안느이지만 상황이 심상치 않음을 느껴서인지 모두들 내 결정을 존중해 주었다. 그러한 기류를 느끼자 로이스는 기분 나쁘게 웃으며 발걸음을 내딛었다.

"잘 있게들. 나중에 보자고."

"……."

우리들은 로이스가 유유히 중장갑 장정들의 시체를 밟으며 사라지는 것을 말없이 지켜만 보았다. 그렇게 로이스의 모습이 시야에서 사라지고 나서 난 모두에게 말했다.

"로이스에 대해서 잘 모르는 분들이 많아 의아한 점이 많겠지만, 지금은 울레샤르 토벌에만 집중할 것입니다. 그것을 최우선으로 생각할 테니 모두 이해해 주길 바랍니다."

내 표정이 진지해서인지 모두들 반대를 하지 않았다. 아니, 그렇다기보다는 로이스의 말이 정리가 되질 않아 정신이 없다고 하는 게 옳았다. 처음 보는 인간이 갑자기 나타나 성물 어쩌고 명왕 어쩌고 부활 어쩌고 하니 머릿속이 혼란스러운 건 당연했다. 그래서 난 앞장서서 시체 정리를 했고, 다른 사람들도 머릿속을 비우고 시체 정리를 도와주었다.

제33장

인질 구출

대충 시체 정리를 하고 보니 우리가 쓰러뜨린 적의 수는 거의 100명에 육박했다. 그중에 절반 이상이 중장갑병이었기 때문에 그만큼 우리들은 힘들게 싸웠다고 볼 수 있다. 그래서인지 모두들 취침을 하자마자 잠이 들었고, 불침번을 서기 위해 일어나야 할 때는 정말 다 때려치우고 퍼질러 자고 싶었다. 그러나 리더인 내가 불침번 서기 싫다고 떼를 쓰면 리더 실격이기 때문에 난 억지로 일어나야 했다.

"거봐요. 힘들 거라고 했잖아요."

내 전 근무인 유리시아드가 그럴 줄 알았다는 듯한 표정을 지어 보였다. 다른 사람들은 전부 근무 시간이 바뀌었지만 나만 혼자 2시~3시 근무 붙박이라서 바뀔 것도 없었다. 나름대로 리더라서 힘든 시간대를 맡기로 했는데, 유리시아드의 말대로 힘들어 죽을 것 같았다.

"이번 전투에서 생각보다 무리한 것 같다."

난 주섬주섬 일어나며 유리시아드에게 변명을 했다. 사실 적군을 물리친 숫자로 보면 유리시아드가 나보다 훨씬 많았지만 난 전투에 익숙하지가 않아서 피로 누적이 심했다. 슈아로에도 전투를 치러본 경험이 적은 탓인지 거의 죽은 듯이 자고 있었다.

"으윽……."

"그러게 누가 중간에 서래요? 이틀 연속은 무리라고 했잖아요."

내가 일어나고도 비실비실대자 유리시아드는 작은 목소리로 날 탓했다. 내가 꾸물대는 만큼 유리시아드의 취침 시간이 줄어들기 때문에 난 기지개를 크게 켠 다음 재빨리 겉옷을 입었다. 그런데 유리시아드는 그런 날 보면서 의외의 말을 했다.

"내일 정찰은 나하고 리엔 씨가 할게요. 욕망덩어리 씨는 쉬어요."

잉? 유리시아드가 나 대신 정찰을?

"유리시아드도 피곤하잖아?"

"난 전투에 익숙해서 상관없어요."

"음……."

개인적으로 여자보다 체력이 후달린다는 점을 인정하고 싶지는 않았지만 솔직히 이틀 연속 중간 시간대에 불침번을 서고, 유난히 적들을 많이 쓰러뜨린 오늘 같은 날은 정찰 나가는 게 고역이었다. 그래서 유리시아드의 제안은 반가울 수밖에 없었고, 본의 아니게 근무 서는 몸놀림이 가벼워졌다.

…….

다음날, 유리시아드와 리엔이 정찰을 떠난 사이에 난 아침을 먹자마자 그냥 퍼질러 잤다. 나를 제외하고는 모두 깨어 있으니 적이 쳐들어온다고 해도 걱정은 되지 않았다. 그렇게 한 5시간을 더 잤을 때 유리시아드가 날 흔들어 깨웠다.

"일어나요."

"음, 5분만……."

"뭐가 5분만이에요? 빨리 일어나요. 정찰 갔다 왔으니까."

"음, 정찰을 빨리도 갔다 왔네……. 천천히 갔다 오지……."

난 벌개진 눈을 비비며 천천히 일어났다. 일어났을 때 해가 중천에 걸려 있어 기분이 묘했지만 어쨌든 모두를 모아놓고 리엔과 유리시아드로부터 정찰 결과를 보고받았다.

"적의 진지는 여기서 남서쪽으로 약 10km 정도 떨어져 있어요. 문제는 그 크기가 여태까지 우리가 상대했던 산채와는 달라요. 이번 것은 완전히 성이니까요."

호오, 성? 그러면 땡큐 베리 감사하지!

"성 내부도 돌 건물이야?"

"확인해 보지는 않았지만 외벽을 돌로 만들었으니 내부도 돌이겠죠."

오예~! 아싸라비야~!

"그럼 작전은 간단합니다. 적의 보초병을 피해 성안으로 날아 들어간 뒤 메테오 스트라이크를 떨어뜨립니다. 그리고 적이 전열을 가다듬기 전에 공격을 할 것입니다."

"잠깐, 그럼 성이 파괴되잖아요?"

내가 세운 작전을 듣고 유리시아드가 이의를 제기했다. 하지만 난 그녀의 이의 제기를 가볍게 받아넘겼다.

"돌 건물이니까 메테오 스트라이크를 맞더라도 아주 큰 피해는 없을 겁니다. 적의 진지가 성이라면 그만큼 병력이 많을 테니 메테오 스트라이크로 피해를 주지 못하면 우리가 불리합니다."

"그렇긴 하겠군요."

유리시아드도 동의를 해서 우리들은 잠입 폭격 작전을 쓰기로 했다. 주변은 눈이 내린 상태라 어제와 마찬가지로 흰옷으로 위장한 뒤 적의 진지가 있다는 남서쪽으로 이동했다. 거리가 10㎞ 정도라서 가는 데만 3시간이 걸렸지만 어쨌든 별탈 없이 적의 진지로 보이는 커다란 성에 도착했다.

흐으…… 이거 곧 해가 지겠는걸? 해가 지면 하얀색으로 위장한 게 도리어 적의 눈에 더 잘 띄게 되니까 속전속결로 나가야겠다.

휘이잉—

적의 보초가 성 뒤쪽을 경계하지 않는 것을 확인한 후 우리들은 성 뒤쪽으로 돌아가 거기에서 곧바로 성벽 위로 날아올랐다. 물론 리에네의 레아실프의 힘을 빌린 것이었다. 밖에서 보기에도 커 보였지만 막상 성벽 위에 도착하고 보니 성 자체가 꽤 크게 느껴졌다. 특히 건물들이 여러 개 지어져 있고 여기저기 돌아다니는 사람이 많아 이곳이 어쩌면 울레샤르의 본거지가 아닐까 하는 생각마저 들었다.

"릴리, 메테오 스트라이크의 개수를 50개로 해서 떨어뜨려."

난 릴리에게 공격 명령을 내렸고, 릴리는 저장해 놓은 10개들이 메테오 스트라이크를 쓰지 않고 직접 메테오 스트라이크 코딩을 했다. 불덩어리가 50개나 되기 때문에 릴리의 마법 코딩이 꽤나 늘어났지만 그 속도가 빨라서 다행히 적의 보초병들에게 들키기 전에 코딩이 완료되었다.

콰아앙! 콰콰쾅!

발현된 50개의 메테오 스트라이크는 여지없이 성 내부의 건물들을 타격했다. 불덩어리 자체의 파괴력은 그다지 강하지 않았지만 폭발에 의한 화재가 성안을 아수라장으로 만들었다. 전에 윈도우즈 연합의 나인에이트 성과 윈미 성을 칠 때도 잠입 폭격 작전을 써보긴 했지만 커널을 얻은 지금이 더 위력적이었다. 그때는 리엔이 메테오 스트라이크를 쓰면 그 외의 것을 할 수 없었는데, 지금 릴리는 50개짜리 메테오 스트라이크를 날리고도 또다시 50개들이 메테오 스트라이크를 실행시킬 수 있을 만큼 많은 양의 마나를 가지고 있기 때문이었다.

흐으, 마나량 무한대의 커널이 정말 무섭긴 무섭군. 진짜 커널을 얻게 되면 인간들이 변질하는 이유를 알 것 같아. 나도 잘못하다가는 변질자가 되어버릴지도 모르겠는걸?

"모두 갑시다!"

메테오 스트라이크 실행이 끝난 뒤 난 모두를 데리고 전선으로 뛰어들었다. 이곳에 있는 적의 수가 상당히 많았기 때문에 난 릴리에게 체인 라이트닝 볼트의 사용을 계속 지시했다. 체인 라이트닝 볼트야말로 적만을 깔끔하게 죽이는 마법이기 때문이었다.

"뜨거운 불길이여, 다가오지 말아요— 우리는 그대의 손길을 원하지 않아요—"

우리들이 막 전투를 시작했을 때 갑자기 네리안느가 여태까지 부르지 않았던 노래를 부르기 시작했다. 그녀의 노래가 시작되자마자 우리들의 몸 주위로 푸르스름한 빛이 형성되었는데, 그 푸르스름한 빛은 놀랍게도 뜨거운 불길이 몸에 닿지 않도록 해주었다.

오호! 네리안느에게 버프 효과 말고도 불길 차단이라는 유용한 기술이 있을 줄은 몰랐는데? 이제 우리들은 불길을 무서워하지 않고 싸울 수 있게 됐으니 전투가 한결 편해졌어!

콰앙! 쾅!

네리안느의 불길 차단 노래로 인해 슈아로에는 물론이고, 나나 릴리도 거침없이 파이어 볼을 써댔다. 건물 안쪽에만 피해를 주지 않는다면 파이어 볼을 난사해도 무방했던 것이다.

"어디 있는 거냐?!"

적들은 불길 속에 숨어 공격하는 우리들을 제대로 공략하지 못했다. 난 그들이 허둥대는 꼴을 보며 실프로 대량 학살을 하고 있었는데, 문득 위험한 말을 듣고 말았다.

"노래 부르는 놈을 죽여!"

"……!"

우리들 중에서 유일하게 불길 밖에 서 있는 네리안느가 적들의 표적이 되는 소리였다. 만약 네리안느가 위험에 빠진다면 불길 속에서 유유자적하게 싸울 수가 없기 때문에 난 급히 불길 밖으로 뛰어나가 네리안느에게로 향해야만 했다.

헉! 벌써 놈들이 네리안느를 발견하고 달려가잖아?! 그런데도 왜 네리안느는 계속 노래를 부르고 있는 거야?! 적이 달려오는 걸 빤히 보면서! 직업 정신이 너무 투철하잖아!

"실프!"

난 급한 마음에 실프를 먼저 보내 네리안느에게 달려들려는 적들의 움직임을 봉쇄했다. 그리곤 즉각 사라만다를 소환하여 공격했다. 요즘 들어 손난로 대용으로 사라만다를 소환하는 일이 많다 보니 매직포스 상태에서도 사라만다를 소환할 수 있었다.

"으악!"

"커억!"

실프의 바람의 칼날 공격과 사라만다의 불덩어리 공격에 적들은 비명을 지르며 쓰러졌다. 하지만 여전히 네리안느의 위치가 적들에게 고스란히 노출되어 있어 적들은 점점 더 많은 숫자로 나와 네리안느를 압박하기 시작했다.

크으, 적이 너무 많아! 마법사 혼자서 전사 수십 명을 어떻게 당해내라고! 벌써 마나도 바닥난 상태라 실프와 사라만다에게 의지할 수밖에 없잖아! 이대로 있다가는 당해!

"Repeat access string until execute string, set code with phonetic code divine!"

난 전투를 실프와 사라만다에게 맡겨놓고 포스 변환 코드를 실행했다. 매직포스를 디바인포스로 바꾸는 것이었는데, 그러면 실프와 사라만다는 소환 해제되는 것이 정상이었다. 그러나 역시 나의 믿음직한 두 정령은 내가 딴짓을 하고 있어도 열심히 적들의 접근을 막아주었다.

"끄악!"

"기습이다!"

실프와 사라만다에게만 정신이 팔려 있던 적들이 느닷없이 우왕좌왕하기 시작했다. 포스 변환을 하면서 상황을 살펴보니 유리시아드와 리엔이 구원하러 온 것이 보였다. 네리안느가 계속 노래를 부름으로써 불길 차단 효과가 지속되고 있었기 때문에 유리시아드와 리엔은 불길 속을 넘나들며 적들을 교란했다. 그 덕분에 난 포스 변환하는 약 5분의 시간을 벌 수 있었다.

좋아! 포스 변환 끝! 이제 남은 건 내가 네리안느 대신 불길 차단 노래를 사용하는 것뿐!

우우웅―

쟈느네가 사일에 접속해서 비번을 치고 들어간 뒤 난 불길 차단 노래를 습득했다. 그러고 나서 네리안느만이 들을 수 있게 노래를 불렀다.

"뜨거운 불길이여, 다가오지 말아요― 우리는 그대의 손길을 원하지 않아요―"

음정, 박자 엉망이어야 할 내 목소리가 웅장하게 흘러나왔기에 순간 당황하긴 했지만 내 노래가 네리안느에게 효과가 있다는 것을 확인했다. 그래서 난 즉시 네리안느를 안고서 활활 이는 불길 속으로 뛰어들었다. 네리안느가 우리들의 불길을, 난 네리안느의 불길을 막아주고 있어서 둘 다 불길 속에서 안전했다.

"실프! 소리를 통제해서 우리 일행들만 들을 수 있도록 해줘!"

난 네리안느를 불길 속에 내려놓고 실프에게 소리쳤다. 상당히 무리한 요구임에도 실프는 군말하지 않고 고개를 끄덕이더니 하늘 위로 올라가 모습을 감추었다. 그 직후, 전장에는 적들의 발자국 소리와 불타는 소리만이 남게 되었다. 내 귀로는 분명 네리안느의 노래가 들리고 있었지만 실프가 소리를 흡수해서 우리들의 귀로만 보내고 있어 적들은 네리안느의 노래와 내 노래를 전혀 들을 수 없는 상태였다.

"뭐야? 어디 있는 거야?!"

아무 소리도 들리지 않는 데다가 우리들이 불길 속에 몸을 숨겨 버리자 적들은 한순간에 우리들의 위치를 놓쳐 버리고 말았다. 비록 내가 전력에서 빠진다고는 해도 다른 동료들이 불길 속에 숨어서 공격을 하거나 마법을 계속 날려 전투는 우리들에게 매우 유리하게 돌아갔다.

"그대의 뜨거운 손길은 꽃과 나무를 태워 버려요— 그러니 다가오지 말아요—"

난 네리안느의 옆에 딱 붙어서 죽어라 불길 차단 노래만 계속해서 불렀다. 한 번도 쉬지 않고 노래를 부른다는 게 굉장히 힘든 일이라는 걸 난 이제야 깨달았다. 지금까지 우리 일행 중에서 버프 효과 노래만 부르던 네리안느가 제일 편하다고 느꼈는데, 이제는 그런 내 생각이 잘못되었음을 뼈저리게 느낀 것이다.

전투는 두 시간이나 진행되었다. 적의 수가 거의 몇백 명 수준이라서 전투가 길어질 수밖에 없었다. 그러나 불길 속을 왔다 갔다 하면서 싸우는 우리들에게 적은 힘 한 번 써보지 못하고 무너져 내렸다.

"검은 천사! 소성녀! 전부 끝났으니 밖으로 나와요!"

불길 속에서 전장을 지켜보던 내 귀로 유리시아드의 외침이 들려왔다. 그제야 난 불길 밖으로 나와 노래를 중단했다. 네리안느 역시 상황 종료 소식을 듣고 노래를 멈추었다.

"두 사람 다 괜찮아요?"

나와 네리안느가 불길 밖으로 나오자 어디에 있었는지 슈아로에가 불쑥 튀어나오며 우리 둘을 걱정해 주었다. 그러다가 갑자기 슈아로에의 표정이 확 일그러졌다.

"지금…… 두 사람 뭐 해요?"

"……?"

잉? 뭘 하다니? 죽어라고 노래 불렀지. 네리안느가 우리들한테 불길 차단 효과의 노래를 불러줬다는 거 다 알면서……

앗!

난 내 오른손이 네리안느의 맞잡은 양손을 살짝 감싸 쥐고 있는 것을 보고 황급히 손을 뗴었다. 노래 부르는 데 집중한 나머지 네리안느의 손을 잡고 있다는 사실조차 깨닫지 못한 것이다. 그것을 보고 슈아로에는 왠지 사악해 보이는 미소를 지으며 입을 열었다.

"흐흥— 우리들이 죽어라 싸우고 있을 때 두 사람은 불길 속에서 오붓하게— 흐흥—"

"……."

헉! 슈아가 썩은 미소를 짓다니 너무 무서워.

"둘 다 무사한 것 같아 다행이군요."

슈아로에의 썩은 미소를 보면서도 유리시아드는 나와 네리안느의 안위만을 살폈다. 그러는 사이 리엔과 리에네, 릴리가 속속 모여들었다. 릴리를 제외하고 전부 지친 표정이었으나 모두들 다친 곳은 단 한 군데도 없었다. 역시 불길을 벗 삼아 공격하니 적의 공격을 거의 받지 않았던 것이다.

"일단 불을 꺼야겠네요."

난 활활 잘 타고 있는 불길을 보며 그렇게 말했다. 이대로 두었다가는 성에 있는 식량과 옷이 전부 타버릴 가능성이 있기에 불을 꺼야만 했다.

"릴리, 불이 나는 곳을 워터 월(Water Wall)로 덮어버려. 그럼 불이 꺼질 거야."

"알겠습니다, 주인님."

내가 일행 중 유일하게 전혀 지치지 않은 릴리에게 소화 작업을 맡기자 릴리는 불길을 물의 장벽 속에 가두어놓고 불길을 껐다. 그녀의 지치지 않은 마법 사용 덕분에 우리들은 그저 릴리가 불 끄는 장면을 두 손 놓고 구경만 했다. 사실 우리들에게는 불을 끌 만한 기력이 남아 있지 않았다.

릴리의 소화 작업은 30분 정도 만에 끝났다. 불을 끄고 나서 보니 대부분의 건물이 파괴되었지만 그나마 제일 큰 건물은 부분적으로만 파괴되었을 뿐 멀쩡한 편이었다. 그 건물에 식량이나 옷 등이 많이 있을 것 같아 의식주 문제는 덜게 되었지만 이 성에 잡혀 들어온 사람들 문제는 해결되지 않았다.

"살려주세요!"

"저희는 놈들에게 잡혀왔을 뿐입니다!"

메테오 스트라이크 속에서 운 좋게 살아남은 수십 명의 사람들이 우리에게 매달리며 애원했다. 이미 해가 져버린 시점이라 이 사람들을 이대로 방치하면 모두 굶어 죽거나 동사(凍死)할 위험이 높았다. 결국 날이 밝을 때까지 이들의 음식과 옷을 챙겨줘야 한다는 소리인데, 그것은 그만큼 우리들의 쉴 시간을 빼앗기는 결과를 초래할 수도 있었다.

아…… 이건 꼭 훈련 끝내고 피곤한 데도 뒷정리를 해야 하는 기분 같다……. 생각 같아서는 알아서 하라고 말해주고 싶지만, 그랬다가는 우리들이 먹을 음식이나 입을 옷이 부족할 경우도 있으니 우리가 일일이 배분해 주는 수밖에 없어. 저들에게는 아무 죄도 없다는 걸 알지만…… 귀찮구나.

"모두 몇 명인지 인원 파악을 하겠습니다!"

난 귀찮음을 무릅쓰고 살아 있는 사람들의 숫자를 파악했

다. 대부분 어린아이들이나 여성이라서 특별히 통제하는 데
어려움은 없었다. 인원 파악이 끝난 뒤에는 이 성에 있는 음
식과 옷의 수량을 파악했고, 곧 그것을 인원수에 맞게 배분해
주었다. 그러다 보니 시간은 어느새 저녁 10시를 훌쩍 넘겨
버렸다.

"이제 불침번 근무를 짜야겠군요."

사람들에게 의식주 분배를 끝내놓고 우리들은 이곳 대장
이 사용한 듯한 방에 모였다. 모두들 분배 작업을 하느라 지
친 기색이 역력했기 때문에 불침번을 서야 한다는 사실에 내
색은 하지 않았지만 좌절하고 있었다. 나 스스로도 불침번 서
기 싫다는 기분이 너무나 강할 정도였으니까.

크으…… 미치겠군. 이미 울레샤르는 우리가 공격을 시작
했다는 걸 알고 있을 테니 언제 습격을 하러 올지 몰라. 만약
습격을 한다면 우리들이 모두 잠든 밤을 노리겠지. 그래서 불
침번을 세워야 하는데……. 하지만 우리들의 피로가 누적되
고 있다는 것도 사실. 어떻게든 잠을 많이 자서 피로를 풀어
야 하는데…… 할 수 없다.

"릴리, 미안하지만 오늘은 릴리 혼자서 불침번을 서줘."

난 불침번 근무를 전부 릴리에게 떠넘겼다. 그 말을 듣고
모두들 놀라는 표정을 지었지만 정작 당사자인 릴리는 아무
렇지도 않다는 표정이었다.

"알겠습니다, 주인님."

"누군가 침입하면 바로 날 깨우면 돼."

"알겠습니다."

릴리는 철야 불침번 근무를 흔쾌히 받아들였다. 철야를 한다 하더라도 다음날 근무 취침이 있는 것도 아닌 데도 릴리에게는 그런 걱정이 전혀 없어 보였다. 역시 커널이기 때문에 인간과는 다르게 잠을 자지 않아도 괜찮은 것 같았다.

"레지 군! 아무리 힘들어도 그렇지, 그건 릴리에게 너무 부담이 되잖아요!"

의외로 릴리의 편을 들어주는 사람은 슈아로에였다. 그녀는 릴리를 인간의 기준으로 생각하고 있어 그렇게 말한 것이었다. 그래서 난 매우 당연한 사실을 슈아로에에게 되새겨 주었다.

"릴리는 커널이야."

"……!"

내 말을 듣고 슈아로에는 믿을 수 없다는 표정을 지어 보였다. 그도 그럴 것이, 언제는 릴리에게 자아를 찾아주고 싶다고 말했으면서 이제 와서 릴리는 인간이 아닌 커널이라 말하니 어이가 없었던 것이다. 나도 그것을 알고 있었지만 그렇다고 내 생각을 철회할 생각은 없었다.

"일단 우리는 소수고 적은 많아. 전력에 보탬이 된다면 모든 것을 다 사용하는 수밖에 없어."

"……."

내 의지가 워낙 강경했기 때문에 슈아로에도 더 이상의 반대는 하지 않았다. 그리하여 결국 릴리의 철야 불침번 근무가 결정되었고, 우리들은 모든 것을 릴리에게 맡기고 곧바로 잠이 들었다.

"주인님, 일어나십시오."

내가 한참 단잠에 빠져 있을 때 릴리가 날 흔들어 깨웠다. 불침번인 릴리가 날 흔들어 깨울 이유가 하나밖에 없음을 잘 알고 있음에도 난 일어나기가 싫어서 입만 놀렸다.

"우…… 무슨 일인데?"

"적으로 보이는 인간 30명이 이리로 오고 있습니다."

"……."

에…… 적으로 보이는 인간 30명…… 습격하러 온 사람의 수치곤 얼마 안 되는군. 한 100여 명은 끌고 와야 이것들이 습격하러 왔구나, 하지. 30명 정도는 릴리 혼자 처리할 수 있지 않나? 아니, 일단 명령을 내릴 사람이 있어야 하니까 내가 가야겠군. 으으, 몸이 찌뿌둥……!

"가보자."

난 간신히 몸을 일으켜 릴리와 함께 건물 밖으로 나갔다. 하지만 성안에서는 적들의 모습이 보이지 않아 다시 성벽 위까지 올라가야만 했다. 성벽 위에서 주위를 둘러보니 성의 정면 쪽에서 불을 밝힌 채 다가오는 30여 명의 중장갑 전사들을 볼 수 있었다.

흐으, 습격하러 온 녀석들이 당당하게 불을 밝히고 걸어오고 있군. 우리들이 불침번을 안 설 것이라고 생각했나? 하긴, 저쪽은 우리가 7명밖에 되지 않는다는 사실을 알고 30명 정도만 보낸 거겠지. 안 그랬으면 성을 탈환하려고 수백 명은 보냈을걸? 적이 자신의 성을 점령했는데 소수 정예의 인원만 왔다고는 생각하지 않을 테니까.

"자, 마중하러 갈까."

난 릴리를 데리고 정문을 통해 성 밖으로 나갔다. 내가 성문 앞에 섰을 때 마침 적들도 가까운 거리까지 도착했다. 그들은 한밤중에 성문 앞에 서 있는 나와 릴리를 보고 흠칫하는 표정을 지었지만 달랑 2명밖에 없음을 확인하자 이내 비웃음을 머금었다.

"후후, 제 발로 죽으려고 나왔구나."

습격대 중에서 대장으로 보이는 건장한 체구의 사내가 나를 보고 소리쳤다. 습격대의 무기를 보니 전부 검이나 도 같은 근거리 무기뿐이라서 적들 중에 마법사나 정령술사가 없음을 확신할 수 있었다. 덕분에 나도 마음이 여유로워져서 대꾸를 해주었다.

"얌전히 돌아가면 죽이지는 않겠다. 지금이라도 돌아가서 발 닦고 자라."

"크크, 완전히 정신이 나간 녀석이군."

습격대 대장을 비롯한 다른 사내들은 내 말을 듣고 피식피식 웃었다. 그들의 표정에는 이미 이 싸움에서 이겼다는 자신감이 떠올라 있었다. 난 처음에는 그들이 먼저 공격하면 맞상대를 해줄 생각이었지만, 엄동설한과도 같은 날씨에 오래 노출되고 싶지는 않았기 때문에 선공을 하기로 마음먹었다.

"릴리, 중력 마법을 걸어."

"알겠습니다, 주인님. 중력 마법."

릴리는 내 명령을 받자마자 곧바로 중력 마법을 실행시켰다. 아무것도 모르고 낄낄대던 습격대는 갑자기 몸을 움직일 수 없게 되자 기겁하며 무기를 꺼내 들고자 했지만 중력 마법의 영향으로 무기조차 꺼내지 못했다. 그사이 난 실프와 사라만다를 소환하여 귀찮다는 듯이 입을 놀렸다.

"알아서 죽여."

휘잉―

화악―

내 말에 실프는 바람의 칼날 공격을 이용해서 적들을 베어 나갔고, 사라만다는 적들을 아예 불살라 버렸다. 덕분에 고요한 한겨울의 한밤중에 사람의 비명 소리가 크게 울려 퍼졌다.

흐으, 비명도 참 크게 지르시는군. 근데 난 이제 사람을 죽이면서도 아무런 느낌도 가지지 않게 됐나? 이거 너무 적응이 빠른 거 아니야? 잘못하다가는 사람을 직접 난도질해도 '잘 썰리는군'이라고 하겠는걸? 정말 그렇게 되지 않을지 걱정이 드는구나…….

실프와 사라만다가 습격대를 정리하는 데는 10분도 채 걸리지 않았다. 릴리가 중력 마법을 건 그 자리에 그대로 쌓여 있는 시체들을 보니 내가 지금 사람 죽이는 것에 너무 익숙해져 버렸다는 것을 느끼게 되었다. 그리고 커널인 릴리를 전쟁의 도구로 사용하고 있다는 사실 또한 뼈저리게 느꼈다.

"……."

"……."

내가 릴리를 쳐다보자 릴리도 날 쳐다보았다. 릴리와 같이 지낸 지 벌써 3개월이 지났지만 릴리의 얼굴을 가까이에서 자세히 쳐다보는 것은 이번이 처음이었다. 검은 눈동자에 검고 긴 머리카락을 지닌 릴리의 모습은 내 이상형에 가까웠다.

스윽—

난 릴리의 뺨에 내 손을 갖다 대었다. 순간 손끝에서 차가운 느낌이 전해졌다. 추위에 오래 노출되어 있던 뺨이었기에 당연한 결과였다. 그래서 이번엔 릴리의 손을 잡아보았다. 역시 얼음처럼 차가웠다.

"미안."

“…….”

내가 사과를 해도 릴리는 무표정한 얼굴로 날 쳐다보기만 할 뿐이다. 하지만 내 손의 체온으로 릴리의 손이 점차 따뜻해지는 것을 느꼈기에 릴리에게 물어보았다.

“릴리, 내 손 어때? 차가워? 아니면 따뜻해?”

“주인님의 손은…… 따뜻합니다.”

릴리는 여전히 무표정한 얼굴로 대답했지만, 일단 난 릴리가 온기를 느낄 수 있다는 사실에 안도하면서 말을 이었다.

“지금은 전시 상황이라 릴리에게 많은 신경을 써줄 수가 없어. 그래서 릴리가 부담을 갖게 될 일이 많을 거야. 만약 잠을 자지 못해서 피로가 쌓였다든가 하면 나한테 말해. 내가 시킨다고 무조건 하지 말고.”

“알겠습니다, 주인님.”

릴리가 정말 내 말뜻을 이해한 것인지 알 수는 없었지만 그래도 대답을 했기에 이해한 것으로 생각했다.

흐음, 그리고 보니 방금 적의 습격을 막아냈으니까 적어도 오늘은 더 이상의 습격이 없을 거야. 적의 입장에서 보면 습격이 성공하든 실패하든 그 결과는 내일이 지나야 알 수 있을 테니까. 좋아, 그럼 오늘은 불침번 근무 걱정 없이 퍼질러 자볼까! 릴리를 옆에 끼고. 므흐훗~

“……!”

그때 갑자기 등 뒤에서 무서운 살기가 느껴져 난 재빨리 고개를 돌렸다. 고개를 돌려 확인해 보니 그 무서운 살기는 유리시아드와 슈아로에로부터 뻗어 나오고 있었다. 유리시아드는 내가 이상한 생각을 하자 검집에서 검을 살짝 빼내며 위협을 주었고, 슈아로에는 썩은 미소를 지으며 날 째려보았다.

"왜 일어났어?"

난 여전히 릴리의 손을 잡은 채로 두 사람에게 질문을 던졌다. 일단 내 질문에 먼저 대답한 사람은 유리시아드였다.

"비명 소리가 들리는데 계속 잠잘 수는 없잖아요."

"미안. 조용히 처리하려고 했는데 내가 서툴러서."

내가 유리시아드에게 사과하자 슈아로에가 썩은 미소를 거두지 않은 채 입을 열었다.

"적의 습격을 릴리와 둘이서 막은 건 칭찬해 주고 싶은데, 시체를 앞에 두고 밀회를 즐기려고 하나요? 참 다정해 보이네요."

"에⋯⋯?"

흐으, 슈아가 갑자기 너무 까칠해졌어. 웃으면서 비꼬니까 더 무섭다. 얼른 사라져야지.

"모두 들어가자. 춥다."

난 릴리를 데리고 재빨리 성안으로 들어갔다. 내가 이상한 생각을 하지 않자 곧바로 살기를 지운 유리시아드에 반해, 슈아로에는 내가 릴리와 떨어져 자는 것을 보면서도 썩은 미소를 풀지 않았다. 그래서 난 가시 담요를 덮어쓴 듯한 기분으로 잠을 청해야만 했다.

*　　　*　　　*

우리들은 적의 진지를 점령해서 거점으로 삼은 뒤 정찰을 하고 공격하는 패턴으로 슬롯 산맥의 울레샤르 군대를 제압해 나갔다. 단 7명의 인원으로 적 3,000명을 제압하는 건 거의 불가능에 가까운 일이었지만 적의 진지가 여기저기 흩어져 있다는 점을 이용해서 우리들은 연전연승을 기록했다. 사실 한 번이라도 패하면 그대로 끝이기 때문에 우리들은 연승하지 않으면 안 되는 상황이었다.

"후우~"

울레샤르의 본성 하나만을 남겨둔 상태에서 난 피로를 풀기 위해 부엌에서 목욕을 했다. 큰 통에다 뜨거운 물을 받아 몸을 푹 담그니 그간 쌓였던 몸의 피로가 팍 풀리는 듯한 기분이었다. 정찰을 간 유리시아드와 리에네를 뺀 나머지 사람들도 모두 목욕을 끝냈고, 난 슈아로에가 데워준 물로 목욕을 하고 있었다.

흐으…… 이곳에 와서 전쟁을 시작한 뒤로 줄곧 까칠하게 대하더니 마지막에 이미지 관리한답시고 나한테 잘 대해주는 슈아의 놀라운 센스~ 뭐, 그래도 썩은 미소를 지으며 날 째려보는 것보다는 훨씬 나으니까 상관없다.

또각또각―

그때 부엌 밖에서 여성의 발자국 소리가 들려왔다. 그래서 난 누가 들어오나 해서 그쪽으로 고개를 돌렸다. 그곳에는 막 정찰을 갔다 온 유리시아드가 서 있었다.

"어, 왔어? 수고했어~"

난 욕탕에서 살짝 몸을 일으키며 유리시아드를 환영했다. 정찰하러 갔다 온 사람에게 목까지 욕탕물에 담근 상태에서 인사를 하면 실례라고 생각했기 때문이다. 그러나 유리시아드는 내가 상체를 일으키자 얼굴을 벌겋게 물들이며 고개를 휙 돌렸다.

"모, 목욕하고 있었어요? 미, 미안하군요!"

"……?"

잉? 유리시아드가 저런 반응을 보이다니 의외인데?

"뭘 부끄러울 게 있다고. 벗은 건 나구만."

"누, 누가 그쪽의 망측스런 몸을 보고 싶은 줄 알아요?!"

그러면서 유리시아드는 황급히 부엌을 빠져나갔다. 난 유리시아드의 '망측스런 몸'이라는 말에 충격을 받아 한동안 멍하니 있었다.

으윽…… 그래도 처음 이곳에 소환되었을 때보다는 근육이 많이 붙은 건데 그걸 망측스럽다고 표현하다니……. 나도 운동을 죽어라 해서 몸짱이 되어주겠어! 물론 겨울엔 추우니까 날씨 풀리면 운동을 열심히……

정찰을 갔다 온 유리시아드와 리에네도 모두 목욕을 마치고 나서 우리들은 한자리에 모였다. 마지막 고지를 점령하기 위한 작전 회의였다. 회의는 일단 유리시아드의 보고로부터 이루어졌다.

"울레샤르의 본성은 크기만 해도 웬만한 제국의 성 정도예요. 산 정상을 평지로 깎아 만든 것 같더군요. 그래서 정문 쪽으로 난 길이 아니면 가파라 올라가기도 힘들어요."

호오, 한 달도 안 되는 짧은 시기에 성 하나를 축조해 내다니, 대한민국 군인들이라도 고용했나? 작업 속도가 장난이 아닌데? 역시 울레샤르가 드래곤이라서 가능한 일인가? 어쨌든 마지막 고지 공략은 쉽지 않겠는걸?

"성벽도 높고 경계병들도 많이 배치되어 있어 몰래 잠입한다는 건 불가능해요. 울레샤르의 본성을 공략하려면 정면으로 치고 들어가는 수밖에 없어요."

정찰을 갔다 온 유리시아드의 결론은 정면 승부였다. 그러나 상대의 수가 훨씬 많은 지금 같은 상황에서 정공법은 필패를 가져올 수밖에 없었다. 설령 우리가 정면 승부에서 이긴다 하더라도 드래곤으로 추정되는 울레샤르를 이길 만한 체력이 남지 않을 것이기에 결국엔 패배할 수밖에 없을 것이다.

"결국 방법은 하나뿐입니다."

난 잠깐 동안 머리를 굴리다가 하나의 결론에 도달했다. 그것은 매우 단순한 방법이었다.

"두더지 작전을 씁시다."

"……!"

내 말이 무엇을 의미하는지 모두들 단번에 파악했다. 두더지 작전이란 말 그대로 땅을 파서 적의 성안으로 잠입하겠다는 소리이기 때문이었다. 하지만 유리시아드는 내 작전에 반대했다.

"땅굴을 파는 게 쉬운 일인 줄 알아요? 추운 겨울에는 땅이 얼어 있어 땅 파기도 힘든 데다 적에게 들키지 않으려면 멀리서부터 땅을 파야 하는데, 그렇게 하다가는 적의 성안에 잠입하기도 전에 지쳐 쓰러져 버린다구요. 차라리 정면으로 치고 가는 게 체력적으로 부담이 훨씬 적어요."

유리시아드의 말은 일반적으로 보면 일리가 있었다. 그러나 나와 리엔이 땅 파는 기계를 하나씩 보유하고 있다는 점이 달랐다.

"나와 리엔 씨가 땅의 정령을 이용하면 땅굴을 파는 건 금방이야."

"……!"

그 사실까지는 미처 생각하지 못한 듯 유리시아드는 놀란 표정을 지었다. 여태까지 나와 리엔이 땅의 정령을 잘 사용하지 않았으니 유리시아드가 땅의 정령을 고려하지 않은 것은 어찌 보면 당연했다.

"알았어요. 그 두더지 작전을 쓴다고 해요. 그럼 그 후에는 어떻게 할 건가요?"

유리시아드는 결국 내 작전을 받아들였다. 그러나 문제는 그녀의 말처럼 땅굴을 파고 난 이후였다.

"에…… 일단 성안에 리아로스들이 잡혀 있을 테니까 구출 먼저 해야지."

"어떻게 구출할 거죠?"

"에…… 내가 해야겠지?"

"어떻게요?"

"나한테는 실프가 있으니까 조심만 하면 문제될 건 없을 것 같은데."

"아니에요. 문제가 많아요."

유리시아드는 내 안건을 반대했다.

"적들에게도 마법사나 정령술사가 있을 거예요. 만약 욕망 덩어리 씨가 잠입을 한다면, 그쪽의 마나 파장이나 실프의 존재 때문에 들킬 우려가 커요. 잠입에 적당한 사람은 마법도 정령술도 쓰지 않는 사람이어야 해요."

"……."

흐음, 마법사도 안 되고 정령술사도 안 된다라…… 그럼 답은 하나밖에 없잖아?

"유리시아드가 하려고?"

내가 유리시아드를 보며 묻자 그녀는 당연하다는 듯이 고개를 끄덕였다.

"그래요. 내공은 밖으로 새어 나오지 않기 때문에 직접 눈에 띄지 않는 한 들킬 염려는 없어요. 잠입에 적당하죠."

흐으, 그렇긴 한데…… 유리시아드 혼자 잠입해서 리아로스 5인방을 구출한다? 혼자서는 무리일 것 같은데? 혹시라도 들킬 가능성을 대비해서 적어도 한 명은 더 가야 하지 않을까?

"유리시아드, 일단 나도 갈게."

유리시아드의 백업 역할로써 난 나 자신을 지명했다. 문제는 내가 내공을 제대로 사용한 적이 없기 때문에 유리시아드의 발목만 잡지 않을까 하는 점이었다. 그래서 난 유리시아드가 내 합류를 반대할 것이라 생각했다. 그런데 유리시아드는 전혀 의외의 반응을 보였다.

"당연히 가야죠. 나 혼자서 다섯 명을 구출하는 게 가능할 것 같아요?"

"뭐……?"

흐으, 유리시아드는 애초부터 날 끌고 갈 생각이었군.

"근데 나, 내공은 제대로 써본 적이 없는데."

"알아요. 그러니까 지금부터 특별 훈련을 해야죠."

"……!"

헉! 특별 훈련?!

"따라와요. 내가 내공 사용법에 대해서 철저히 가르쳐 줄 테니까."

유리시아드는 그렇게 말하며 날 끌고 갔다. 목욕을 마친 상태에서 몸을 움직이기 싫었기에 난 발버둥을 쳤지만 내공을 겸비한 유리시아드의 팔 힘에는 당해내질 못했다. 그리하여 난 장장 8시간 동안 유리시아드의 내공 수업을 받아야만 했다.

다음날.

우리들은 아침을 든든하게 먹고 적당량의 휴대용 음식을 챙긴 뒤 울레샤르의 본성으로 향했다. 약 2시간을 걸어 울레샤르 본성에 도착한 우리들은 적의 보초병 눈에 닿지 않는 곳에서부터 땅을 파기 시작했다. 리엔의 레아노움과 나의 노움은 땅의 힘을 이용하여 아주 쉽게 사람 크기만 한 땅굴을 팠고, 우리들은 그 땅굴 안으로 걸어 들어갔다.

"와, 땅속은 생각보다 따뜻하네요."

나와 리엔이 땅의 정령을 이용해 땅굴 파기 작업을 하는 동안 슈아로에는 참새처럼 재잘거렸다. 사실 슈아로에라도 말을 하지 않으면 분위기가 너무 경직되어 있어서 누그러뜨릴 필요가 있었다. 그 때문에 슈아로에가 총대를 멘 것인데,

문제는 지렁이나 벌레를 볼 때마다 비명을 지른다는 점이었다.

"악! 땅거미!"

"슈아, 그러다가 들킨다. 벌레를 친구라고 생각해."

"어떻게 친구라고 생각해요? 징그럽잖아요."

"징그러워도 친구야."

슈아로에가 더 이상 비명을 지르지 않도록 난 일부러 그녀와 대화를 주고받았다. 땅굴이야 어차피 노움이 알아서 파고 있기 때문에 굳이 내가 신경 쓸 필요가 없다는 점도 있었다. 어쨌든 우리들은 거의 30도 각도로 땅을 파고 올라간 끝에 울레샤르의 본성 바로 아랫부분까지 당도할 수 있었다.

"후아, 계속 걸어 올라왔더니 힘드네요."

슈아로에는 네리안느가 들고 온 얇은 이불 위에 자리를 깔고 앉았다. 다른 사람들도 이불 위에 자리를 잡고 가져온 식량을 조금씩 먹기 시작했다. 잠입을 해야 하는 나와 유리시아드도 일단 자리에 앉아 식량을 먹으며 휴식을 취했다.

"Repeat access string until execute string, set code with physical code."

휴식을 취하면서 나와 유리시아드는 모든 포스를 내공으로 변환시켰다. 그러고 나서 우리의 바로 위에 무엇이 있는지 파악하기 위해 난 실프를 소환하여 위로 보냈다. 만약 적의 정령술사가 우연히 우리 바로 위에 서 있다면 내 실프를 바로 눈치 채겠지만, 들킨다 해도 지나온 땅굴을 통해 도망치면 되기 때문에 별로 문제될 것은 없었다.

"음……."

실프의 눈을 통해 난 우리들 바로 위가 쓰레기 창고의 뒤쪽이라는 것을 알아냈다. 지금까지 쓰레기 창고 아래에서 식량을 먹고 있었다는 사실에 굴욕을 느꼈지만, 어쨌든 쉽게 들킬 곳이 아니라는 점에서는 다행이었다.

"에……."

난 최대한 실프를 이용해서 보초병들의 움직임과 숫자 등을 파악하려고 애썼다. 그래야만 잠입할 루트를 정할 수 있기 때문이었다. 그렇게 대강의 루트를 확보한 나는 휴식을 취하며 저녁이 오기만을 기다렸다. 옷을 어두운 계열로 입고 왔기 때문에 밤에 움직여야 했던 것이다.

해가 지는 시간까지 조용히 보낸 우리들은 해가 지자마자 바로 행동 개시에 나섰다. 우선 리엔이 레아노움을 이용해 위쪽 땅에 구멍을 내주었고, 나와 유리시아드는 그 틈을 노려 땅을 박차고 뛰어올랐다.

툭—

…….

내가 착지할 때는 약간의 소리가 났지만 유리시아드가 착지할 때는 아무 소리도 나지 않았다. 그나마 어제 8시간 동안 훈련을 받아 이 정도라도 할 수 있는 것이다. 비록 검기나 검 강 같은 고난이도의 무공은 사용할 수 없지만 발에 내공을 모 아 뛴다든지 달린다든지 하는 일은 무난하게 할 수 있게 되었 다.

땅에 착지하고 나서 주의를 기울여도 주위에서는 아무런 소리도 나지 않았다. 역시 쓰레기 창고라서 아무도 접근을 하 지 않는 듯했다. 하지만 성벽 쪽에서 순찰을 돌고 있는 보초 병에게 들킬 우려가 있어 주의를 기울이면서 이동을 시작했 다.

저벅저벅—

여기저기서 발자국 소리가 들려올 때마다 나와 유리시아 드는 초긴장 상태로 몸을 피해 다녔다. 적이 보초를 설 때 전 사 한 명, 마법사 혹은 정령술사 한 명 식으로 짝을 이루었기 때문에 절대로 마법이나 정령술을 써서는 안 되었다.

흐으, 여기 있는 마법사나 정령술사들이 대단해 보이지는 않지만 일단 들키면 끝장이니 피해 다니는 수밖에 없어. 다른 진지에는 마법사나 정령술사들이 거의 없던 이유가 이곳에 모두 모여 있었기 때문인가? 숫자도 참 많아요.

'이쪽이에요.'

유리시아드가 앞장을 서고 내가 그 뒤를 따라가는 방식으 로 우리들은 가장 큰 건물에 도착했다. 하지만 건물 출입구에 계속 두 명의 보초가 서 있었기 때문에 정문으로 들어갈 수는 없었다. 그래서 우리들은 벽을 타고 창문을 통해 건물 안으로 들어가기로 했다.

'내가 먼저 올라가서 상황을 볼 테니까 내가 신호를 하면 재주껏 올라와요.'

'응.'

유리시아드는 그런 무책임한 말을 속삭인 뒤에 곧바로 땅을 박차고 벽을 타고 올라가기 시작했다. 마치 발에 자석이 달린 것처럼 빠르게 벽을 타고 올라가는 유리시아드를 보니 감탄밖에 나오지 않았다.

흐으, 내가 내공을 저 정도까지 쓰려면 얼마나 수련을 해야 하는 거야? 일단 유리시아드한테 기본적인 내공 사용법은 배웠지만 저건 너무 고난이도잖아. 난 그냥 공력을 발에 실어서 뛰고 달리는 것밖에 못한다고. 아아, 역시 고수는 달라. 이름만 고수인 나는 못 따라 하겠다.

내가 유리시아드의 경공에 감탄하고 있을 때 창문틀 쪽에 매달려 안쪽 상황을 지켜보던 유리시아드가 나에게 올라오라는 손짓을 했다. 그래서 난 발에 공력을 밀어 넣어서 있는 힘껏 점프를 했다. 유리시아드처럼 벽을 타고 올라가고 싶었지만 능력이 되지 않았기 때문에 점프 쪽으로 방향을 튼 것이다.

"......!"

그러나 창문의 높이가 높아 내가내공을 실어 점프해도 절반 정도밖에 올라갈 수 없었다. 이대로 있으면 다시 땅 아래로 추락해서 넘어지든지 안전하게 착지하든지 간에 큰 소음을 발생시킬 수밖에 없었다. 그 순간 나는 곧바로 실프를 소환했다.

탓!

소환한 실프를 발판 삼아 난 다시 내공에 발을 실어 점프했다. 그리고 실프는 뒤로 밀려남과 동시에 소환 해제시켰고, 난 그럭저럭 무난하게 창문틀에 매달릴 수 있었다.

'따라와요.'

유리시아드는 내가 정령을 소환해서 점프한 것에 대해서 아무 소리도 하지 않고 건물 안으로 들어갔다. 실프를 소환한 시간이 매우 짧아 정령술의 고수가 아닌 이상 정령 소환 사실을 알아차리기는 힘드니 괜찮다고 생각한 듯했다. 아무튼 우리들은 건물 안으로 들어가서 내부의 움직임을 살폈다. 바깥쪽에 많은 보초병들을 깔아놓았기 때문인지 건물 안에는 돌아다니는 보초병이 별로 없었다.

'보통 지하 감옥에 인질을 가두니까 지하실로 가야 할 거예요.'

유리시아드는 리아로스 5인방이 갇혀 있는 곳을 지하 감옥으로 예상했다. 나야 이곳 감옥 시설 자체를 모르니 유리시아드가 하자는 대로 했다. 그런데 우리들이 지하실 쪽으로 가려고 몰래 복도에 숨어 있을 때, 마침 그곳을 지나가던 시녀들이 재잘거리는 말을 듣게 되었다.

"인질 주제에 정말 시키는 게 많다니까."

"아, 5층 고급 방에 잡혀 있는 그 여자?"

"듣기로는 에이티아이 제국의 후작 딸이래요."

"울레샤르님이 귀빈 대접을 하라고 해서 인질이면서도 편하게 지낸다니까요."

"콧대는 얼마나 높은지 음식 맛이 없으면 막 뭐라고 하질 않나, 정말 재수없어."

시녀들은 누군가의 얘기로 꽃을 피우며 우리들에게서 멀어져 갔다. 그녀들이 누구를 대상으로 얘기했는지 나와 유리시아드는 금방 파악할 수 있었다.

'생각보다 편하게 지내는 것 같군요.'

'그런 것 같다. 굳이 구해줄 필요는 없지 않을까?'

'무슨 소리에요? 빨리 구출해야 울레샤르를 처리하죠.'

'알았어. 농담 두 번 해봤어.'

나와 유리시아드는 몇 마디 말을 주고받다가 곧바로 5층으로 발걸음을 옮겼다. 5층에 가까워질 때마다 보초병들의 수가 늘어 움직이는 게 쉽지 않았다.

'유리시아드, 점혈 수법 같은 거 없어?'

진척이 더뎠기 때문에 난 유리시아드에게 다른 방법을 물어보았다. 그러나 유리시아드는 도리어 반문을 해왔다.

'점혈 수법? 그게 뭔데요?'

'혈도를 짚으면 몸을 움직일 수 없게 한다거나 사혈 같은 거 짚으면 사람을 한순간에 죽일 수 있는 거.'

'그런 게 있으면 아무도 검술이나 무공 안 익혀요.'

'……'

흐으, 이 동네는 점혈 수법이 없단 말이야? 너무 시대에 뒤떨어진 것 아니…… 가 아니지. 무공이라는 게 가상이니까 점혈도 가상적인 것이니 없다고 해서 이상하다 말할 수는 없어. 그래도 마법이나 무공은 있으면서 점혈이 없다니…… 아니면 눈에 보이지도 않을 빠르기로 이동하는 경공술이라도 있던 가. 이건 뭐, 다 눈에 보이는 기술들뿐이니 잠입하는 게 어렵잖아.

'저 방 같군요.'

5층의 어떤 큰 방을 발견한 유리시아드가 손짓을 했다. 그 방의 문 앞에는 두 명의 보초병이 서 있었는데, 방금 전에 많은 음식을 가지고 시녀들이 안으로 들어갔기 때문에 그 방을 리아로스 5인방의 감옥으로 생각했다. 물론 울레샤르의 방이라든가 작전 회의실 같은 것일 수도 있었지만 건물 자체가 5층 이상이어서 감옥이라 생각한 것이다.

'어떻게 들어갈 거야?'

'할 수 없어요. 보초 둘을 쓰러뜨리고 들어가요.'

고지가 눈앞이라서 그런지 유리시아드는 강공 작전을 펼쳤다. 일단 보초병의 교대 시간이 아닌 것 같았고, 주변에 마법사가 없었기 때문에 내가 두 보초병을 상대하기로 했다.

'Create space 천둥벼락, mapping lightning, create snap space target 1, create snap space target 2, animate snap.'

난 조용히 체인 라이트닝 볼트를 코딩했다. 나와 보초병들 사이의 거리가 조금 되었지만 보초병들은 내가 만든 번개 덩어리를 인식하지 못한 채 그대로 맞았다. 아마도 복도에 일렁이는 횃불이 내 마법을 은폐시키는 효과를 낸 듯했다.

털썩— 털썩—

두 보초병은 내 체인 라이트닝 볼트를 맞고 그대로 쓰러져 버렸다. 그 순간 우리들은 보초병의 허리춤에 달린 열쇠를 통해 방문을 열고 안으로 들어갔다. 우리가 방 안으로 들어가 자마자 방 안에서 날카로운 목소리가 터져 나왔다.

"아직 식사도 다 못했는데 벌써 온 건가요?!"

"……."

"……."

느닷없는 호통 소리에 나와 유리시아드는 어안이 벙벙해졌다. 그래도 일단 정신을 차리고 방 안을 살펴보니 방 안에는 리아로스 5인방이 사이좋게 테이블에 앉아 저녁 식사를 하고 있었다. 너무나 편해 보이는 그들의 모습을 보니 과연 그들이 인질로 잡혀 있는 건지 귀빈 대접을 받고 있는 건지 알 수가 없었다.

"레지님!"

내가 방 안에 들어서자 리아로스는 놀란 표정으로 날 쳐다 보았다. 그러다가 자신이 식사 중이라는 것을 떠올렸는지 급히 냅킨으로 입 주변을 닦았다. 그러고 나서 날듯이 나에게로 뛰어들었다.

"기다리고 있었어요, 레지님. 꼭 구해주러 오실 줄 알았어 요."

"……."

흐으, 태도도 참 여유롭군. 뭐, 어쨌든 별 탈 없이 지낸 것 같아서 다행이다. 만약에 리아로스의 신상에 무슨 일이 벌어 지기라도 했다면, 아마 뉴어메이드 가문 사람들이 날 죽이려 고 들겠지.

"시간이 없으니 빨리 빠져나갈 방법을 생각해야 돼요."

유리시아드는 우리들의 재회 시간에 태클을 걸었다. 물론 시간이 없다는 것은 나도 알고 있었기 때문에 난 내 품에 안 긴 리아로스를 떼어내고 비책을 내놓았다.

"어차피 이 인원으로 들키지 않고 빠져나간다는 건 불가능 하니까 아예 건물을 붕괴시켜 버리자."

"……!"

내 제안에 모두들 크게 놀란 표정을 지었다. 하지만 난 그 들이 무슨 표정을 짓던 신경 쓰지 않고 포스 변환 코드를 통해 내공을 매직포스로 변환시켰다. 그러고 나서 작전 설명을 해주었다.

"내가 한쪽 벽면을 간단한 캐논 슈터로 파괴시킬 거야. 그러면 벽에 구멍이 생길 테고, 그 구멍을 통해 건물 밖으로 **빠**져나가는 거지. 거기서 다시 한 번 가벼운 캐논 슈터를 날려주면 적들은 우왕좌왕할 거고, 그 틈을 노려서 우리는 동료들과 합류하는 거야."

"알았어요. 그렇게 하죠."

의외로 유리시아드는 단번에 내 제안을 받아들였다. 그래서 난 포스 변환이 끝나자마자 실프를 소환해서 캐논 슈터를 사용했다.

"Hotball!"

《추진.》

난 기본적인 파이어 볼을 사용해서 캐논 슈터를 사용했고, 이어진 실프의 명령에 캐논 슈터는 쭈욱 날아가 한쪽 벽면에 충돌했다.

콰아아앙!

커다란 폭음과 함께 5층 벽면 한쪽이 완전히 파괴되어 날아가 버렸다. 캐논 슈터에 의한 후폭풍이 우리를 덮치긴 했지만 리아로스 5인방의 방어 마법으로 아무런 피해도 받지 않았다.

"5층이다! 5층에서 폭발이 일어났다!"

"침입자다!"

캐논 슈터가 터진 직후, 위층과 아래층에서 정신없는 발자국 소리가 들려오기 시작했다. 그래서 우리들은 열심히 달려가 부서진 5층 벽을 통해 건물 밖으로 뛰어내렸다. 거의 15미터에 이르는 높이라 뛰어내리는 순간 멈칫했으나 뛰어내리지 않으면 적에게 잡히기 때문에 두 눈을 질끈 감고 뛰어내렸다.

휘이잉—

5층 높이에서 뛰어내리자 실프가 강력한 바람을 일으켜 우리들의 낙하 속도를 늦춰주었다. 덕분에 우리들은 무사히 땅위에 착지할 수 있었고, 난 뛰어내리는 순간의 떨리는 마음을 가다듬고 다시 캐논 슈터를 실행시켰다.

"Hotball!"

《추진.》

나와 실프는 또다시 캐논 슈터를 사용했고, 캐논 슈터는 1층 건물의 벽을 폭파시켰다. 그런데 의외인 것은 내 캐논 슈터의 폭발 직후 쓰레기 창고 쪽에서도 폭발이 일어났다는 점이었다.

잉? 설마 우리 동료들이 뛰쳐나와서 공격을 시작한 건가? 하긴, 갑자기 폭발이 일어났으니 나와 유리시아드가 들켜서 싸움을 시작한 것으로 생각했겠지. 어쨌든 빨리 합류해서 전투를 시작해야 돼.

"나를 따라와!"

난 일행을 이끌고 쓰레기 창고 쪽으로 내달렸다. 공격에 대한 작전을 아직 세우지 않은 상태였기에 우리끼리 따로따로 싸우다가는 실수로 서로를 공격할 수도 있었다. 그래서 빨리 합류해서 같이 싸워야 했던 것이다.

콰앙! 쾅!

슈아로에와 리엔의 공격으로 추정되는 폭발이 여러 번 일어났다. 폭발이 큰 건물 쪽에서 일어난 직후에 쓰레기 창고 쪽에도 폭발이 일어나서인지 적들은 어디로 가야 할지 감을 잡지 못하고 갈팡질팡하고 있었다. 그 덕분에 우리들은 무사히 슈아로에 일행과 합류할 수 있었다.

"무사했군요!"

"잘됐습니다."

슈아로에와 리엔은 나와 유리시아드를 보고 반가운 표정을 지었다. 보통 인질을 구해오면 인질의 안위 여부에 신경을 쓰는 게 정상인데 구출하러 간 사람을 신경 쓰고 있으니 왠지 기분이 묘했다. 아무튼 슈아로에 등도 무사한 것 같아서 난 즉시 릴리를 찾았다.

"릴리! 메테오 스트라이크를 써! 50개로!"

"알겠습니다, 주인님."

릴리는 내 명령대로 메테오 스트라이크 마법을 코딩하기 시작했다. 릴리가 마법 코딩을 시작하자마자 상당량의 마나

파장이 흘러나왔기 때문에 적들은 우리들의 위치를 파악할
수 있게 되었다.

"쓰레기 창고다!"

"마법사가 먼저 공격해라!"

적들은 원거리 공격이 가능한 마법사와 정령술사를 앞에
내세웠다. 그들 개개인의 능력은 나만큼이나 보잘것없었으
나 그 수가 거의 50여 명이다 보니 그들의 연합 공격을 무시
할 수는 없었다. 릴리가 메테오 스트라이크 마법을 모두 코딩
할 동안 자리를 움직일 수 없는 우리들에게 마법사&정령술
사 연합 공격은 위험한 수준이었다.

"레아실프!"

내가 어떻게 할까 망설이고 있을 때 리에네가 레아실프를
소환했다. 그리고 사방으로 돌풍을 일으켜 마법사와 정령술
사들을 교란시켰다. 바람이 워낙 강해 적의 마법사와 정령술
사들은 마법 코딩과 정령 소환을 하지 못하고 허둥지둥댔다.
그들 중에는 강한 바람을 맞으면서도 마법 코딩이나 정령 소
환을 할 수 있는 실력자가 없는 듯했다.

"에잇! 도움이 안 되는 놈들!"

지위가 꽤나 높아 보이는 중장갑 전사 하나가 그렇게 소리
치며 칼을 뽑아 들었다. 그리고는 대기하고 있던 중장갑 병사
들에게 일갈했다.

"공격하라!"

"우와와와!"

약 100여 명 정도의 병사들이 일제히 우리를 포위하며 달려드는 광경은 공포, 그 자체였다. 사방이 전부 적의 병사들로 둘러싸여 있어서 도망칠 방법이라고는 전혀 없었다. 그저 맞서 싸우는 수밖에 없었는데, 그사이 릴리의 메테오 스트라이크 코딩이 끝났다.

쾅! 콰쾅! 콰콰쾅!

하늘에서 떨어지는 50여 개의 불덩어리는 우리들에게 달려들던 병사들의 기세를 확 꺾어버렸다. 만약 메테오 스트라이크의 불덩어리가 10개 정도였다면, 적들은 일부 희생을 감수하고서라도 우리에게 달려들었을 것이다. 하지만 10개가 아닌 50개의 불덩어리는 대다수의 적에게 피해를 줄 정도로 강력했다.

"끄아악!"

"으아악!"

적의 병사들은 하늘에서 떨어지는 불덩어리와 그로 인한 불길을 피하느라 우왕좌왕했다. 그사이 난 네리안느에게 작전 지시를 내렸다.

"네리안느 씨는 불길을 차단시키는 노래를 부르세요! 실프가 그 노랫소리를 우리들만 들을 수 있게 제어해 줄 거예요!"

"알았어요!"

네리안느는 내 지시대로 불길 차단 노래를 부르기 시작했다. 사방이 불길로 막혀 있었기 때문에 불길을 이용한 공격 작전을 써먹어야만 했고, 그렇기에 네리안느의 불길 차단 노래가 꼭 필요했던 것이다. 네리안느의 노래는 실프에 의해 흡수되어 우리들의 귀에만 들리게 되었고, 불길 차단 효과가 일어나자 모두들 전선으로 뛰어들어 전투를 시작했다.

"리아로스, 디아라, 에르시아, 콜론세, 제로드. 지금 네리안느 씨가 불길을 차단시켜 주는 노래를 부르고 있으니까 불길은 우리에게 해를 입히지 못해. 그러니까 불길 속에 몸을 숨긴 채 적들을 공격해. 가능하면 불길을 일으킬 수 있는 파이어 볼이나 파이어 월을 쓰고."

"아, 알겠습니다!"

리아로스 5인방은 내 지시에 따라 불길 속으로 뛰어들었다. 모두들 처음으로 실전에 참여하는 거라 그런지 그들의 표정은 긴장으로 딱딱하게 굳어져 있었다. 곧 나와 네리안느를 제외한 모든 사람들이 불길 속에서 전투를 시작했고, 난 불길 차단 노래를 부르는 네리안느를 지켜주기 위해 그녀의 곁에 남았다.

흐으, 모두들 싸우고 있는데 난 네리안느를 지킨답시고 후방으로 빠져 있으니 기분이 좀 찝찝하다? 아, 그러고 보니 내가 안 싸우면 릴리도 전투를 하지 않는구나! 릴리는 아직 전투에 익숙하지가 않아서 불필요한 공격을 할 가능성이 매우 높……!

쾅! 콰쾅!

그때, 릴리가 파이어 볼과 체인 라이트닝 볼트를 적절히 섞어가며 적을 쓰러뜨리고 있는 모습을 발견했다. 내 지시가 없었음에도 알아서 잘 싸우고 있는 릴리를 보니 내 걱정이 기우였음을 알게 되었다.

흐으, 나 없어도 잘 싸우네? 하긴, 여태까지 적의 진지를 치면서 내 명령을 수차례 받았으니 이제는 내 명령 없이도 잘 싸우는 거겠지. 왠지 딸을 출가시킨 것 같아서 마음 한구석이 쓸쓸하다만, 어쨌든 내가 신경 써주지 않아도 되니 다행이다.

"끄악!"

"커억!"

불길을 넘나들며 싸우는 우리들과 불길을 피하면서 싸우는 적과의 전투는 우리들의 일방적인 공격으로 이루어졌다. 리아로스 5인방까지 합세하여 열둘 대 수백 명의 싸움이었지만 우리들은 부상자 하나 없이 적을 제압해 나갔다. 우리들 중에서 가장 활약을 한 사람은 단연 유리시아드였고, 그 뒤를 리엔과 리에네가 이었다. 슈아로에는 리프레쉬 코드를 이용해 마나가 모이는 족족 파이어 볼을 날렸고, 리프레쉬 코드를 모르는 리아로스 5인방은 파이어 볼을 한두 번 날린

후에 한 20분 쉬고 다시 파이어 볼을 쓰는 식으로 공격을 했다.

"사라만다."

콰앙!

난 뒤쪽으로 돌아오는 적들을 사라만다의 불덩어리로 제압했다. 그리고 적이 화살을 쏘려고 폼을 잡을 때마다 그 위치에 중력 마법을 걸었다. 그렇게 내가 적 궁수들의 움직임을 묶으면 사라만다가 불덩어리 공격을 하는 식으로, 난 주로 후방 지원을 해주었다. 사실 내가 전장에서 제일 뒤쪽에 있다 보니 앞장서서 공격하는 것은 불가능했다.

한 4시간 정도 지난 것 같았다. 이미 울레샤르의 본성은 초토화되어 살아 있는 사람은 거의 없었다. 여기저기서 발생한 불길이 건물을 태우며 온갖 유독가스를 내뿜고 있었고, 적의 병사들은 모두 쓰러져 불길의 먹이가 되었다. 반면 우리 일행은 부상자 하나 없이 깨끗한 모습이었다.

"이, 이겼군요······!"

더 이상 공격해 오는 적군이 없는 것을 확인하고 슈아로에가 내 옆에 오더니 털푸덕, 바닥에 주저앉았다. 한겨울의 땅바닥은 차가웠지만 고된 전투를 치르느라 지친 그녀에게 그정도의 차가움은 아무것도 아니었다.

"하아······ 하아······."

심지어 우리들 중에서 강철 체력을 자랑하는 유리시아드 조차도 거칠게 숨을 몰아쉬고 있었다. 아무래도 가장 많은 적군을 베어 넘겼기 때문에 강력한 내공의 소유자인 그녀라도 지칠 수밖에 없었던 것이다. 리엔과 리에네 역시 지친 기색이 역력했고, 리아로스 일행은 별로 한 건 없었지만 표정만큼은 이 자리에 있는 누구보다도 힘들어 보였다.

"말할…… 기운도…… 없네요……."

장장 4시간 동안 쉬지도 않고 노래를 부른 네리안느는 아예 몸을 나한테 맡겼다. 보통 사람이 4시간 동안 노래를 부르면 성대가 망가져 버리지만, 네리안느는 신력으로 노래를 불러 성대는 멀쩡한 대신 체력이 급격히 소진된 상태였다.

흐음, 나도 공격하느라 힘들긴 하지만 릴리도 멀쩡한데 주인인 내가 쓰러지면 안 되지. 그나저나 자기 부하들이 전부 죽어버렸는데 울레샤르라는 녀석은 어디서 뭐 하고 있는 거야? 설마 전투 중에 죽은 건 아니겠지?

"혹시 울레샤르를 본 사람 있습니까?"

난 기진맥진 상태인 동료들에게 질문을 던졌다. 그러나 돌아오는 대답은 한결같았다.

"울레샤르가 누구인지도 몰라요."

"……."

잉? 리아로스들도 모른다고? 인질로 잡혔다면 울레샤르를 봤을 거 아니야?

"리아로스, 울레샤르 몰라?"

"몰라요. 우린 그자의 부하들만 봤으니까요."

흐으, 결국 우리들 중 울레샤르를 아는 사람이 아무도 없다는 거로군. 뭐, 나도 모르니까 할 말이 없다. 그럼 일단 불길부터 잡고 나서 식량과 옷을 얻어야 할 것 같은데…… 이런, 모두 지쳐서 내가 불을 꺼야 하잖아? 젠장, 누가 이렇게 불길을 많이 일으켜 놓은 거야? 대체 누가 이런 뒤처리가 힘든 작전을 구상했는지 만나면 한 대 패버리고 싶다.

휘이잉─

그때였다. 갑자기 어디선가 일어난 돌풍이 거세게 일어나던 불길을 잠재우기 시작했다. 난 우리들 중에 누군가가 일으킨 돌풍이라고 생각했지만, 이미 지쳐 있는 우리들에게 그 정도의 돌풍을 일으킬 만한 사람은 없었다. 그래서 난 잔뜩 긴장한 채 돌풍이 불길을 제압해 나가는 광경을 지켜보았다.

약 10여 분이 지나자 어떻게 꺼야 하나 걱정할 정도였던 불길이 완전히 진압되었다. 그리고 진압되어 검은 연기만이 일어나는 잔해 사이로 한 명의 인간이 걸어나오기 시작했다.

저벅저벅─

온몸을 푸른색의 옷으로 둘러싼 40대 정도 되어 보이는 중년 남성은 만면에 미소를 머금으며 우리들 쪽으로 걸어왔다. 그의 몸으로부터 그 어떤 특별한 힘도 느껴지지 않았지만 난 그가 울레샤르라고 단정 지었다. 자신의 발밑에 즐비한 시체를 보고서도, 불에 타서 없어진 건물을 보고서도 미소를 지을 수 있는 사람은 드래곤으로 추정되는 울레샤르뿐이라고 생각했기 때문이다.

제34장

자연의 선택

짝짝짝—

푸른 옷의 중년 남성은 우리를 보자마자 박수를 쳤다. 그 행동은 그가 울레샤르라는 것을 더욱 명확하게 나타내 주는 것이었다. 그래서 난 과감하게 먼저 말을 걸었다.

"당신이 울레샤르인가?"

내 물음에 푸른 옷의 중년 남성은 미소를 지우지 않고 입을 열었다.

"그렇다. 내가 바로 블루 드래곤 울레샤르이다."

"……!"

쳇, 자기 정체를 친절하게 다 알려주다니 마음씨가 너무 고운 거 아니야? 자기를 드래곤이라고 밝혀 버리면 내가 선제 공격을 하기가 껄끄러워지잖아. 그냥 내 마음이라도 편하게 인간이라고 하지.

"드래곤이 왜 이런 일을 계획한 거지?"

난 심문자의 입장에서 울레샤르를 심문했다. 다행히 울레 샤르는 지금 당장 싸우고 싶은 생각이 없는지 내 물음에 꼬박 꼬박 대답해 주었다.

"네가 커널을 쓰게끔 유도하려는 거다."

"왜 내가 커널을 써야 되지?"

"그래야 마법이 발전하니까."

"……?"

잉? 내가 커널을 이용하는 거하고 마법의 발전하고 무슨 연관이 있다는 거지? 로이스 맨스레드 때와 마찬가지로 이 인 간, 아니, 이 드래곤하고 말을 하다가는 삼천포로 빠질 것 같 은데…… 아무튼 우리들의 휴식 시간을 벌기 위해서는 쓸데 없는 말이라도 하는 수밖에.

"마법을 발전시키려는 이유가 뭐냐?"

"음, 그 얘긴 길다."

갑자기 울레샤르가 말을 끊었다. 그래서 난 울레샤르가 공 격을 할지도 모른다는 생각에 잔뜩 긴장했지만 그는 공격하 지 않고 돌연 엉뚱한 말을 꺼내었다.

"넌 공룡을 아나?"

"……!"

헉! 왜 여기서 공룡 얘기가 나오는 거야?! 도대체 이야기의 흐름을 어떻게 가져가려고 하는지 이해할 수가 없어! 근데…… 다른 사람들은 공룡에 대해서 알고 있기는 한 건가? 이 세계에 와서 공룡이라는 말은 들어본 적이 없는데.

"……."

"……."

난 고개를 돌려 다른 사람들의 표정을 살폈다. 그러나 그들은 하나같이 공룡이 뭔지 모르겠다는 표정을 짓고 있었다. 그래서 난 일단 일반 사람들처럼 평범하게 나아가기로 했다.

"공룡? 그게 뭐지?"

"수만 년 전에 이 세계를 지배했던 동물이다. 나도 직접 본 적은 없지만 그렇다고 하더군."

"……!"

헉! 불과 수만 년 전에 공룡이 있었다고? 내가 살던 곳은 거의 몇억 년 전인데! 이야, 그렇다면 어딘가에 공룡의 피부 같은 것도 남아 있을 수 있겠네? 그럼 학계의 대발견인데 말이야. 아니, 지금 이런 생각을 하고 있을 때가 아니지.

"그 얘기를 왜 하는 거지?"

"앞으로 하려는 얘기와 관계가 있기 때문이다."

울레샤르는 시간이 많다는 듯한 표정을 지으며 천천히 이야기를 시작했다. 개인적으로 한겨울 밤에 추운 바깥에서 이야기하는 것은 정말 싫었지만 상황이 상황이니만큼 추위를 견디는 수밖에 없었다.

"공룡은 드래곤보다 크고 수도 훨씬 많았다. 드래곤이 나타나기 이전까지 공룡은 이 세계를 지배했다. 공룡 앞에서는 그 어떤 동물도 고개를 들 수 없었다."

"……."

"그런 공룡이 돌연 사라졌다. 아니, 사라진 게 아니라 멸망당했다. 우리 드래곤에 의해서."

"……!"

잉? 내가 살던 세계에서는 운석 충돌설이 공룡 멸종 원인의 가장 유력한 가설로 떠오르고 있는데 이곳은 드래곤이 공룡 멸종의 원인이야? 역시 다른 세계는 다른 세계인가 보군.

"내 선조들은 공룡을 남김없이 학살했다. 사실 드래곤과 공룡을 비교해 보면 마법을 쓸 수 있는 드래곤이 훨씬 우위에 있었다. 그래서 굳이 공룡을 학살할 필요는 없었다. 하지만 선조 드래곤들은 마치 무엇인가에 홀린 것처럼 공룡을 죽였다. 그렇게 해서 공룡은 이 세상에서 사라져 버렸다."

"……."

"공룡이 멸망한 후 이 세계는 드래곤의 지배하에 놓였다. 강력한 마법을 가지고 있는 드래곤이야말로 이 세계를 지배할 수 있는 절대자였다. 내 선조 드래곤들도, 그리고 나도 드래곤의 지배가 영원할 것이라고 생각했다."

"……."

이제부터 뭔가 반전이 생길 것 같았기 때문에 난 울레샤르의 말에 귀를 기울였다. 사실 체력 회복을 위해서는 가만히 있는 게 최고라서 울레샤르의 말을 경청해야만 했다. 그런 사실을 분명 울레샤르도 알고 있을 텐데도 그는 말을 느긋하게 했다.

"드래곤의 지배하에 놓여졌던 이 세계에 돌연 인간이 탄생했다. 인간의 힘은 너무나 보잘것없었기 때문에 우리들은 전혀 신경 쓰지 않았다. 우리 드래곤들에 비하면 인간은 한낱 하루살이에 불과할 뿐이었기 때문이다."

"……."

"그런데 인간은 자신들의 힘으로 문명을 만들기 시작했다. 인간들은 도구를 이용해 물건을 만들었고 다양한 무기도 만들었다. 그리고 다양한 싸움 기술들을 만들어내기 시작했다."

"……."

"그때부터 카이드렌을 위시한 드래곤들은 인간에게 마법을 가르쳐 주었다. 인간은 우리만큼 마법을 쓸 수는 없었지만 자기네들 나름의 방법으로 마법을 배우고 개발했다. 그러한 인간들의 잠재력을 높이 평가했는지 신계와 마계에서도 인간들에게 손을 뻗쳐 왔고, 그런 손길을 우리 드래곤들이 막아주었다. 드래곤이 아니었으면 지금쯤 인간들은 신계와 마계의 지배를 받아 지겨운 전쟁을 하고 있었겠지."

"……"

흐으, 왜 여기서 신계와 마계가 튀어나오는 거야? 지금 울레샤르의 말은 믿을 만한 얘기인가? 증거가 없으니 무조건 믿을 수도 없고, 그렇다고 무조건 안 믿을 수도 없고.

"신계와 마계의 침입을 막은 후, 드래곤들은 갑자기 저주에 걸려 버렸다. 너희들이 흔히 얘기하는 광포화다. 처음에는 신계와 마계의 수작이라고 생각했지만 그건 아니었다. 우리들 중에서 최강이었던 카이드렌마저 광포화로 죽어버렸으니까. 신계와 마계가 아닌 이 물질계에서 최강 화이트 드래곤 카이드렌에게 저주를 걸 수 있는 존재는 딱 하나뿐이다."

"……!"

울레샤르의 말을 듣고 있자니 나도 모르게 침을 꼴깍 삼켰다. 울레샤르의 말을 귀담아듣고 있는 다른 사람들 역시 나와 같은 생각인 것 같았다. 울레샤르는 모두의 이목을 집중시킨 채 카이드렌에게 저주를 건 존재를 폭로했다.

"그것은 바로 이 세계, 즉 자연이었다."

"……?"

잉? 자연? 뭔 소리여? 난 제룬버드라고 예상했는데 그게 아니잖아? 그럼 제룬버드는 언제 나오는 거야?

"이 세상에 공룡을 탄생시킨 것도, 공룡을 멸망시킨 것도,

드래곤을 탄생시킨 것도, 드래곤을 광포화시켜 멸망시키려는 것도, 인간을 탄생시킨 것도 전부 자연의 뜻인 것이다!'

여태까지 차분하게 말을 이어가던 울레샤르의 목소리가 조금 격앙되었다. 그것은 울레샤르의 말이 방금 지어낸 거짓말은 아니라는 뜻도 되었다. 물론 드래곤이라 감정 표현을 리얼하게 속일 수 있다는 생각도 들었지만 일단 울레샤르의 얘기를 사실로 받아들이기로 했다.

"자연이 왜 그런 일을 한 거지?"

난 울레샤르의 말에 맞장구를 치면서 질문을 던졌다. 울레샤르는 내가 자신의 말을 무난하게 받아들이는 것에 조금 놀라면서도 내 질문에 대답을 했다. 아니, 대답이 아니라 반문을 했다.

"자연이 무엇을 원한다고 생각하나?"

"……?"

흐으, 내가 자연이냐? 그런 걸 알고 있게?

"모르겠는데."

"후후, 당연하겠지."

울레샤르는 얼굴에 미소를 떠올리며 실실 웃었다. 그 때문에 내가 살짝 기분 나빠지려고 할 때 울레샤르의 말이 이어졌다.

"자연은 죽길 원한다."

"……?"

어이없는 울레샤르의 말에 난 어안이 벙벙해졌다.

"자연이 죽길 원한다고?"

"그렇다. 이 세상의 모든 것은 처음과 끝이 존재한다. 따라서 모든 것은 죽는다. 자연이라고 그 섭리를 벗어나진 않는다. 자연 역시 죽음을 향해 달리고 있는 것이다."

"……."

어떻게 보면 맞고 어떻게 보면 틀린 말이었기에 난 뭐라 할 말이 없었다. 그 문제는 누구도 풀 수 없는 것이라 지금 여기서 울레샤르와 옥신각신해도 답이 나오지 않을 게 뻔했다. 그래서 난 우선 울레샤르의 가설을 인정하기로 했다.

"뭐, 그렇다고 하자. 근데 자연이 죽음을 향해 달리고 있다는 것하고 드래곤의 광포화하고 무슨 상관이지?"

"간단하지 않나. 공룡과 드래곤이 자연을 죽일 수 없다고 판단했기 때문에 자연은 그 두 종족을 멸종시키려 하는 것이다."

"……!"

오호, 그런 새로운 가설을 내놓다니! 하지만 근거가 없잖아, 근거가!

"공룡과 드래곤이 왜 자연을 죽일 수 없다는 거지?"

"그건 오히려 우리가 알고 싶은 사항이다. 그것을 알아내기 위해 제룬버드는 인간들을 발전시키고자 하는 것이다."

"……!"

드디어 울레샤르의 이야기 중에서 제룬버드가 튀어나와 난 더욱 촉각을 곤두세웠다. 여태까지 베일에 싸여 있던 제룬버드의 정체를 알 수 있을지도 모른다는 기대감이 생긴 것이다.

"인간이 강해지면 자연은 어째서 드래곤이 아닌 인간을 선택했는지 알게 될 것이다. 그래서 제룬버드는 자신의 힘으로 커널을 만들어 인간들에게 제공했다. 그 결과 인간들은 마법, 정령술, 신력, 흑마술, 소환술 등 모든 분야에 걸쳐 눈부신 발전을 이루었다."

"······!"

헉! 제룬버드가 커널을 만들었다고?! 그럼 여태까지 이곳 사람들은 제룬버드의 손바닥 위에서 놀았다는 소리야?!

"자, 소년! 나에게 너의 가능성을 보여봐라! 그리고 나에게 너희 인간들이 어째서 자연의 선택을 받았는지 증명해 보여라! 그 커널을 이용해서 말이다!"

우우웅─!

울레샤르의 목소리가 커짐과 동시에 그의 몸으로부터 막대한 양의 마나 파장이 흘러나오기 시작했다. 그 마나 파장은 그린 드래곤 페르키암 때보다도 훨씬 강력해서 우리들로 하여금 공포심을 불러일으키게 했다.

펄럭!

마나 파장이 강력하게 발생하는 순간, 울레샤르의 모습이 거대한 드래곤의 모습으로 바뀌었다. 머리와 꼬리를 다 합치면 거의 30미터에 육박하는 거대한 모습의 드래곤을 매우 가까이에서 보게 되니 그 압박은 장난이 아니었다. 특히 드래곤의 피부 색깔이 파란색이라는 점이 우리의 압박감을 더욱 가중시키고 있었다.

호으…… 울레샤르가 정말 블루 드래곤이었구나. 이 세계에서는 레드 드래곤이 제일 약하고, 그 다음에는 그린 드래곤, 그 다음이 블루 드래곤이니 저 녀석은 페르키암보다 강하다는 소리잖아. 그렇다면 커널을 만들어 인간들에게 제공하고 있는 제룬버드는 어떤 드래곤이지? 설마 최강이라는 화이트 드래곤인가? 으으, 울레샤르를 이기는 것도 힘들 것 같은데 화이트 드래곤으로 추정되는 제룬버드까지 달려들면…… 암울하다…….

"모두 모이세요!"

난 일행들을 내 뒤로 끌어 모았다. 우리들 중에서 드래곤에 대항할 수 있는 마법을 가지고 있는 사람이 나밖에 없기 때문에 내가 울레샤르와 1대 1로 싸워야 했던 것이다. 물론 릴리와 실프까지 가세하면 3대 1이긴 했지만, 난 인간이니까 그 정도의 핸디캡은 줘야만 했다.

"날 공격해 봐라!"

드래곤의 모습으로 변신해서인지 울레샤르의 말은 내 머릿속에 직접적으로 파고들었다.

"네가 보카시온과 페르키암을 잡았다고 들었다! 이제 블루 드래곤을 잡을 차례가 아닌가!"

"……."

흐으, 안 그래도 잡을 생각이라네.

"릴리! 캐논 슈터를 쓸 거야! 준비해!"

"알겠습니다, 주인님."

난 캐논 슈터를 쓰기 위해 릴리를 뒤에 두고 준비했다. 그러나 나와 울레샤르와의 거리는 불과 10미터도 되지 않았다. 이 거리에서는 캐논 슈터의 추진력을 완전히 다 이끌어낼 수도 없고, 후폭풍도 무시할 수 없었다. 그래서 난 울레샤르에게 주문을 했다.

"너무 가까이 붙어 있잖아. 이래 가지고 싸움이 되겠어? 한 100미터쯤 떨어져서 얌전히 기다려 봐."

말을 하면서 나 스스로도 말도 안 되는 소리라고 생각했다. 그러나 약자를 상대하는 강자는 약자의 부탁에 관대한 편이었고, 울레샤르 역시 그 틀을 벗어나지 않았다.

"네가 캐논 슈터라는 걸 쓰려면 이 정도는 떨어져 있어야겠지?"

쿠쿠쿵—

내 부탁에 울레샤르는 가볍게 날아올라 100미터 뒤쪽으로 착지했다. 덕분에 건물과 성벽이 와르르 무너져 내렸지만 울레샤르는 아무렇지도 않게 잔해 위에 서서 내가 캐논 슈터를 쓰길 기다렸다. 상대가 내 비장의 무기를 알고 있다는 사실이 매우 마음에 걸렸지만 지금은 딱히 다른 방법도 없었기 때문에 난 캐논 슈터 사용을 결정했다.

"모두 잘 들으세요!"

캐논 슈터를 사용하기 전에 난 동료들에게 주의를 주었다.

"이번 캐논 슈터는 여태까지의 것보다 강력할 겁니다! 그러니까 전력을 다해 방어해 주세요!"

내 말에 모두들 비장한 각오로 고개를 끄덕였다. 그들에게서 확답을 얻은 나는 실프까지 내 뒤에 위치시켜 만반의 준비를 했다. 캐논 슈터의 파괴력을 최대한 낼 수 있게 모든 힘을 총동원할 생각이었던 것이다.

"Create sapce hotball! mapping fivefold fire!"

3서클인 내 마나적 한계상 난 발현을 5배밖에 할 수 없었지만 대신 파이어 볼의 크기를 줄임으로써 파괴력을 높일 수 있었다. 난 레드 드래곤 보카시온을 잡을 때 파이어 볼의 크기를 반경 10㎝로 줄였었는데, 이번에는 더 줄여서 반경 5㎝로 만들고자 했다.

주르륵—

단순히 파이어 볼의 크기를 줄이는 것뿐이었는 데도 내 코에서 피가 흘러나오기 시작했다. 좁은 교실에 전교생을 몰아넣는 것과 마찬가지로 반경 5㎝인 파이어 볼의 영역에 발현 5배를 모두 집어넣어서 그 형체를 유지시켜야 하기 때문에 정신력의 소모는 극심했다. 그래도 다행인 점은 내가 일행 중 제일 앞에서 있어서 내가 쌍코피를 흘리는 걸 아무도 모른다는 것이었다.

크윽! 여기서 반경 5㎝ 파이어 볼 형성에 실패하면 저 드래곤을 이길 방법이 없어! 이 자리에 레이뮤 씨가 있었다면 내가 이런 짓거리를 안 해도 되는데! 으악! 머리 아파! 쌍코피가 줄줄 흐르잖아! 난 태어나서 쌍코피 흘릴 정도로 열심히 공부한 적도 없었다고! 우아악!

"Create space road! animate space road!"

난 발악을 하면서 간신히 반경 5㎝ 파이어 볼 형성에 성공했고, 마지막 실행 코드까지 모두 코딩했다. 그 순간 릴리가 추진 마법을 실행시켰다.

"추진."

펑— 퍼펑— 퍼퍼펑—

연달아 터지는 10번의 폭발과 함께 파이어 볼은 그 형체를 유지하면서 가속되었다. 파이어 볼이 날아가는 순간에도 파이어 볼의 형체를 유지하기 위해 난 눈을 부릅뜨고 정신을 집중해야 했다. 그렇게 추진 마법이 모두 끝났을 때, 이번에는 실프가 강한 바람을 일으켰다.

휘이잉—

실프가 일으킨 강한 바람은 날아가는 파이어 볼에 속력을 더해주었다. 실프의 힘이 가세할 때 난 하마터면 정신을 놓을 뻔했지만 간신히 파이어 볼을 유지시켜 캐논 슈터를 실행시킬 수 있었다. 그렇게 발현 5배─반경 5㎝와 속도 2배─인 파이어 볼은 페르키암 때보다 2.5배의 파괴력을 지닌 채 울레샤르와 충돌했다.

콰콰콰쾅─!

폭발음은 예상대로 매우 컸다. 폭발음만으로도 지축이 흔들려 산 자체가 무너지려고 했다. 하지만 역시 뭐니 뭐니 해도 결정타는 폭발 자체의 파괴력이었다.

쿠쿠쿠쿠─

결국 캐논 슈터가 터진 그 파괴력에 의해 산이 무너져 내렸다. 우리가 서 있던 자리도 무너지며 우리들은 흙더미에 휩쓸린 채 아래쪽으로 떠내려가야 했다. 아래쪽으로 떠내려갔기 때문에 캐논 슈터의 후폭풍은 피할 수 있을 것이라 생각했는데, 그게 아니었던 것이다.

콰콰쾅!

후폭풍은 밑으로 떠내려가는 우리들에게까지 그 영향력을 미쳤다. 난 이미 모든 기력을 파이어 볼 형성에 쏟은 상태라 그 후폭풍을 막아낼 여력이 없었다. 다른 사람들 역시 이미 지친 상태에다 흙더미에 휩쓸려 떠내려가는 중이라 그것을 막기가 어려웠다. 그렇게 후폭풍은 우리들을 순식간에 덮쳐 버렸다.

얼마의 시간이 지났는지 알 수는 없었지만 눈을 떠보니 난 릴리의 품 안에 안겨 있었다. 어째서 내가 추운 날씨 속에서 릴리의 품 안에 안겨 있는지 머릿속에서 정리하는 데 시간이 조금 걸렸다. 그러다가 방금 전까지 블루 드래곤 울레샤르와 싸우고 있었다는 사실을 선명하게 떠올렸다.

"다른 사람들은?!"

난 릴리의 품 안에서 빠져나와 주위를 둘러보았다. 다행히도 슈아로에를 비롯한 10명의 사람들은 모두 내 주위에 쓰러져 있었다. 겉으로는 큰 상처가 없어 보였으나 입고 있는 옷이 너덜너덜해진 걸로 봐서는 흙더미에 떠내려 오면서 더러워졌거나 캐논 슈터의 후폭풍에 맞은 듯했다.

"제가 모두 구했으니 안심하십시오."

"……!"

내가 상황 파악에 주력할 때 릴리가 어감없는 어조로 입을 열었다. 그녀의 말을 듣고 나서야 난 릴리의 옷이 매우 깨끗하다는 사실을 깨달았다.

"릴리가 다 구했다고?"

"그렇습니다."

"후폭풍은?"

"제가 막았습니다."

릴리는 변화 없는 표정과 어조로 대답했다. 하지만 난 그 사실을 쉽게 믿을 수가 없었다. 흙더미에 떠밀려 모두 흩어져 버릴 위기였던 일행을 전부 모아놓았다는 것도 그렇고, 그 강력한 후폭풍을 혼자서 막았다는 것도 쉽게 납득할 수 없었기 때문이다.

"구아아—!"

그때였다. 어두운 밤하늘의 별을 가리며 거대한 생명체가 비명을 질렀다. 그 거대한 생명체는 다름 아닌 블루 드래곤 울레샤르였다. 울레샤르는 비행하려 하다가 뭔가 잘못됐는지 갑자기 아래로 추락해 버렸다.

콰앙!

거구의 드래곤이 떨어져 내리자 일순 지진이 난 듯 땅이 들썩거렸다. 그 충격에 정신을 잃고 있던 일행들이 하나둘씩 깨어났다. 난 가능하면 그들의 부상 상태를 알아보고 싶었지만 지금은 눈앞에 있는 울레샤르가 더 문제라서 감히 시선을 돌릴 수가 없었다.

"크으으…… 인간, 제법이구나……."

울레샤르는 우리와 얼마 떨어지지 않은 거리에서 나를 노려보았다. 별빛에 비친 울레샤르의 모습을 살펴보니 울레샤르의 몸 군데군데에 피가 묻어 있었다. 특히 날개 부분이 피에 절어 있어 그가 캐논 슈터를 날개로 막았음을 알 수 있게 해주었다.

"이 정도라면…… 보카시온과 페르키암이 당할 만도 해……."

울레샤르는 피를 흘리면서도 어느 정도 움직임에 이상이 없어 보였다. 그것은 내 캐논 슈터가 울레샤르에게 치명상을 입히지 못했음을 뜻했다. 캐논 슈터 이후로의 공격을 생각하지 못한 나로서는 절체절명의 순간이었다.

"이 정도의 성장이라면…… 널 커널 소유자로 선택한 건 나쁘지 않은 것 같다…… 앞으로 기회를 줄 테니 마법을 좀 더 발전시켜 봐라……."

울레샤르는 의외의 말을 하며 자신에게 치유 마법을 걸기 시작했다. 그것은 그에게 더 이상 싸울 의지가 없음을 뜻하는 행동이었다. 이미 싸울 기력조차 없는 나로서는 차라리 그게 다행스러운 일이었지만, 앞으로 울레샤르가 또 어떤 짓을 할지 알 수 없다는 사실은 나에게 큰 압박감으로 작용했다.

이대로 녀석을 놔주면 녀석은 또 제룬버드와 합작해서 또 이상한 짓을 꾸미겠지. 나중에라도 이런 사태를 미연에 방지하기 위해서 울레샤르를 처단해야 하는데…… 지금은 그럴 능력이 안 돼. 그런데 문제는 녀석을 죽이지 못하면 의뢰금을 다 못 받을 텐데…… 그러면 레이뮤 씨가 날 갈아 마시려고 할 테고…… 으으……!

"주인님, 울레샤르를 죽입니까?"

"……?"

내가 갈등하고 있을 때 릴리가 무표정한 얼굴로 질문을 했다. 난 순간 '너한테 무슨 힘이 있어?'라고 말할 뻔하다가 그녀가 커널이라는 사실을 떠올리고 입을 다물었다. 그리고 날개의 상처를 빠르게 치유시켜 나가는 울레샤르를 보고 릴리에게 명령을 내렸다.

"죽여."

"알겠습니다, 주인님."

릴리는 내 명령을 받자 내 앞으로 걸어나갔다. 그리고는 나지막한 어조로 파이어 볼을 코딩하기 시작했다.

"Create space hotball, mapping fiftyfold fire, create space road, animate space road."

우우우웅—

그녀가 만든 파이어 볼은 내가 만든 반경 5㎝의 불덩어리였다. 그리고 발현은 50배나 되었다. 그것은 내가 울레샤르에게 날린 파이어 볼보다 10배 더 강하다는 뜻이어서 난 크게 놀랐다. 릴리가 일반적인 파이어 볼만이 아니라 반경을 축소시키는 어려운 것까지 할 수 있다는 사실 때문에 놀란 것이었다. 그런데 릴리의 공격은 그걸로 끝이 아니었다.

"추진."

펑— 퍼펑— 퍼퍼펑—

파이어 볼을 사용한 직후 릴리는 추진 마법까지 동시에 실행시켰다. 보통 인간이 할 수 없는 마법 2개 동시 사용을 릴리는 아무렇지도 않게 해내었다. 파이어 볼의 위력 자체도 워낙 강했지만 거기에 추진 마법까지 장착하니 그 위력은 내가 경험한 그 어떤 캐논 슈터보다도 강력했다.

콰콰콰콰쾅ㅡ!

울레샤르와 캐논 슈터의 충돌은 어마어마한 폭발을 가져왔다. 그리고 그 폭발은 매우 강력한 후폭풍을 동반했다. 그 정도의 후폭풍이라면 기본 캐논 슈터를 직접 얻어맞는 것과도 같은 효과라고 할 수 있었다.

"Create space 장벽, mapping hundredfold wind, render two hundred."

후폭풍이 몰려오자 릴리는 무미건조한 어조로 바람의 장벽을 펼쳤다. 방금 전에 발현 50배의 파이어 볼을 쓰고 캐논 슈터까지 썼으면서 곧바로 발현 100배의 바람의 장벽을 펼치는 릴리의 마나량은 인간이 상상할 수 없을 정도였다. 난 후폭풍이 릴리의 방어막을 덮치는 것보다도 그 사실이 더 무서웠다.

콰콰콰쾅!

후폭풍은 약 2분 동안 지속되었다. 하지만 아무리 강력한 후폭풍도 릴리의 방어막을 뚫지 못한 채 서서히 사그라졌다. 후폭풍이 사그라지자 주변의 풍경이 눈에 들어오기 시작했다. 굉장한 캐논 슈터의 폭발과 후폭풍의 영향으로 울레샤르의 성뿐만 아니라 주변의 산 자체가 완전히 평지화되어 마치 처음부터 산이 없었던 것 같은 느낌마저 주었다. 그리고 그 평지 한가운데에 피투성이가 된 울레샤르가 조용히

서 있었다.

"제룬버드……."

피에 절어서 푸른색의 피부조차 안 보이는 상태가 된 울레샤르는 거의 들리지도 않은 목소리로 입을 열었다. 그의 목소리에 힘이 들어가 있지 않은 것으로 보아 거의 마지막에 이른 듯했다.

"당신은…… 너무 강력한 것을…… 인간에게…… 주었소……."

그 말을 끝으로 울레샤르는 더 이상 입을 열지 않았다. 아니, 입을 열지 못했다. 그의 생이 다해 말을 하고 싶어도 하지 못하는 상태가 되었기 때문이다.

쿠웅ㅡ

마침내 거대한 체구의 울레샤르가 땅바닥에 쓰러졌다. 이 세계에서 화이트 드래곤 다음으로 강하다는 블루 드래곤이 릴리의 캐논 슈터에 의해 생을 마감하고 만 것이다. 그것을 직접 눈으로 본 나는 아무 말도 할 수 없었다. 그리고 다른 동료들도 아무 말도 하지 못했다.

"울레샤르를 처리했습니다."

릴리는 나에게 임무 완수를 알렸다. 그녀의 표정은 너무나 담담하여 마치 별것 아닌 일을 했다라는 느낌마저 들었다. 그래서 난 울레샤르의 시체만 멀뚱멀뚱 쳐다보다가 몸을 에워싸는 추위에 정신을 차렸다. 이미 한밤중이라서 어서 잘 곳을 마련하지 않으면 얼어 죽을 것 같아서였다.

"모두들 괜찮습니까?"

난 먼저 일행의 상태를 살폈다. 대충 살펴보아도 모두 지쳐 있을 뿐 특별히 다친 곳은 없었다. 그래서 난 안심하면서 다음 말을 이었다.

"울레샤르를 잡았으니 이제 돌아가죠."

"어디로요?"

내 말을 듣자마자 슈아로에가 의혹의 눈초리를 보냈다. 본래의 계획대로라면 울레샤르의 본성을 접수해서 거기서 며칠을 보낼 생각이었으나 성뿐만 아니라 성이 위치해 있던 산까지 송두리째 평지화되어 버려서 이곳에서는 잠을 잘 방법이 없었다. 그래서 난 피곤에 지친 모두에게 절망감을 불러일으키는 말을 해야만 했다.

"우리가 여기 오기 전에 접수했던 진지까지 가야지."

"……!"

어이, 너무 그런 표정 짓지들 말라고. 나도 가능하면 빨리 퍼질러 자고 싶단 말이야. 하지만 성이 날아가 버린 걸 어떡해? 노숙을 할 만한 물품이 전혀 없는 상태에서 한겨울의 밤을 평지에서 지샐 수는 없잖아?

"갑시다."

"……."

난 선두에 서서 이동을 시작했고, 다른 사람들 역시 차마 떨어지지 않는 발걸음을 떼며 내 뒤를 따랐다. 모두 피곤에 지쳐 있는 관계로 우리가 접수했던 진지에 도착했을 때는 이미 해가 어렴풋이 떠오르고 있었다.

"아…… 해가……!"

산 너머로 해가 떠오르는 광경을 보고 슈아로에가 나지막한 한숨을 내쉬었다. 여태까지 밤샘이란 것을 해본 적이 없는 슈아로에라서 해가 떴으니 잘 수 없다는 고정관념이 있었던 것이다. 그러나 나는 진지에 도착하자마자 모두에게 자유 취침을 명령했다. 모든 적을 물리친 마당에 불침번을 세울 필요는 없었기 때문에 모두들 자기 자리를 확보하고 잠을 청하기 시작했다. 보통 때라면 이른 아침에 잠자리에 들지 않는 슈아로에도 워낙 피곤한 탓에 눕자마자 바로 잠들었다.

"사라만다."

난 불의 정령 사라만다를 소환해서 벽난로에 불을 지폈다. 그리고 모두 잠이 들었음을 확인하곤 나 역시 잠자리에 들었다. 파티의 리더라는 역할이 피곤함에도 불구하고 나 스스로 그런 행동을 하게 만들었다.

*   *   *

적의 진지에서 잠을 자고 일어나 보니 해가 뉘엿뉘엿 져 있어서 우리들은 또다시 퍼질러 잤다. 그렇게 잠깐 자다가 그 다음날 아침에 일어나서 돌아갈 채비를 했다. 돌아갈 채비라는 건 가능한 빠른 루트로 도선 마을까지 내려간다는 뜻이었는데, 슬롯 산맥이 워낙 넓다 보니 몇 군데의 진지에 머무르면서 이동해야 했다. 그래도 불침번을 서지 않고 밤에 푹 잘 수 있다는 사실이 우리들의 발걸음을 가볍게 해주었다.

"아! 드디어 해방이다!"

도선 마을에 도착하자 슈아로에가 얼굴 표정을 밝게 하며 기뻐했다. 약 한 달 동안 산속에서만 지내다가 마을 풍경을 보게 되니 감회가 새로웠던 것이다. 그건 다른 사람들 역시 마찬가지였다.

"사람들을 보니 신을 뵙는 것만큼이나 기뻐요."

"엘프인 데도 사람을 보니 기쁩니다."

"본인도 기쁩니다."

네리안느, 리엔, 리에네가 차례대로 자신의 감상을 말했다. 리아로스 5인방도 반가운 기색이 역력했지만 체면을 차리느라 짐짓 아무렇지도 않다는 표정을 지었다. 반면 여행에 익숙한 유리시아드는 산속에 있든 마을에 있든 여전히 쌀쌀한 표정이었다.

"근데 난 의뢰 성공을 알리러 엔비디아 제국의 수도 지포스로 갈 건데, 다른 사람들은 어떻게 할 건가요?"

난 유리시아드, 네리안느, 리엔, 리에네를 지목하여 물었
다. 일단 유리시아드는 내가 검은 천사 용병단으로 영입한 것
이지만 그녀를 계속 붙잡아두기에는 무리가 있었고, 네리안
느의 경우에는 엔비디아 제국의 수도를 들러 다시 시피유 대
륙의 신전까지 가는 데에 시간이 매우 많이 걸린다는 점이 문
제였다. 거리상으로 리엔과 리에네는 지포스에 들러 노스브
릿지 산맥으로 돌아간다 해도 별 상관 없었지만 그들의 의사
가 중요해서 물어본 것이었다. 친절하게도 유리시아드부터
차례대로 대답해 주었다.

"난 그쪽 소속이니까 당분간 그쪽하고 같이 행동할 거예
요."

오호, 그런 고마운 말을!

"이번 일은 아직 끝났다는 느낌이 들지 않아요. 그래서 좀
더 신세를 지겠어요."

네리안느도 나와 같이 행동하겠다는 뜻을 밝혔다. 울레샤
르를 물리치긴 했지만 그가 마지막으로 한 말이라든지 커널
릴리의 존재가 마음에 걸려서 사태 추이를 지켜보겠다는 생
각 같았다. 어차피 나로서는 네리안느가 있으면 전력에 큰 보
탬이 되기 때문에—솔직히 예전에는 마수를 상대할 때가 아니면
별로 도움이 안 된다고 생각했지만—네리안느의 합류는 반가웠
다.

"본인들도 같이 행동하겠습니다."

리엔과 리에네의 경우에는 이유를 밝히지 않고 리엔이 대표로 입장 표명을 했다. 개인적으로 엘프 둘이서 돌아가면 사람들의 시선을 너무 받게 된다는 점이 싫어서라고 생각했다. 어쨌든 모두 나와 같이 행동하겠다고 말했기 때문에 우리는 마차 세 대를 빌려 이동했다. 마차 탑승 방식은 그냥 로테이션이었는데, 나와 릴리는 언제나 고정이었다. 나, 릴리, 슈아로에, 리아로스일 때가 가장 시끄러웠고, 나, 릴리, 리엔, 리에네일 때가 제일 조용했다. 그러다가 나, 릴리, 유리시아드, 네리안느가 같은 마차에 타게 되었는데 네리안느가 먼저 말문을 열었다.

"릴리는 너무 위험해요."

"……?"

잉? 릴리가 위험하다고? 뭐, 자기 혼자서 캐논 슈터 쓰고 방어 마법까지 쓰는 걸 보면 확실히 무섭긴 하지. 하지만 내 말을 잘 들어서 그런지 그냥 여자 애라는 느낌이 든다고나 할까?

"내가 잘못된 길로 빠지지 않는 한 릴리는 위험하지 않을 것 같은데요."

"그렇게 강력한 존재를 옆에 두고 잘못된 길로 빠지지 않기는 정말 힘들지요."

네리안느는 내 앞길에 대해 매우 부정적이었다. 그것은 맨 처음 릴리의 정체를 알았을 때만큼이나 부정적인 반응이었다. 아마도 릴리가 울레샤르를 가볍게 처리해 버리는 것을 봐서 그런 듯했다.

"레지스트리 군은 다른 세계에서 왔어요. 그래서 어쩌면 커널을 얻어도 자신을 유지할 수 있는지도 몰라요. 하지만 조금만 어긋나면 레지스트리 군이 악의 길로 빠질 것이 뻔해요. 커널이 없어도 레지스트리 군은 충분히 성장할 수 있잖아요. 그러니……."

네리안느는 잠시 말을 끌었다. 뭔가 중요한 말을 할 것 같은 느낌이라 난 약간 긴장했다. 그사이 네리안느는 한 템포 쉬고 나서 말을 이었다.

"릴리를 내가 데려가도록 할게요. 쟈느네가 사일의 축복을 받으면 릴리도 자신만의 삶을 살 수 있을 거예요."

"……!"

헉! 릴리를 데려간다고? 그럼 나는? 버림받는 거야?

"릴리한테는 자아가 없는데요?"

"그러니까 신의 축복을 받아야지요. 커널로써 이용당하는 삶보다 사제로서 사는 게 훨씬 낫잖아요."

"……."

네리안느는 정말 릴리를 쟈느네가 사일의 신전으로 데려가고 싶어 했다. 어떻게 보면 그녀의 말도 옳았다. 언제 터질지 모르는 시한폭탄을 개조해서 폭죽으로 만들자는 소리였으니까. 그렇지만 나로서는 릴리가 없으면 아무것도 못하는 허수아비가 될 수밖에 없었다. 그래서 릴리의 변호에 나섰다.

"난 지금 적들과 맞서고 있습니다. 그들의 힘이 매우 강하기 때문에 릴리가 꼭 필요합니다. 이제 3서클밖에 되지 않는 내 마나로는 아무것도 못하니까요."

"레지스트리 군은 앞으로 어떤 적과 싸울 생각인가요?"

네리안느는 나에게 구체적인 계획 설명을 요구했다. 만약 내 계획이 터무니없으면 당장이라도 릴리를 데려가겠다는 태도였다. 사실 릴리를 이용하거나 실프를 이용하면 네리안느를 떨치는 게 어렵지 않기 때문에 내가 그녀에게 군이 릴리의 존재 의의를 설명할 필요는 없었다. 그러나 난 네리안느와 말싸움하기 싫었다.

"하나는 릴리를 만든 존재이자 이번 울레샤르 사건을 계획한 제룬버드와 싸울 겁니다. 커널이라는 존재를 만들어낼 정도이니 아마도 제룬버드는 화이트 드래곤일 가능성이 높습니다. 화이트 드래곤을 상대하는 데 커널이 없다면 이길 가능성이 얼마나 된다고 보십니까?"

"그렇군요. 그 외에는요?"

"로이스 맨스레드와도 싸울지도 모릅니다. 그가 레이뮤 씨의 삶에 많이 관여하고 있기 때문에 그 관계를 명확히 해야 할 필요가 있으니까요. 여태까지의 그의 행적으로 미루어 볼 때 그는 그냥 놔두어선 안 되는 존재입니다."

"그 외에는?"

"마지막이라고 생각되지만…… 바이오스 제국의 바이오스

황제와도 싸워야 합니다. 날 이곳으로 소환한 장본인인 데다 그는 날 죽이려 하고 있습니다. 그는 화이트 드래곤인 제룬버드와 1대 1로 싸우고도 살아남은 자입니다. 그런 자와 싸우는데 커널 없이 싸우면 어떻게 될까요?"

"그것도 그렇군요."

네리안느는 내 말을 들으면서 고개를 끄덕였다. 하지만 표정은 내 말을 믿는다는 빛이 전혀 없었다.

"그런 굉장한 존재가 정말 있기는 한가요?"

"……."

흐윽, 역시 하나도 안 믿는군.

"증거는 없습니다만, 확실히 있습니다."

난 그저 내 진지한 표정으로 증거 제시를 해야 했다. 네리안느가 얼굴에서 미소를 거두니까 솔직히 조금 무서웠다. 평소에 조용하던 사람이 화를 낼 때에는 크게 터뜨리기 때문에 그것이 걱정이었던 것이다. 다행히 네리안느는 화를 터뜨리진 않았다. 단지 날 걱정스러운 눈으로 바라볼 뿐이었다.

"레지스트리 군은 많은 발전 가능성을 가지고 있어요. 하지만 커널이라는 방대한 힘을 얻게 되어 그 힘이 도리어 레지스트리 군을 파멸시킬 것 같아요. 마치 어린아이에게 거대한 칼을 쥐어준 격이랄까요?"

하아, 그렇게 생각한 거야? 난 그렇게 생각 안 하는데.

"난 그 반대라고 생각합니다. 여태까지는 작은 컵에다 물을 마셨지만 이제는 나한테 맞는 컵을 얻었다는 느낌이랄까요. 그렇게 생각해 주시면 감사하겠습니다만."

"……."

네리안느는 잠시 동안 말문을 닫았다. 그것은 마치 내 그릇이 큰 것인지 작은 것인지 가늠하고 있는 것으로 보였다. 그렇게 잠시 동안의 시간이 흐른 뒤, 마침내 네리안느가 입을 열었다.

"레지스트리 군이 그렇게 생각하고 있다면 일단 믿어보겠어요. 부디 커널은 재앙이다라는 세간의 인식을 깨뜨려 주길 바래요."

"……."

흐으, 나한테 그런 어려운 주문을…….

"그런데 제룬버드가 릴리를 만들었다면 릴리를 통해서 제룬버드의 위치를 알 수 있지 않을까?"

네리안느가 느닷없이 그런 말을 했다. 생각해 보면 맞는 말이라서 난 릴리를 쳐다보았지만 릴리는 그냥 멀뚱멀뚱 내 얼굴만 쳐다볼 뿐이었다. 그래서 난 릴리에게 직접 물어보았다.

"릴리, 제룬버드가 어디 있는지 알 수 있어?"

솔직히 난 그다지 기대를 하지 않고 물어본 것이었다. 그런데 릴리는 내 예상을 완전히 깨버리는 말을 했다.

"알고 있습니다."

"……!"

헉! 알고 있다고?!

"언제부터?"

"제가 주인님과 만나게 된 직후부터입니다."

"……!"

커어억! 그럴 수가!

"왜 말을 안 했어?!"

"주인님이 물어보지 않으셨기 때문입니다."

"……!"

릴리의 답변에 난 어떤 말도 할 수 없었다. 내 명령에만 따르는 릴리가 내가 원하지 않은 정보를 줄 리가 없기 때문이었다. 그렇지만 왠지 배신감이 스멀스멀 피어오르는 것은 어쩔 수가 없었다.

"제룬버드는 지금 어디 있어?"

"이곳에서 1,000㎞ 떨어진 곳에 있습니다."

"……."

1,000㎞면 대체 어디?

"아무튼 제룬버드의 위치는 알 수 있다는 거지?"

"그렇습니다, 주인님."

제룬버드의 위치를 알 수 있다는 릴리의 말에 그나마 위안이 되었다. 여태까지는 제룬버드 쪽에서 항상 접근해 왔지만 이제부터는 내 쪽에서 준비가 되는 대로 찾아갈 수 있기 때문이었다. 문제는 제룬버드를 상대할 준비를 어떻게 해야 하는지 모른다는 점이었다.

"에…… 네리안느 씨, 그리고 유리시아드."

난 조심스럽게 두 여성을 불렀다. 두 사람은 말해보라는 눈빛으로 날 쳐다보았다. 난 그런 두 여성을 쳐다보면서 하나의 부탁을 했다.

"이런 부탁을 하기는 좀 미안하지만, 둘 다 검은 천사 용병단에 남아주었으면 합니다. 적어도 제룬버드를 쓰러뜨리기 전까지만이라도요."

"……."

"……."

두 사람은 입을 다물고 내 얼굴을 쳐다보았다. 제룬버드를 화이트 드래곤이라고 추정하는 상태에서 화이트 드래곤과 같이 싸우자는 소리였기 때문에 두 사람이 고민하는 건 당연했다. 게다가 그린 드래곤 페르키암과 블루 드래곤 울레샤르와도 싸워봤으니 드래곤이 얼마나 강한 존재인지 알고 있다는 점도 문제였다.

"드래곤과 이렇게 자주 싸우게 될 줄은 몰랐어요. 벌써 3번째가 되겠군요."

"난 네 번째가 되네요. 화이트 드래곤과 싸우면 레드, 그린, 블루, 화이트 드래곤 전부하고 상대해 본 게 되는군요. 나름대로 기대되네요."

다행히도 네리안느와 유리시아드는 내 부탁을 흔쾌히 들어주었다. 드래곤과 싸워본 것이 드래곤을 두려워하는 이유도 되었지만, 도리어 그렇기 때문에 싸우는 걸 무서워하지 않는 것이었다. 두 여성의 긍정적인 대답에 난 감사의 표시를 날렸다.

"고맙습니다."

"우리가 원해서 같이하는 거니 고마워할 필요는 없어요."

네리안느와 유리시아드는 가볍게 내 감사 표현을 무시했다. 둘 다 릴리의 존재와 제룬버드의 목적 때문에 나와 같이 행동하는 것일 뿐, 날 위해서 같이 행동하려는 게 아니기 때문이었다. 어쨌거나 난 그들이 내 싸움에 도움을 준다는 사실이 순수하게 기뻤다.

제35장

제룬버드

슬롯 산맥의 도선 지방에서 엔비디아 제국 수도 지포스에 들르고 매지스트로까지 돌아가는 데 꼬박 한 달 반이 걸렸다. 그러다 보니 계절은 어느덧 봄이 되어 비교적 따뜻한 햇살이 비추고 있었다.

"……."

"……."

"……."

따뜻한 햇살이 비치는 3월 중순의 어느 날, 레이뮤와 나, 릴리는 도서실에 모여 앉았다. 이 자리를 마련한 사람은 바로 나였다. 레이뮤에게 지금까지의 일을 알리기 위해서였다.

"······해서 울레샤르를 처리했습니다."

"······."

내 말이 끝나자 레이뮤는 담담한 표정을 유지한 채 시선을 창밖으로 돌렸다. 설명 중간에 로이스 맨스레드에 관한 얘기가 나왔기 때문에 그녀의 마음은 복잡할 수밖에 없었다. 그러나 레이뮤는 그 얘기보다는 제룬버드에 초점을 맞추려고 했다.

"제룬버드의 위치를 알고 있다면 레지스트리 군이 직접 만나러 가겠군요."

"예, 그렇게 할 생각입니다."

"소성녀와 자유기사, 그리고 엘프 남매들까지 데려온 건 제룬버드와 싸우기 위해서겠지요?"

"예."

"그리고 나도 데려갈 생각이죠?"

"그렇습니다."

레이뮤는 내 생각을 모두 꿰뚫고 있었다. 그녀의 말대로 난 이번에 제룬버드와의 싸움에 레이뮤를 끼어 넣고자 했다. 가능하면 적은 인원으로 최대의 효과를 내기 위해서는 레이뮤가 꼭 필요하기 때문이었다.

"나도 제룬버드를 보고 싶군요. 그가 왜 커널을 만들어 인간에게 주고 있는지도 알고 싶고."

레이뮤는 내 제안을 흔쾌히 받아들였다. 일단 일차적인 문제가 해결되었기 때문에 난 곧이어 두 번째 문제를 거론했다.

"로이스 맨스레드는 어떻게 하실 거죠? 그의 말이 사실이라면…….'

"……."

로이스 맨스레드 얘기가 나오자 레이뮤의 표정이 딱딱해졌다. 레이뮤의 입장에서는 로이스가 사람을 죽이거나 해서 생명력을 얻고, 그 생명력을 자신에게 보내고 있다는 얘기를 믿고 싶지 않을 것이 분명했다. 설령 그 말이 사실이라고 해도 증거가 없는 이상 무시해 버리면 그만이었다. 하지만 레이뮤는 그렇게 하지 않았다.

"그의 말은 사실일지도 몰라요. 아니, 사실일 확률이 높겠지요. 나 역시 어렴풋이 그런 느낌을 받았으니까."

"……."

뭐, 레이뮤 씨의 몸에 붙어 있는 보석이 빛날 때마다 뭔가 느낌이 있었을 테니 다른 사람의 생명력을 흡수한다는 얘기를 믿을 수 있는 건지도 모르지. 적을 믿는 게 바보 같은 짓이긴 하지만 나도 로이스가 거짓말을 한 것이라고는 생각하지 않으니까 말이야.

"레지스트리 군."

레이뮤는 조용한 어조로 날 불렀다. 내가 말없이 쳐다보자 레이뮤는 약간 착잡한 표정으로 말을 이었다.

"그 얘기는 나중에 했으면 해요. 나에게도 생각할 시간이 필요하니까요."

"예."

흐으, 결국 뒤로 미루는군. 나 같아도 그럴 테니 문제될 건 없지. 로이스 맨스레드와 언제 또 만날지 모르니까 말이야. 우선 눈앞에 닥친 문제는 제룬버드일 뿐!

"아, 그리고 레지스트리 군."

"예."

"울레샤르 퇴치에 대한 보상금을 다른 나라에서도 받았어요."

"……?"

뜬금없는 얘기라 난 고개를 갸웃했다. 그러자 레이뮤가 자세한 설명을 덧붙였다.

"울레샤르가 제시했던 의뢰금은 울레샤르의 본성이 사라져 버려서 계약금을 제외하고는 모두 허공에 날아가 버렸어요. 대신 레지스트리 군이 울레샤르를 처리한 뒤에 센트리노 제국을 중심으로 토벌대가 창설되었는데, 이미 늦은 뒤라서 그쪽에서 토벌대 운영비를 전부 우리에게 주었어요. 그거라도 없었으면 이번 의뢰는 아무것도 못 건질 뻔했지요."

"……"

쿨럭, 그랬어? 난 울레샤르 퇴치에만 전념해서 금전 관계는 잘 모르거덩. 뭐, 어쨌든 돈을 벌었다니 다행이구나. 수입이 없었으면 레이뮤 씨가 날 마구 닦달했겠지.

"레지스트리 군, 출발은 언제 할 생각인가요?"

릴리가 제룬버드의 위치를 알고 있다는 말을 들었기 때문에 레이뮤는 출발 시간을 나에게 물었다. 난 그저 단순하게 대답했다.

"최대한 빠른 시간 내에 출발하고 싶습니다."

"제룬버드와 싸우게 될 경우, 이길 방법은 있는 건가요?"

"화이트 드래곤과 싸워본 적이 없어 확신할 순 없지만, 차용 마법을 쓰면 어느 정도 승산은 있다고 생각합니다."

"그렇군요."

내 말을 듣고 레이뮤는 고개를 천천히 끄덕였다. 차용 마법은 남의 포스를 빌려 쓰는 것이기 때문에 최대한 포스량이 많은 사람들이 필요했다. 네리안느, 슈아로에, 유리시아드, 레이뮤, 리엔, 리에네의 포스량을 합치면 거의 9서클에 근접하고, 릴리까지 있으면 화이트 드래곤과도 싸움이 될 것이라 생각했던 것이다.

"그래도 차용 마법을 쓰려면 연습을 해야 하지 않나요?"

"예. 하지만 모두하고는 같이 싸운 적이 많기 때문에 연습 시간이 많지 않아도 충분히 될 거라고 생각합니다."

"그렇군요. 그럼 5일 후에 출발하는 걸로 하지요."

"예."

그렇게 출발 날짜를 정하고 우리들은 각자 출발 준비를 했다. 레이뮤는 주로 학교 업무를 빨리 끝냈고, 난 다른 사람들을 모아놓고 차용 마법을 연습했다. 처음에는 성공 확률이 낮았지만 계속 같이 생활한 탓인지 5일 후에는 성공 확률을 70%까지 끌어올릴 수 있었다.

덜컹덜컹—

나와 릴리, 슈아로에, 레이뮤, 네리안느, 유리시아드, 리엔, 리에네, 이렇게 8명은 제룬버드를 만나러 가기 위한 여행을 시작했다. 내가 여행을 간다니까 리아로스도 따라오려고 했지만 그냥 말없이 놔두고 왔다. 이번 싸움에는 리아로스나 다른 사람들을 끌어들이고 싶지 않았기 때문이다.

"릴리, 제룬버드는 지금 어디 있어?"

난 마차에 탄 상태에서 릴리에게 물음을 던졌다. 릴리는 잠깐 동안 가만히 있다가 대답했다.

"여기서 북동쪽으로 1,500㎞ 정도 떨어진 곳입니다."

흐음, 여기서 북동쪽이라면 센트리노 제국의 북쪽 같은데…… 그냥 1,500㎞ 정도 떨어져 있다고 하니까 감이 안 잡힌다. 뭐, 할 수 없지. 릴리를 마차 네비게이션으로 쓰는 수밖에.

덜컹덜컹—

우리는 릴리가 가리키는 대로 북동쪽으로 이동했다. 그렇게 한 5일 정도를 이동했을 때 릴리가 하나의 정보를 알려주었다.

"제룬버드가 주인님 쪽으로 오고 있습니다."

"……!"

헉, 녀석이 이리로 오고 있다고? 아, 릴리가 제룬버드의 위치를 알 수 있으니 제룬버드도 릴리의 위치를 간단하게 알 수 있겠구나. 뭐, 차라리 잘된 건가. 이렇게 가다 보면 서로 중간 지점에서 만날 테니 시간도 절약되고.

덜컹덜컹—

약 10일 동안 마차 2대를 타고 이동하는 동안 별 특이한 일은 일어나지 않았다. 그저 제룬버드를 만나러 가는 것이라 별일이 일어날 수가 없었다. 그렇게 10일 지난 4월의 어느 날, 우리는 매트록스 왕국의 어떤 한 마을에서 한 명의 노인과 마주쳤다. 흰색의 허름한 옷을 입은 노인은 마을에서 벗어나는 황량한 벌판에 외로이 서 있었다. 마차의 이동 경로와는 약간 동떨어진 위치라서 그냥 지나칠 수도 있었지만 릴리가 그 노인이 제룬버드라고 알려주었기에 난 마차를 멈추게 했다.

"저 마을에서 기다리고 있어요."

마차에서 내리자마자 나는 두 마차의 마부들에게 자리를 비킬 것을 명령했다. 그러자 마부들은 의아한 표정으로 날 쳐다보았다. 그러다가 한 마부가 나에게 물음을 던졌다.

"언제 용무가 끝나십니까? 알려주시면 시간에 맞춰 오겠습니다."

마부들은 철저한 직업 정신을 바탕으로 최대한 탑승자의 편의를 봐주려고 했다. 하지만 난 그런 그들의 편의를 거절했다.

"용무가 길어질 수도 있으니까 가서 기다려요. 일이 끝나면 우리들이 찾아갈 테니까요."

"아, 알겠습니다. 그럼."

내 말을 듣고 마부들은 약간 어리둥절한 표정을 지은 채 마차를 몰고 마을 쪽으로 향했다. 난 마차의 모습이 시야에서 사라질 때까지 기다렸다가 일행을 데리고 제룬버드에게로 걸어갔다. 만약 이곳에서 제룬버드와 전투가 벌어진다 해도 황량한 벌판이라 사람들에게 큰 피해가 있을 것 같지는 않았다. 물론 울레샤르 때와 같은 폭발이 일어난다면 저기 있는 마을이 무사할 것이라는 보장은 없지만.

"자네가 날 먼저 찾을 줄은 몰랐네."

제룬버드는 날 보자마자 반가운 미소를 지었다. 아마도 내가 울레샤르를 잡을 때 커널을 이용한 것 때문에 기뻐하는 것 같았다. 그래서 난 제룬버드와 약 5미터 정도 떨어진 거리에 서서 입을 열었다.

"내가 울레샤르를 죽였는데 그게 그렇게 기쁩니까?"

"후후, 커널을 썼으니 기뻐해야지. 그러라고 준 거니까 말일세."

제룬버드는 아예 껄껄 웃었다. 동족의 죽음을 기뻐하는 제룬버드의 모습을 보니 조금 어이가 없었다. 하지만 제룬버드에게는 동족의 죽음보다 드래곤을 죽일 수 있다는 사실 자체가 중요한 듯했다.

"설마 그렇게 쉽게 울레샤르를 죽일 줄은 몰랐네. 물론 커널이 마무리하기 전에 자네의 공격이 통해 그런 점도 있지만, 아무튼 놀라웠어. 내가 자네에게 커널을 준 것이 잘못되지 않았음을 증명해 주었으니까 말일세."

잉? 제룬버드가 우리와 울레샤르와의 전투 상황을 다 알고 있잖아? 릴리를 통해서 안 건가, 아니면 직접 관람?

"우리가 싸우는 걸 직접 봤습니까?"

"물론 봤지. 드래곤은 눈이 좋거든."

제룬버드는 멀리서 구경하고 있었다는 사실을 우리에게 밝혔다. 그래서 난 추가 질문을 던졌다.

"만약 내가 릴리에게 울레샤르를 죽이라는 명령을 내리지 않아서 울레샤르가 도망쳤다면, 당신은 날 어떻게 할 생각이었습니까?"

"커널을 쓰지 않았을 경우 말인가? 그랬다면 자네를 죽이고 다른 사람을 커널 소유자로 선택했겠지."

"……."

흐으, 역시 그렇군. 울레샤르와의 전투를 직접 관람한 것은 그 이유 때문이었어. 뭐, 난 그 당시에 제룬버드의 앙갚음이 무서워 릴리에게 공격을 시킨 게 아니었지만 어쨌든 제룬버드의 목적을 알아야 할 필요가 있으니까 다시 질문.

"당신은 왜 커널을 만든 겁니까?"

난 제룬버드에게 본격적인 질문을 던졌다. 이미 내 질문을 예상했다는 듯 제룬버드는 전혀 당황한 기색 없이 입을 열었다.

"울레샤르에게서 들었겠지? 자연은 죽길 원한다고."

"듣긴 했습니다."

"말 그대로 자연은 죽고 싶어 하네. 그래서 자연은 먼저 공룡을 탄생시켰지. 거대한 덩치의 그들이라면 자연을 파괴할 수 있으리라 생각했던 거야."

제룬버드는 울레샤르에게서 들었던 얘기를 또다시 하기 시작했다. 그의 말 중 가장 큰 문제점은 자연이 왜 죽으려 하는지 그 이유를 전혀 밝히지 않는다는 점이었다. 하지만 자연이 살려고 하든 죽으려고 하든 자연의 존재 이유나 목적 등을 알아낼 방법은 실질적으로 없기에 난 그냥 제룬버드의 말을 듣기만 했다.

"공룡은 거대한 덩치에 어울리게 많은 동식물을 먹어치웠지. 그런데 그만큼 덩치가 커서인지 종족 번식을 많이 하지 않았네. 그리고 결정적으로 공룡은 자연의 체계에 순응해 버렸지. 자연에 순응해 버리면 자연을 파괴할 수가 없다네. 그래서 자연은 결국 드래곤을 탄생시켜 공룡을 멸종시켜 버린 걸세."

"……."

흐음, 제룬버드의 공룡 멸종 원인은 일종의 자연선택설이로군. 하긴, 이 지구가 멀리 지나가던 운석을 끌어들여 공룡을 멸종시키는 것은 확률적으로 매우 작으니까 자연선택설이 이치에 맞을지도 몰라. 아니, 지금 운석이 공룡을 멸망시켰는지 자연선택적으로 공룡이 멸종한 건지가 중요한 게 아니잖아? 커널 얘기는 언제 하는 거야?

"공룡이 실패하자 자연은 드래곤을 탄생시켰네. 드래곤은 공룡만큼이나 컸지만 공룡만큼 많은 음식을 필요로 하진 않지. 대신 드래곤은 높은 지능과 강력한 힘을 가지고 있었네. 강력한 힘을 가진 드래곤이라면 자연을 순식간에 파괴할 것이라고, 자연은 그렇게 판단했던 것이지."

"……."

드래곤 얘기가 나오자 제룬버드의 얼굴에서 웃음기가 사라졌다. 아무래도 자기 종족의 얘기를 하는데 남의 얘기하듯 웃으며 말할 수는 없었던 것이리라. 울레샤르에게서 대충 들은 얘기이기는 하지만 제룬버드의 생각을 알고 싶었기 때문에 난 관심을 가지고 그의 말을 들었다.

"드래곤은 마법이라는 강력한 능력으로 오랜 세월 이 세계를 지배했네. 하지만 너무 오래 사는 탓인지 드래곤은 파괴 행위에 곧 질려 버리고 느긋한 삶을 살기 시작했지. 바로 그 점이 자연의 눈 밖에 났다고 보네. 그래서 결국 드래곤에게도 광포화라는 멸종 조치가 내려진 걸세."

"……."

제룬버드도 울레샤르와 마찬가지의 소리를 하는군. 결국 울레샤르에게 자연선택설을 알려준 건 제룬버드인가? 안 그러면 둘이 비슷한 얘기를 할 수는 없으니까 말이야.

"자연은 드래곤을 버렸네. 그런 후 자연은 인간을 탄생시키고 번식시켰지. 인간에게 자연 파괴의 임무를 부여한 걸세."

거기까지 말한 제룬버드는 잠시 말을 끊었다. 그리고는 내 얼굴을 쳐다보며 나에게 질문을 던졌다.

"자네는 자연이 왜 인간을 선택했다고 생각하는가?"

"……."

갑작스런 질문에 난 잠깐 고개를 갸웃했다. 하나의 생각이 내 머릿속에 맴돌았지만 일단 난 그 얘기는 하지 않기로 했다. 대신 제룬버드의 질문을 그대로 되돌려 주었다.

"당신은 알고 있습니까?"

"후후."

내 질문 반사를 받고 제룬버드는 나지막이 웃었다. 그리고는 자신이 생각한 답을 알려주었다.

"그것을 알기 위해 난 커널을 만든 것일세."

"자연이 왜 인간을 선택했는지 알기 위해서 인간에게 커널을 쥐어줬다는 뜻입니까?"

"그렇다네."

난 제룬버드의 말을 종합하여 확인차 물었고, 제룬버드는 짤막하게 수긍했다. 그 문제에 대해서 내가 다음 질문을 던지려고 했을 때 제룬버드가 약간 격앙된 어조로 말을 이었다.

"인간은 수명도 짧고, 지능도 낮고, 강한 능력을 가지고 있지도 않네. 아무리 생각해도 인간이 자연을 죽일 수 있으리라고는 생각할 수가 없어. 차라리 잠자고 있는 드래곤들을 깨워서 날뛰게 하는 게 자연 파괴에 더 효율적이라고 생각했다네. 그런데도 자연은 드래곤을 말살하고 인간을 밀어주고 있어. 너무 어이없지 않은가!"

"……."

흐으, 역시 드래곤답게 인간을 완전히 무시하는군.

"인간이 정말로 자연을 죽일 수 있는지 없는지 그것을 알아보기 위해 난 인간을 발전시키려고 한다네! 그래서 내 힘을 축적시킨 커널을 만들어 인간에게 주는 걸세! 무한한 능력을 가진 커널을 통해서 인간은 정말 빠른 발전을 이루었어! 특히 자네는 커널을 이용해서 산 하나를 완전히 날려 버리는 굉장한 능력을 보여줬지! 아주 훌륭했다네!"

인간을 깎아내리던 제룬버드가 갑자기 날 추켜세워 주기 시작했다. 그의 관점으로 봤을 때 커널을 이용해서 마법의 파괴력을 높인 나는 훈장을 주어도 아깝지 않은 존재였던 것이다. 하지만 난 제룬버드의 이론을 파괴할 만한 생각을 가지고 있었다. 그래서 제룬버드의 흥분이 가라앉기를 기다리고 있다가 입을 열었다.

"당신은 자연이 죽길 원하고, 그것을 위해 자연이 인간을 선택했다고 했습니다."

"그렇다네."

"당신의 말이 옳다면, 자연은 정말 탁월한 선택을 한 겁니다."

"……?"

내가 너무도 확신에 찬 말을 하자 제룬버드는 어리둥절한 표정을 지었다. 사실 나를 제외한 나머지 사람들은 제룬버드가 무슨 말을 하는지도 제대로 알아듣지 못하고 있었다. 자연이 죽길 원한다는 말 자체를 수긍하지 못하니 당연한 현상이었다. 그럼에도 불구하고 오직 나만이 제룬버드의 요점을 파악하고 자기주장을 펴고 있으니 놀랄 수밖에 없는 것이다.

"무슨 뜻인가?"

제룬버드는 마음을 가라앉히고 나서 나에게 물음을 던졌다. 그래서 난 구체적인 예를 들어 설명해 주었다.

"미래의 인간은 자연을 근원적으로 죽여 나가게 됩니다. 저 태양의 빛은 따사로울 것 같지만 사실은 매우 강력한 무기입니다. 이 자연이 햇빛을 걸러주지 않는다면 이 땅의 모든 생물은 살아갈 수 없으니까요. 저 하늘 위에는 눈에 보이지 않는 공기층이 있어서 무시무시한 햇빛을 정화시켜 주고 있습니다. 그런데 미래의 인간은 그 공기층을 점점 없애 버리게 되죠. 그렇게 시간이 지나면 강한 햇빛으로 인해서 이 땅 위에서 살아나갈 생명체는 없어지게 될 것입니다."

"……?"

"미래의 인간은 공기와 물을 더럽히게 됩니다. 온갖 매연, 가스 등이 공기를 더럽혀서 숨조차 제대로 쉴 수 없게 만들고, 공장 폐수와 생활하수 등이 물을 마실 수 없을 만큼 더럽게 만들었습니다. 공기는 이미 혼탁해져서 호흡기 질환을 일으키고, 물은 인공적으로 정화하지 않는 한 그냥 마실 수 없게 되었죠."

"……?"

"미래의 인간은 핵폭탄이라는 무기를 만들어냈습니다. 그 무기는 한 번 사용하면 향후 몇백 년간 그 지역에 생명체가 살지 못하게 만들죠. 게다가 미래의 인간은 땅 속에 있던 온갖 자원을 파내어 쓰고 동식물을 멸종시키며 인간 스스로도 살지 못하게 자연을 훼손시킵니다. 미래에는 인간의 수가 기하급수적으로 늘어나기 때문에 그 속도는 더욱 가속화되어서 결국 자연을 죽이게 되겠죠."

"…잠깐!"

내 말을 듣던 제룬버드가 갑자기 타임 아웃을 요청했다. 이유는 간단했다. 내 말을 제대로 알아듣지 못했기 때문이다. 사실 이곳 세계의 지식으로는 내가 말한 것을 이해하는 사람이 있을 리 없었다. 그건 아무리 지능이 뛰어난 드래곤이라도 마찬가지였다.

"미래의 인간이 자연을 파괴할 수 있다는 말인가? 무슨 근거로 그런 말을 하는가?"

제룬버드는 자신의 말에도 근거가 없으면서 나에게 근거를 요구했다. 제룬버드의 경우에는 어디까지나 자신의 생각일 뿐이지만 나는 직접 겪은 입장이었기 때문에 내 어조에는 힘이 실렸다.

"여기 미래의 인간이 서 있기 때문이죠. 내가 직접 보고 겪었으니까요."

"……!"

내가 나 자신을 가리키자 제룬버드의 표정에서 놀란 빛이 스쳐 지나갔다. 그러다가 이내 고개를 끄덕였다.

"그렇군. 그러고 보니 자네도 다른 세계에서 온 사람이었군. 자네의 얘기는 자네가 있던 세계에서의 일이겠지?"

"예."

"그래서 자네는 커널을 얻자마자 그런 새로운 마법을 쓸 수 있었던 게로군. 자네 세계에서 쓰던 마법을 그대로 쓴 거겠지?"

"……."

잉? 왜 얘기가 그렇게 되는 거야?

"아니오. 내가 살던 세계에서는 마법이란 게 전혀 없습니다."

"마법이…… 없어?!"

내 말을 듣자마자 제룬버드의 표정이 급격하게 변했다. 그러다가 뭔가를 떠올렸다는 듯이 다시 침착한 표정으로 돌아왔다.

"아, 그렇군. 꼭 마법이 있다고는 볼 수 없지. 그럼 정령술 같은 게 발달한 것인가?"

흐으, 마법이 아니라니까 이번엔 정령술? 이렇게 나가다가는 정령술 다음에는 흑마술 혹은 소환술, 그 다음에는 신력, 그 다음에는 내공, 뭐, 이런 순으로 질문이 끊임없이 반복되겠군. 여기서는 바로 끊어줄 필요가 있겠어.

"아니오. 내가 살던 세계에는 마법, 정령술, 흑마술, 소환술, 신력, 내공, 이 모든 것들이 전혀 없습니다. 오직 인간의 육체적인 기술만이 있을 뿐입니다."

"……!"

내 추가 설명을 듣고 또다시 제룬버드의 표정이 급변했다. 당연히 있는 줄 알았던 것이 없다는 말을 들으니 놀랄 수밖에 없을 것이다. 그리고 제룬버드는 매우 전형적인 반응을 보여주었다.

"마법이 없다니 그게 말이 되는가! 그런 것이 없으면 대체 어떻게 자연을 파괴한단 말인가!"

"......."

거참, 나이를 생각해야지 흥분하기는. 아, 설명하고 싶지는 않은데 설명해야 하는 이 괴로움……. 그냥 내가 살던 곳으로 끌고 가면 만사 오케이인데, 귀찮군.

"미래의 인간은 이곳의 인간이 아직 가지지 못한 것을 가지고 있습니다."

"가지지 못한 것?"

"그렇습니다. 그것은 보통 과학이라고 불리는 기술입니다."

"과학?"

생전 처음 들어보는 말이라서 그런지 모두들 모르겠다는 표정을 지었다. 사실 이곳에 있는 사람들 모두 내가 다른 세계에서 왔다는 사실만 알 뿐, 그 세계가 어떻게 구성되어 있는지는 전혀 아는 바가 없기 때문에 내 말을 하나도 이해하지 못하고 있었다. 단지 제룬버드와 내가 대화를 주고받는 중이라서 듣기만 하고 있는 것이다.

"과학이란 게 뭔가?"

제룬버드는 내 예상과 한 치의 어긋남도 없는 질문을 해왔다. 내가 과학의 사전적인 의미를 외우고 다닐 리가 없기 때문에 난 내 멋대로의 대답을 했다.

"과학이란 것은 인간의 역사가 지속되면서 쌓인 지식의 총

체입니다. 그 지식을 바탕으로 인간은 온갖 도구를 만들어내고, 그전까지 알지 못했던 다양한 사실을 새로이 알게 되는 것이죠."

"도구? 새로운 사실?"

제룬버드는 여전히 모르겠다는 표정을 지었다. 그러다가 갑자기 내 말을 반박하기 시작했다.

"인간들보다 드래곤이 알고 있는 지식이 더 많네! 그러면 드래곤도 과학이라는 걸 가지고 있는 게 아닌가!"

"……."

흐으, 내 설명이 조금 잘못됐군.

"아닙니다. 드래곤이 가지고 있는 지식은 눈에 보이는 편협한 것들뿐이니까요. 그런 것을 과학이라고 부르진 않습니다."

"펴, 편협?!"

순간 제룬버드의 눈이 부릅떠졌다. 지능 높은 드래곤을 편협하다고 하니 기분 좋을 리가 없었던 것이다.

"도대체 어디가 편협하다는 말인가! 인간들은 어리석고 자신만을 생각하며 싸우기밖에 더하는가!"

"그런 얘기가 아닙니다. 그럼 하나 물어보겠습니다. 당신은 물이 무엇이라고 생각합니까?"

"물?"

갑작스런 내 질문에 제룬버드는 분노 모드에서 사고 모드로 전환했다. 그러고 나서 내 질문에 대답했다.

"생명이 살아가는 데 꼭 필요한 물질 아닌가. 물이 얼면 얼음이 되고 물이 끓으면 수증기가 되어 사라지지."

후후, 역시 간단한 대답이군.

"그것은 눈에 보이는 부분일 뿐입니다. 미래의 인간은 그 물이 수소와 산소로 이루어져 있으며, 수소가 어떤 특징을 가지고 있는지, 산소가 어떤 특징을 가지고 있는지도 기술할 수 있습니다. 그리고 그러한 정보를 가지고 다른 화학물질들의 특성을 알아내고, 전혀 다른 화학물질을 만들어냈으며, 눈에 보이지도 않는 원자라는 것을 알아내는 등의 그런 연구를 계속하고 있습니다. 이미 인간은 눈에 보이는 것뿐만 아니라 눈에 보이지도 않는 매우 작은 것까지 연구를 하고 있는 것입니다."

내가 구체적인 지식을 가지고 있는 게 아니었기 때문에 난 일단 두루뭉실하게 말했다. 그래도 제룬버드는 내가 하는 말을 어느 정도 알아들은 것 같았다.

"눈에 보이지 않는 부분을 연구할 수 있다는 말인가?"

"그렇습니다. 인간은 세대를 거듭하면 할수록 많은 지식이 쌓이게 되고, 그 지식을 바탕으로 새로운 지식을 얻어내니까요."

"그러면 드래곤은 눈에 보이지 않는 지식들을 연구할 수 없다는 말인가? 드래곤이 인간보다 월등히 좋은 지능을 가지고 있는 데도 인간들보다 뒤떨어진다는 건 말이 안 되지 않은가!"

제룬버드는 또다시 흥분 모드로 돌입했다. 난 잠시 동안 제룬버드의 흥분을 가라앉힐까 방치할까 말까 갈등하다가 결국 후자를 택하기로 했다.

"드래곤의 수명이 길고 개체수가 적기 때문에 인간보다 뒤처지는 겁니다."

"……!"

"아무리 우수한 지능을 가지고 있어도 하나의 드래곤이 알아낼 수 있는 분야는 그가 가지고 있는 흥미, 재능에 따라서 그 숫자가 매우 적어지게 됩니다. 반면 인간은 생명이 짧은 대신 개체수가 훨씬 많습니다. 그것은 여러 분야에서 연구를 할 수 있는 사람이 많다는 소리이고, 그 결과, 세대를 거듭하면 할수록 다양한 지식이 골고루 쌓이게 되는 것입니다. 그래서 시간이 흐르면 흐를수록 인간의 발전이 드래곤의 발전 속도를 추월하게 되는 것이죠."

"……"

내 말을 알아들은 것인지 못 알아들은 것인지는 모르지만 제룬버드는 입을 다물었다. 사실 어렵게 얘기는 했지만 결국 쪽수로 밀어붙여서 발전한다는 소리이기 때문에 제룬버드가 지능이 정말 좋다면 내 얘기를 이해했을 것이라 생각했다. 그래서 난 제룬버드의 얘기를 듣지 않고 곧바로 결정타를 날렸다.

"인간은 인간이기에 발전을 합니다. 그러나 지금 그런 인간의 발전을 저해시키는 요인이 있습니다. 그것은 바로 이 세계에 존재하는 마법, 정령술, 소환술, 흑마술, 신력, 내공입니다. 이것들이 존재하는 한 인간의 과학은 발전하지 않습니다."

"……!"

갑작스런 화제 전환에 제룬버드가 어안이 벙벙한 표정을 지었다. 그러는 사이 난 내 생각을 속사포처럼 쏘아댔다.

"이곳의 능력들은 인간을 강하게 합니다. 인간은 강해지면 연구를 하지 않게 되는 습성이 있죠. 그래서 이 세계의 과학은 거의 발달되지 않았습니다. 내가 살던 세계처럼 과학을 발달시키기 위해서는 이 세계의 모든 능력들이 사라져야 합니다. 한마디로 인간이 약해져야만 자연을 파괴할 수 있는 과학이라는 기술을 발전시킬 수 있는 것입니다."

"……!"

내 말을 듣자마자 제룬버드의 표정이 다시 변하기 시작했다. 아마도 이 뒤에 내가 무슨 말을 할지 대충 감을 잡은 것 같았다. 그 얘기를 하면 제룬버드가 분노할 것이 뻔했지만 난 하고자 하는 말을 멈추지 않았다.

"제룬버드, 당신이 인간에게 커널을 주어 모든 능력을 발전시키려 한 것은 도리어 인간의 과학 발달을 저해시켰습니다. 당신 때문에 인간은 과학을 발전시키지 못했고, 도리어 이 세계의 능력에 안착하여 자연 파괴 임무에 실패하고 있는 겁니다. 당신이야말로 인간의 자연 파괴를 막는 주범입니다!"

"……!"

내가 제룬버드를 지목하자 제룬버드의 눈이 크게 떠졌다. 그것은 놀라서 커진 게 아니라 화가 나서 커진 것이었다. 난 제룬버드를 도발했고, 제룬버드도 내 도발에 넘어왔으니 결국 남은 건 싸움뿐이었다.

"감히…… 내가 쓸데없는 짓을 했다는 말이냐?"

제룬버드는 최대한 분노를 억누르면서 날 노려보았다. 그가 말을 하는 순간부터 그의 몸에서 강력한 마나 파장이 흘러나오기 시작했고, 제룬버드의 공격 태세에 여태까지 나와 제룬버드의 대화로 머리를 싸매던 사람들이 표정을 굳히고 긴장하기 시작했다. 워낙 강력한 마나 파장에 뒷걸음질치고 싶었지만, 그러면 기 싸움에서 밀리는 것 같아 난 끝까지 그 자리에 서서 제룬버드에게 비난을 가했다.

"쓸데없는 짓이었다. 네 딴에는 그게 최선의 방법이라고 선택했겠지만, 결과적으로 그건 최악의 선택이 됐다. 이 세계의 능력밖에 모르기 때문에 결정적인 우를 범한 것이다!"

"크아악—!"

내 비난에 화가 난 것인지, 반말을 한 것 때문에 화가 난 것인지 제룬버드는 갑자기 괴성을 지르기 시작했다. 그와 동시에 제룬버드의 몸에서 사나운 폭풍이 몰아치기 시작했다. 그 폭풍은 마나 파장이 흘러나오면서 일으킨 자연적인 현상이었다. 그 때문에 나는 뒤로 급히 물러나 그 폭풍을 피했다.

"드래곤인 내가 실수할 리 없다! 네놈이 잘못 생각한 것이다!"

제룬버드는 소리를 지르며 더욱 많은 마나 파장을 쏟아내었다. 하도 위협적인 마나 파장이라서 난 거의 뛰다시피 해서 뒤로 20미터를 더 물러났다. 그렇게 나와 제룬버드의 거리가 30미터 정도까지 벌어졌을 때, 제룬버드가 느닷없이 변신을 해버렸다.

쿠아아아!

보통의 할아버지였던 제룬버드. 그가 마침내 본래 모습을 드러내었다. 머리와 꼬리 다 합하면 50미터가 넘을 듯한 거대한 덩치에 한쪽 날개 길이만도 20미터를 넘는, 온몸이 하얀색인 화이트 드래곤이었다. 제룬버드가 진짜 드래곤이라는 것을 만천하에 공개하는 장면이었고, 또한 그가 전투 모드에 들어갔음을 알려주는 신호였다.

"레아실프!"

제룬버드의 덩치가 워낙 컸기에 리에네가 레아실프를 소환하여 우리들을 순식간에 뒤쪽으로 이동시켰다. 그래서 나와 제룬버드 사이의 거리가 50미터로 벌어졌다. 그래도 여전히 우리들은 제룬버드의 공격 반경에 포함되어 있었다. 제룬버드는 우리가 뒤로 빠지는 것을 보더니 쩌렁쩌렁한 목소리로 소리쳤다.

"네놈을 죽이고 내가 틀리지 않았다는 것을 증명해 보이겠다!"

우우웅—!

아직 마법을 쓴 것도 아닌데 제룬버드의 마나 파장이 주변의 흙과 돌을 엉망진창으로 만들기 시작했다. 화이트 드래곤의 위용을 직접 눈으로 목격하니 그 위압감에 압도될 것만 같았다. 하지만 여기서 제룬버드를 쓰러뜨리지 못하면 커널은 계속 생겨날 것이고, 그 결과 인간들은 그 힘을 바탕으로 더 많은 전쟁을 일으킬 가능성이 높았다. 자연의 죽음을 위해서가 아니라 난 단순히 커널을 생산해 내는 제룬버드를 없앨 생각으로 제룬버드에게 소리쳤다.

"다른 이의 생각은 무조건 잘못된 것이라고 치부하면서 자신의 생각을 무력으로 관철시키는 행위는 어린애들이나 하는 짓이다! 넌 아무리 오래 살았어도 같은 경험만을 반복했을 뿐, 생각이 너무 얕다! 나이만 처먹은 어린애일 뿐이다!"

꾸아아아!

내가 욕을 해대자 제룬버드의 괴성이 더욱 커졌다. 곧 제룬버드의 공격이 시작될 것임을 직감한 나는 모두를 돌아보며 결의를 다졌다. 내가 화이트 드래곤과 대항하기 위해서 생각해 놓은 마법은 내 전매 특허인 캐논 슈터가 아닌 차용 마법이었다. 차용 마법 이외에는 월등히 많은 포스량을 가진 존재를 상대할 수 있는 마법이 없기 때문이었다.

"Repeat access string until connect string, repeat access string until execute string, link Lily, create protocol!"

난 차용 마법으로 우선 릴리에게 접속했다. 릴리는 무난하게 내 연결을 받아들였고, 난 연속해서 다른 사람들과도 정신적 네트워크를 구축했다. 만약 평상시라면 어느 정도 실패할 가능성이 있는 차용 마법이었지만, 강한 적을 눈앞에 두고 있는 상황에서는 생각의 일치가 쉽게 되어 정신 링크를 어렵지 않게 할 수 있었다.

"콜랩스!"

정신 링크가 되자마자 난 곧바로 콜랩스 마법을 실행시켰다. 모든 걸 한 점으로 모아서 없애 버리는 콜랩스 마법이야말로 최소한의 피해로 최대한의 효과를 내기에 사용한 것이었다. 화이트 드래곤이 저 정도 크기일 줄은 몰라 면적을 미리 잡아놨던 게 하마터면 부족할 뻔했지만, 다행히 내가 설정한 면적 안에 제룬버드의 몸이 전부 포함되었다.

쿠쿠쿠쿠—

콜랩스가 실행되자 가로세로 50미터 정사각형 내부의 모든 물체가 한 점으로 몰리기 시작했다. 허공에 있는 먼지와 땅 위에 있는 돌, 풀, 흙들도 모두 한 점에 집중되었다. 그 중심이 제룬버드라서 모든 것이 제룬버드의 몸에 들러붙고 있었던 것이다.

"이딴 마법으로 날 죽일 수 있을 거라 생각하는가!"

콰콰콰콰!

제룬버드의 외침과 함께 그의 몸에 들러붙어 있던 흙과 돌들이 다시 사방으로 퍼져 나가기 시작했다. 내가 콜랩스 코드를 단축키화시키면서 발현을 넉넉히 200배로 잡았는데, 그것이 제룬버드의 힘에 밀려난 것이었다. 그래서 난 급히 코드를 재조정했다.

"Mapping four hundredfold gravity!"

코드 실행 중에 코딩을 다시 하는 건 상당한 집중력을 필요로 하는 작업이고, 잘못하면 마법 실행 자체가 중지될 수도 있었다. 하지만 제룬버드와 싸운다는 긴장감이 내 집중력을 최대로 끌어올려 주었고, 그 집중력은 코드 재조정을 가능하게 해주었다.

쿠쿠쿠쿠─!

200배에서 400배로 끌어올려진 중력 발현은 무서운 속도로 다시 주변의 모든 것을 끌어들이기 시작했다. 중력 발현이 400배로 올라간 시점부터 내 동료들의 포스량은 거의 바닥이 되었다. 워낙 포스량을 많이 잡아먹는 발현량이기 때문에 그것은 너무나 당연한 결과였다.

"내가 인간의 마법 따위에 질 것 같은가!"

콰콰콰—

중력 발현을 400배로 했음에도 제룬버드는 그 중력을 다시 되돌리기 시작했다. 이대로 있다가는 제룬버드의 되돌리기 공격에 그대로 쓸려 버릴 것 같아서 난 또다시 코딩 개조를 해야 했다.

"Mapping six hundredfold gravity!"

쿠쿠쿠쿠—!

중력 발현을 600배로 하고, 그 이후에 또다시 800배, 그것마저도 제룬버드가 막아내자 1,000배까지 늘렸다. 동료들로부터의 포스량 지원은 이미 없었고, 남은 건 순전히 릴리의 포스량이었다. 벽을 밀어서 죽이려는 자와 그 벽을 막아 살려는 자의 치열한 힘 싸움이 계속되고 있었다.

털썩—

나와 제룬버드의 힘 싸움이 계속되면서 나에게 포스량을 공급해 주던 동료들이 하나둘씩 땅바닥에 주저앉기 시작했다. 포스량을 소모하면서 정신력도 같이 소모되고 있었기 때문에 나오는 현상이었다. 물론 내가 포스량 소모를 조절하고 있어서 그들에게 더 이상의 부담을 주고 있지는 않았지만, 제룬버드와의 싸움이 길어질 경우에는 어떻게 될지는 그 누구도 알 수 없었다. 지금의 상황은 맨손의 고등학생 한 명과 무기를 든 초등학생 여러 명이 뒤엉켜 싸우고 있는 꼴이라서 승부를 장담할 수가 없기 때문이었다.

"Mapping two thousandfold gravity!"

마침내 중력 발현이 2,000배까지 뛰어올랐다. 내가 생각했을 때 거의 한계치에 다다른 수준이었다. 릴리에게 이 이상의 포스량이 있을 것 같지도 않았고, 설령 있다고 해도 그것을 컨트롤할 수 있는 내 정신력이 남아 있을 리도 없었다. 사실 중력 발현이 1,000배를 넘은 시점부터 내 정신력은 거의 고갈 상태였다. 그것을 어찌어찌 2,000배까지 끌고 왔지만 만약 이 이상 중력 발현을 올려야 한다면, 그대로 정신을 잃을 것만 같은 느낌이 들었다.

쿠쿠쿠쿠쿠ㅡ!

"크아아아아!"

제룬버드는 내 콜랩스 마법에 대항하면서 울부짖었다. 아무리 화이트 드래곤이라 할지라도 총 11서클에 해당하는 마법에 대항하는 것은 쉽지 않은 일인 듯했다.

"난 지지 않는다!"

콰콰콰ㅡ

제룬버드는 필사적으로 콜랩스 마법을 튕겨내려고 했다. 이미 내 정신력은 고갈될 대로 고갈되어서 더 이상 버틸 힘도 없었다. 그래도 내가 포스량을 마구 뽑아 쓰고 있음에도 나와의 정신 연결을 거부하지 않는 내 동료들을 위해 난 필사적으로 정신을 가다듬었다. 정신을 차리기 위해 난 있는 힘껏 제룬버드를 향해 소리를 질렀다.

"네가 한 행동은 다 쓸데없는 짓이다! 인간이 스스로 미래를 선택하도록 놔뒀어야 했다! 네가 인간에게 커널을 준 것 때문에 오히려 인간은 새로운 것에 대한 진전없이 제자리걸음만 하고 있다!"

"크아아아!"

내가 소리치는 걸 들었는지 순간 제룬버드의 얼굴이 확 일그러졌다. 드래곤이라서 원래 얼굴 자체가 험악해 보이기는 했지만 얼핏 그런 느낌이 들었다. 그의 집중력을 흐트러 뜨리기 위해서 난 결정적인 한마디를 날렸다.

"제룬버드! 넌 자연 파괴의 방해물일 뿐이다!"

"구아아악!"

내 외침에 정신력이 흔들렸는지 갑자기 제룬버드의 울부짖음이 미묘하게 달라졌다. 그 소리는 마치 광포화에 걸린 드래곤의 울부짖음과 흡사했다. 내가 그렇게 느낀 순간, 제룬버드의 눈과 내 눈이 마주쳤다. 본래 하얀색이었던 그의 눈동자는 피로 물든 듯 새빨갛게 변해 있었다.

"크르르르……."

제룬버드는 빨갛게 물든 눈을 허공으로 돌린 채 낮게 울었다. 그와 동시에 내 콜랩스 마법을 튕기고 있었던 강력한 저항감이 사라져 버렸다. 아슬아슬한 줄다리기를 하는 도중에 한쪽이 줄을 확 놓아버린 것 같은 상황이 발생해 버린 것이다.

쿠쿠쿠쿠!

중력 발현 2,000배의 강력한 콜랩스는 순식간에 50제곱
미터의 공간을 한 점으로 집중시켰다. 그러자 그 공간 속에
있던 공기, 땅, 돌, 생명체 모두 사라져 버렸다. 마치 그 공
간에는 애초에 아무것도 없었던 것처럼 텅 비어져 버린 것
이다.

털썩―

제룬버드의 모습이 사라지자마자 난 무릎을 꿇고 자리에
주저앉았다. 지금 이 상황이 어떻게 된 것인지 대충 파악이
됐기 때문에 긴장이 풀려 버린 것이다.

후우…… 제룬버드 녀석, 마지막 순간에 광포화가 되어버
렸어…… 그래서 순간적으로 힘을 쓰지 못해 내 콜랩스에 잡
아먹힌 거고…… 만약 제룬버드가 필사적으로 버텼다면 내가
먼저 쓰러졌을 텐데, 그 마지막 순간에 광포화가 되었다는
건…… 결국 자연이 제룬버드를 버렸다는 소리인가…….

"하아…… 하아……."

난 힘이 빠져 버린 몸을 억지로 일으켜 세우고자 했다. 내
가 일행의 리더이기 때문에 모두의 상태를 알아볼 필요가 있
었던 것이다. 그러나 내 몸은 이미 내 통제를 벗어나 있었다.

쿵!

내 몸은 아프게 땅바닥과 키스를 했다. 쓰러질 때 앞으로

쓰러졌기 때문에 어쩌면 코가 그대로 뭉개졌을 수도 있었다. 그런데도 난 아무런 통증을 느끼지 못했다. 그저 어서 빨리 자고 싶다는 생각밖에 들지 않았다.

＊　　　＊　　　＊

"……."

아무런 꿈도 꾸지 않은 상태에서 난 조용히 눈을 떴다. 기억나는 꿈이 없다는 건 그만큼 충분한 수면을 취했다는 소리이고, 그건 그만큼 이곳 생활에 완전히 적응했다는 뜻이었다. 난 눈을 뜬 상태에서 천천히 고개를 돌려서 내가 어디 누워 있는지부터 파악하려 했다. 그런데 그전에 먼저 레이뮤의 목소리가 들려왔다.

"깨어났군요."

"……."

흐으, 깨어나자마자 미녀의 얼굴을 보는 건 좋은데…… 웬만하면 좀 걱정하거나 기뻐하는 얼굴 표정을 지어주면 안 되나? 무표정한 얼굴로 쳐다보니 아주 약간 많이 무서워…….

"여기가…… 어디죠?"

"제룬버드와 싸운 바로 옆 마을이에요."

"시간은 얼마나 지났어요?"

"3일 정도 지났지요."

흐으…… 내가 또 3일이나 뻗질러 잤다고? 하여간 나는 쓰러질 때마다 2, 3일은 기본으로 자는 것 같구만. 사내 놈이 이렇게 정신력이 약해서야 어디다 쓰나. 잉? 근데 내 옆에 뭔가 있는 것 같다?

 스윽—

 난 아무 생각 없이 옆으로 고개를 돌렸다. 그러자 내 쪽으로 고개를 돌린 릴리의 모습이 선명하게 보였다. 아무 생각 없이 고개를 옆으로 돌렸는데 옆에 사람이 누워 있다는 사실도 그렇지만, 그 사람이 내 얼굴을 빤히 쳐다보고 있다는 것이 사람 심장을 덜컥하게 만들었다.

 "…… 놀랐다."

 "저는 놀라지 않았습니다."

 난 놀랐지만 릴리는 전혀 그렇지 않다는 표정으로 담담하게 말했다. 그 말에 울컥한 나는 릴리의 행적을 추궁했다.

 "왜 내 옆에 누워 있어?"

 "모르겠습니다. 눈을 떠보니 여기 있었습니다."

 흐으, 그렇단 말이지? 그럼 제룬버드와 싸운 직후 릴리도 나처럼 정신을 잃었다는 소리겠군. 결국 이건 레이뮤 씨한테 물어보는 수밖에.

 "레이뮤 씨, 그런데 왜 나하고 릴리가 같은 침대에 나란히 누워 있는 것이죠?"

 난 레이뮤 쪽으로 고개를 돌리며 물었다. 그런데 레이뮤는 내 질문에 답하기 전에 이상한 말을 했다.

"둘이서 동시에 날 쳐다보니 무섭군요."

"……."

흐으, 내가 레이뮤 씨를 쳐다볼 때 릴리도 레이뮤 씨를 쳐
다본 모양이지? 그런데 말이야, 입으로는 무섭다면서 표정이
하나도 안 바뀌는 건 뭐라고 설명할 생각?

"릴리하고 내가 왜 같이 누워 있어요?"

난 다시 한 번 레이뮤에게 질문을 날렸다. 그때서야 레이뮤
는 내 질문에 대한 대답을 해주었다.

"우리들 중에서 정신을 잃은 사람이 레지스트리 군과 릴
리, 두 사람뿐이라서 같이 관리하고자 같은 침대에 눕힌 거에
요."

"3일 동안 쭉 같이요?"

"그래요. 어차피 정신을 잃었는데 남녀를 같은 침대에 눕
힌다고 해서 무슨 일이 벌어지지는 않으니까요."

"……."

흐으, 생각해 보니 그것도 맞는 말이군. 나와 릴리를 따로
떼어놓아서 간호하는 것보다 같은 침대에 몰아넣고 하는 게
더 편하겠지. 그래도 정신을 잃은 사람이 눈을 딱 떴는데 옆
에 사람이 누워 있으면 놀라잖아. 나, 맹장 떨어질 뻔했다
고.

"그런데 다른 사람들은요?"

나와 릴리, 그리고 레이뮤가 멀쩡한 것을 확인하고 나서 난
레이뮤에게 다른 동료들의 상태를 물어보았다. 레이뮤는 걱
정하지 말라는 듯한 어조로 입을 열었다.

　"모두들 건강해요. 당시 정신적으로 지친 것뿐이지 체력적
으로는 별 문제가 없었으니까요. 그런데 제룬버드와의 싸움
이 끝난 직후 모두들 정신을 잃고 쓰러졌어요. 그런 우리들을
마을까지 데리고 온 사람이 있었지요."

　"……?"

　"들어와요."

　레이뮤는 갑자기 문 쪽을 돌아보며 말했다. 그러자 문이 열
리면서 한 명의 중년 남자가 안으로 들어왔다. 그는 매부리코
에 인상이 별로 좋지 못한 사내였는데, 그 얼굴은 내가 울레
샤르를 잡으려고 진지를 하나씩 점령했을 때 만났던 자와 똑
같았다.

　"넌……!"

　"후후, 금방 또 이렇게 만나게 될 줄은 몰랐다."

　그는 바로 로이스 맨스레드였다. 전혀 의외의 인물의 등장
에 난 놀라서 상체를 일으켰다. 일단 상체를 갑자기 일으켜도
몸에 무리가 없을 만큼 몸 상태는 꽤 괜찮았다. 하지만 난 몸
상태보다는 로이스의 등장을 더 중요시했다.

　"네가 어떻게 여기 있는 거냐?"

　"뻔한 거 아닌가? 내가 단체로 쓰러져 있는 너희들을 이 마

을까지 친히 모셨으니까 그렇지."

"……!"

헉! 로이스가 우리들을 옮겼다고?

"네가 직접 옮긴 거냐?"

"미쳤냐? 인간이 몇 명인데! 너희들이 여기 올 때 타고 온 마차의 마부들을 불러다 옮긴 거다. 내가 말을 하지 않아도 드래곤이 죽자마자 마부들이 달려오더군."

로이스는 기분 나쁘게 웃었다. 일단 그가 우리들과 제룬버드와의 싸움을 보고 있었다는 사실을 확인했기 때문에 이번엔 그 이유를 물어보았다.

"어떻게 여기 왔지?"

"우연히 이 근방을 지나가다가 드래곤이 있길래 왔다. 멀리 있었는 데도 드래곤의 마나 파장이 장난이 아니더군. 예전에 바이오스가 드래곤하고 싸웠을 때 봤던 그 드래곤이라 좀 놀랐지."

"드래곤과 우리가 뭣 때문에 싸웠는지 알고 있냐?"

"레이한테서 들었다. 커널을 만든 게 제룬버드라는 화이트 드래곤이라는 사실을 처음 알았지. 근데 커널을 만들어주는 드래곤을 왜 죽였냐? 아깝잖아? 커널이 얼마나 굉장한 존재인데."

로이스는 이곳에 있는 이유를 말하다가 갑자기 날 비난했다. 500년 전에 커널을 소유했던 장본인이기 때문에 커널의 위력을 잘 알고 있었던 것이다. 어차피 로이스에게 자연 파괴니 어쩌니 같은 말을 해도 알아듣지 못할 것 같아서 그냥 대충 둘러댔다.

"강한 자가 이길 뿐이다."

"후후, 그렇군. 하지만 네놈이 드래곤을 잡은 건 네놈의 힘이 아니다. 커널이 없었다면 넌 무용지물일 뿐. 그래도 어찌됐든 드래곤을 잡았다는 사실은 변함이 없으니 그건 인정해줘야겠지."

로이스는 날 인정하겠다는 건지 그렇지 않다는 건지 분간이 되지 않는 말을 지껄이며 자기 혼자 실실 웃어댔다. 그가 이곳에 있는 이유를 대충 알아냈다고 판단한 나는 그 외의 질문을 던졌다.

"그런데 왜 여기 남아 있는 거지?"

"오랜만에 레이와 얘기 좀 하려고 남아 있었다. 그간 살아온 얘기들을 주로 했지."

그렇게 말하며 로이스는 레이뮤를 향해 미소를 지어 보였다. 그러나 로이스의 모습이 워낙 비호감이라 레이뮤는 반기는 표정을 짓지 않았다. 사실 로이스가 잘생긴 청년 모습으로 나타났다고 해도 그가 해온 일 때문에 레이뮤에게 호감을 살일은 없어 보였다.

"나나 다른 사람들이 이 자리에서 널 죽일지도 모르는 데도 여기 있는 거냐?"

난 일부러 마법을 사용할 듯한 제스처를 취하며 로이스를 위협했다. 하지만 내 위협은 로이스에게 씨알도 먹히지 않았다.

"여기 있는 사람 중에 날 죽일 수 있는 사람은 없다. 설령 그런 존재가 있어 날 죽인다고 쳐도 나야 다시 살아나면 그만이니 상관없지. 이 사람이 죽으면 다른 사람한테 옮겨가서 그 사람의 정신을 잠식해 버리면 되거든. 날 죽이면 아무 죄 없는 다른 사람이 나한테 잠식되는 셈이다. 그런데도 날 죽일 테냐?"

"……."

로이스의 말에 난 그 어떤 반박도 할 수 없었다. 이미 로이스가 청년의 모습에서 중년 남자의 모습으로 부활했다는 것을 눈으로 확인했기 때문에 그를 죽여도 아무런 의미가 없는 것이다. 단순히 로이스를 죽이는 것이 아니라 이 세계에서 영원히 말살시키기 위한 방법이 필요했다.

"어떻게 하면 널 죽일 수 있지?"

"……."

내가 대놓고 살인 방법을 물어보자 로이스는 어처구니없다는 표정을 지어 보였다. 하지만 자신감에서 오는 여유인지 로이스는 친절하게도 자신을 죽일 수 있는 방법을 나에게 알려주었다.

"나에게 성물을 융합시킨 건 에크 트볼레시크다. 에크 트볼레시크를 다시 소환해서 내 영혼과 성물을 분리시키면 되겠지. 그러고 나서 날 죽이면 저승으로 바로 가게 될 거야."

"……."

흐으, 그런 방법이 있었군. 근데 그건 파괴의 마신의 왼팔이라는 녀석을 이 땅에 소환해야 하잖아. 난 흑마술은 하나도 모른단 말이다. 아니, 알고 있어도 에크 트볼레시크를 소환하려면 천 명의 어린아이들의 목숨이 필요한데 그런 짓을 어떻게 해?

"다른 방법은 없어?"

"으음…… 그 외에는 나도 모른다. 내가 날 죽일 방법을 생각할 것 같냐?"

"……."

그건 그렇군. 나 같아도 내가 죽을 방법은 생각하지 않으니까. 쩝, 결국 로이스를 제거하기 위해서는 에크 트볼레시크를 강림시키는 방법밖에 없다는 말인가.

"넌…… 에크 트볼레시크를 강림시키기 위해 천 명의 어린아이들을 희생시킨 거냐?"

난 그 사실이 가장 궁금했기에 그것을 물어보았다. 제대로 인성이 갖추어진 사람이라면 반성의 기미나 후회의 기미가 보여야 했지만 로이스에게는 그런 게 전혀 없었다.

"그래, 천 명을 모으느라 혼났어. 애들은 또 어찌나 울어대던지 짜증나 죽는 줄 알았다."

"……어떻게 모았지?"

"별거 아니야. 아무 집에나 들어가 잡아오면 되니까."

"……잡아서 어디다 감금시켰냐?"

"산속에다 집어넣었지. 애들 모으는 게 거의 보름 정도 걸렸는데, 그동안 애들을 관리한 건 내 커널이었다. 뭐, 어차피 죽지만 않으면 되니까 물만 줬지. 애들을 돌보는 건 정말 귀찮거든."

"……."

뭔가 울컥, 치밀어 올랐다. 비록 내가 어린아이들을 좋아하는 것은 아니었지만 남의 집 귀한 자식을 자기 멋대로 잡아다가 마신 강림의 제물로 삼았다는 사실에 화가 치밀어 올랐던 것이다. 500년 동안 살아서 감정 표현이 무덤덤해진 레이뮤처럼, 로이스도 이미 인간의 감정을 완전히 상실한 것처럼 보였다. 그것은 '로이스 제거'라는 내 마음속의 결심을 더욱 굳건히 해주었다.

"난 이제 가볼란다. 전쟁을 일으켜야 하니까 말이야. 그럼 전쟁터에서 보자."

그 말을 남기며 로이스는 유유히 방을 빠져나갔다. 그가 방을 빠져나갈 동안 우리들은 아무 말 없이 로이스의 뒷모습만 쳐다보았다. 그러나 로이스의 뒷모습을 바라보는 레이뮤의 얼굴에는 착잡한 표정이 떠올라 있었다.

끼이― 쿵―

문이 닫히고 로이스의 모습이 사라지자 레이뮤는 나지막한 한숨을 내쉬며 고개를 떨구었다. 500년 전에 결혼을 약속했던 사람이 완전히 타락의 길을 걷고 있으니 마음이 복잡할 수밖에 없을 것이다.

　"레이뮤 씨."

　난 조용히 레이뮤의 이름을 불렀다. 레이뮤는 뭐라 설명할 수 없는 복잡한 눈빛으로 날 쳐다보았고, 그런 그녀에게 난 힘든 대답을 강요했다.

　"난 로이스 맨스레드를 살려두어서는 안 된다고 생각합니다. 레이뮤 씨는 어떻게 생각하세요?"

　"……."

　대답을 망설이는 레이뮤의 모습을 보며 난 내가 몹쓸 짓을 하고 있다는 것을 뼈저리게 느꼈다. 하지만 그녀의 대답을 확실하게 들어야만 다음 행동을 옮길 수 있기 때문에 그녀의 대답이 반드시 필요했다. 레이뮤도 그런 내 마음을 읽고 한참을 가만히 있다가 마침내 입을 열었다.

　"나도…… 그렇게 생각합니다."

　흐으, 역시.

　"하지만 로이스의 목숨은 레이뮤 씨의 목숨과도 연관이 있습니다. 그래도 로이스를 죽여야 한다고 생각하십니까?"

　"……."

　이어진 두 번째 질문에 레이뮤는 또다시 입을 다물었다. 사실 특별한 경우가 아니라면 세상의 어느 누구도 죽고 싶어 하지 않는다. 또한 아무리 오래 살았다 해도 죽고 싶지 않은 게 인간의 마음이었다. 그건 500년씩이나 살아온 레이뮤도 마찬가지였다.

"로이가 죽으면 나 역시도 죽겠지요. 하지만…… 내가 살기 위해 많은 사람들의 희생을 강요한다면…… 죽음을 선택할 수밖에 없어요."

레이뮤는 결국 로이스를 죽여야 한다는 얘기를 돌려서 말했다. 500년이나 살아왔음에도 자신의 쾌락이나 부귀영화를 만족시키는 것보다는 마법에 모든 것을 쏟아 부은 그녀였기에 나올 수 있는 결정이었다. 만약 내가 다른 사람들을 희생시켜야만 살 수 있는 입장이 되었을 때 다른 사람들을 위해 자살을 선택하겠느냐는 질문을 받는다면, 그 대답은 거의 99%의 확률로 No일 가능성이 컸다. 난 윤리나 대의명분보다는 살아야 한다는 의식이 더 강하기 때문이었다.

"난 이미 500년 동안 살았습니다. 그리고 슈아로에나 레지스트리 군 같은 훌륭한 인재들이 매지스트로를 이끌어줄 것입니다. 따라서 지금 죽어도 여한이 없어요. 다만……."

레이뮤는 잠시 말을 끊었다. 그런 그녀의 얼굴에는 뭔가 아쉬움이 떠오르기 시작했다. 그리고 잠시 후, 레이뮤는 그 아쉬움을 말로써 표현했다.

"제대로 된 사랑을 해보지 못한 게 너무 아쉬워요. 키스도

한 번 못해보고 죽는다는 건 너무 억울하잖아요."

"……."

헉, 그런 아쉬움이 있으셨습니까……. 저도 사실 그런 경험이 없어서 아쉽습니다만…….

"레지스트리 군, 우리 키스나 할까요?"

"……!"

갑자기 레이뮤가 나를 보며 그런 말을 던졌다. 물론 진심이 아닌, 그냥 한 번 해본 소리라는 걸 잘 알고 있었다. 그래서 이럴 때에는 '농담하지 마세요' 같은 반응을 보여야만 했다. 그런데 난 순간적으로 레이뮤 씨와 키스를 했으면 참 좋겠다라는 생각을 떠올렸고, 그 때문에 사고가 뒤엉키며 발 빠른 대처를 하지 못한 채 그저 아무 소리도 못하고 입만 벙긋벙긋한 것이다.

"……."

"……."

순간적으로 방 안에 정적이 흘렀다. 난 그 정적을 깨는 방법을 알고 있음에도 이미 입이 굳어버려서 아무런 대처를 할 수가 없었다. 누군가 이 정적을 깨주지 않는다면 레이뮤가 직접 상황 수습을 해야 할 판국이었다. 그때,

"레지 군! 깨어났죠?!"

호들갑스런 목소리와 함께 슈아로에가 방문을 벌컥 열고 들어왔다. 그리고는 내가 침대에서 상체를 일으킨 채 앉아 있

는 것을 보고 환한 미소를 지으며 소리쳤다.

"로이스라는 자가 레지 군이 깨어났다고 말하면서 어딘가로 가버렸는데 정말 깨어 있었군요! 깨어났으면 즉각즉각 보고를 할 것이지 이제야…… 응?"

신나게 말을 하던 슈아로에는 내 얼굴을 보더니 갑자기 다급한 표정을 지었다. 그리고는 나한테 한걸음에 달려와서 내 이마를 짚어보았다.

"얼굴이 빨개요. 설마 열 있는 거 아니에요?"

"응? 아, 아니야. 괜찮아."

난 내 얼굴이 빨개져 있었다는 사실을 인식하지 못했기 때문에 슈아로에의 반응이 당황스러웠다. 내가 괜찮다면서 허둥대는 사이 날 공황 상태로 몰고 간 장본인은 유유히 일어서며 한마디를 툭, 던졌다.

"옆에 릴리가 있어서 그런 거란다. 난 다른 사람들에게 레지스트리 군이 깨어났다고 알릴 테니 지금부터는 슈아가 돌봐주렴."

그러면서 레이뮤는 아무 일 없었다는 표정으로 유유자적하게 방을 나섰다. 레이뮤의 말을 사실이라고 믿는 슈아로에는 내 얼굴이 빨개진 이유를 릴리 때문이라고 생각해 버렸다.

"정신을 잃은 와중에 대체 뭔 생각을 하는 거예요? 정신 차렸으면 빨리 침대에서 나오라구요! 언제까지 릴리의 옆에 붙어 있을 거예요?!"

"아, 알았어. 잡아당기지 마."

난 슈아로에와 옥신각신하면서 침대에서 빠져나왔다. 릴리 역시 별 감흥 없는 표정으로 몸을 일으켰다. 화이트 드래곤인 제룬버드와 싸우고 난 뒤였는 데도 승리감이나 기쁨은 전혀 없었다. 그저 모두 무사해서 다행이라는 안도감과 앞으로 싸워야 하는 로이스 맨스레드나 바이오스에 대한 걱정이 들 뿐이었다.

『매직 크리에이터』 6권에 계속

무한 상상 · 공상 세계, 청어람 신무협 & 판타지

『한백무림서』11가지 중 『무당마검』, 『화산질풍검』을
잇는 세 번째 이야기 『천잠비룡포』의 등장!!

천잠비룡포(天蠶飛龍袍) / 한백림 지음

천상천하 유아독존!!
새로운 무림 최강 전설의 탄생!!

『천잠비룡포』
(天蠶飛龍袍)

천잠비룡황, 달리 비룡제라 불리는 남자.

그는 누군가의 명령을 받고 움직이는 남자가 아니다.
그는 자신의 적을 앞에 두고 물러나는 남자가 아니다.
그는 자신의 이름 안에 있는 자들의 원한을 결코 잊는 남자가 아니다.

그 누구보다도 결정적이고 파괴력있는 면모를 지닌 남자.
황(皇)이며, 제(帝). 그것은 아무나 지닐 수 있는 칭호가 아니다.
그는 제천의 이름으로도 제어할 수가 없는 남자였다.

무적의 갑주를 몸에 두르고
가로막은 자에게 광극의 진가를 보여준다.

청어람 판타지의 재도약!!

혁신과 참신함으로 무장한
새로운 판타지 전문 브랜드의 탄생!

「알바트로스」
Albatros

판타지계의 커다란 근간을 이뤄온 청어람 판타지 소설!
새로운 브랜드 「알바트로스」라는 커다란 날개를 달고
거대한 웅비를 시작합니다.

알바트로스는 판타지의, 판타지를 위한 개척자이자 도전자로 존재하겠습니다.

알바트로스는 형식적이고 나태해진 판타지계의 구습을 벗어나겠습니다.

알바트로스는 판타지계의 도약을 위한 든든한 날개 역할을 묵묵히 수행합니다.

알바트로스는 변화와 혁신을 통해 새롭게 태어날 환상 공간입니다.

알바트로스는 판타지를 아끼고 사랑하는 이들을 향한 청어람의 굳은 약속입니다.

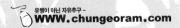

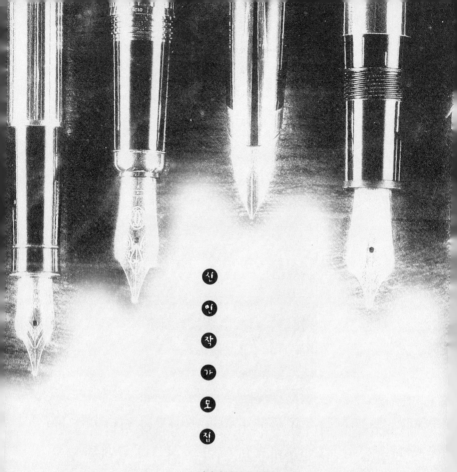

신
인
작
가
모
집

시작이 반이라고 했습니다.
작가의 길에 대한 보이지 않는 벽을 과감히 깨뜨리십시오!
청어람은 작가 지망생 여러분들의
멋진 방향타가 되어드리겠습니다.

저희 도서출판 청어람에서는
소설 신인 작가분들을 모집합니다.
판타지와 무협을 사랑하시는 분들의 많은 참여를 바랍니다.
소정의 원고(A4용지 150매)를 메일이나 우편으로 보내주시면
검토 후 출판 여부를 알려드리겠습니다.

주소:경기도 부천시 원미구 심곡1동 350-1 남성B/D 3F 우편번호420-011
TEL:032-656-4452 · **FAX:**032-656-4453
http://**www.chungeoram.com**
e-mail:chungeoram@chungeoram.com

초등학생이 반드시 읽어야 할 좋은 책 49권

각 학년별로 초등학생이 반드시 읽어야할 좋은 책을
선정하여 통합논술의 기본이 되는 '올바른 독서법'을
일깨워 줍니다.

교과서와
함께하는
초등학교 통합논술

♣ 혼자 할 수 있어요.
엄마가 책 읽는 방법을 가르쳐 주어도 좋아요.
독서지도하는 선생님이 가르쳐 주어도 좋답니다.
"초등 교과서와 함께하는 통합논술 시리즈"는
아이 스스로 독서할 수 있도록 꾸며진 책이에요.
엄마와 선생님은 요령만 가르쳐 주시면 된답니다.

♣ 교과서의 중요한 내용이 총정리되어 있어요.
각 학년별로 중요한 교과 내용이 함께 수록되어 있어요.
초등학생은 교과서 내용을 충실하게 공부해야 합니다.
아울러 그와 병행한 독서가 대단히 중요하지요.
"초등 교과서와 함께하는 통합논술 시리즈"는
두 가지 방법 모두 알려준답니다.

♣ 이 책은 훌륭하신 선생님들이 함께 쓰신 책이랍니다.
동화작가 선생님들이 쓰셨어요. 소설가 선생님도 쓰셨답니다.
국어 논술독서지도 선생님들도 함께 쓰셨지요.
"초등 교과서와 함께하는 통합논술 시리즈"는
엄마의 마음으로 모든 선생님들이 함께 꾸민 책이랍니다.